MICROCOSMI

C l a u d i o

M a g r i s

微　　　　　　型

世　　　　　　界

上海译文出版社

意 克劳迪奥·马格里斯 —— 著　陈英 —— 译

献给玛丽萨

尽管世界已经被人们熟知，试图把世界展现在我们眼前的书汗牛充栋，但关于单独的省份，却很难看到应有的描述……

阿梅迪奥·格罗西，建筑师、测量员兼评估员
一七九一年

有一个人立意要描绘世界，随着岁月流转，他画出了省份、王国、山川、港湾、船舶、岛屿、鱼虾、房屋、器具、星辰、马匹和男女。临终之前不久，他发现自己耐心勾勒出的纵横线条竟然汇合成了自己的模样。

豪尔赫·路易斯·博尔赫斯

目　录

圣马可咖啡馆

圣马可咖啡馆的面具就悬挂在雕花吧台的上方，那座黑色吧台是在曾经享有盛名的康特木匠铺定制的，但在圣马可咖啡馆，人的名气会更持久，比如这里的一些常客，人们记得这些人，是因为他们曾在咖啡馆的大理石小桌旁——桌腿是铸铁的，狮爪造型的底座上有一个脚踏板——度过了好几年时光；他们声名远扬，是因为他们对宇宙还有扎啤的压力说过有见地的话。

圣马可咖啡馆就像诺亚方舟，每个人都能在里面找到位子，没人有优先权，也没人会遭到排挤。外面下起大雨时，无论你是成双成对还是形单影只，都能在咖啡馆里找到庇护。在咖啡馆旁边的犹太会堂里打杂的舍恩胡特先生说："其实，我从来没搞明白《圣经》里讲的大洪水。如果大洪水是因为世上罪孽横行，那么就应该一了百了。为什么要把一切毁掉又从头再来呢？再说，大洪水之后世道并没有变好；屠杀和残暴的行径仍在继续，后来却再也没有发大水了，上帝甚至承诺不再灭绝地球上的生命。"舍恩胡特先生说这番话时，雨拍打着玻璃窗，也噼里啪啦地落在公园里。这座城市公园位于巴蒂斯蒂路尽头，从圣马可咖啡馆出来，向左走几步就到了。雨滴拍打着大树的叶子，在铅灰色的天空下，树叶在狂风中飞舞。

为什么上帝对于后来的罪人怀有同情，而对以前的罪人却很残酷，要把他们像老鼠一样淹死呢？上帝应该清楚：罪恶会跟随~~每一样生物——无论是人还是其他动物——进入诺亚方舟~~；那些让他同情的家伙也会把仇恨和痛苦的病毒带到方舟上去。瘟疫迟早会爆发，并将一直蔓延下去。舍恩胡特先生喝着啤酒，他确信事情就是这样的下场。关于他们的神——以色列人的上帝，他想说什么都可以，都是自己人，亵渎一下也没关系，但别人这么说可不行，在特殊时期会成为众矢之的。

"您头发太乱了，去洗手间梳理一下吧！"那位老太太严肃地说。坐在吧台前面大厅里的人去厕所，都要从面具底下经过。面具的底色是黑色的，凸显了狂欢节面具上鲜红的嘴唇和绯红的面庞；从那一双双贪婪和恐惧的眼睛底下走过，看起来有些粗野的鹰钩鼻好像要勾住底下的人，把他带到那个阴森的节日里去。圣马可咖啡馆就像一座古老的寺庙，一些耐心的学者一心想搞清楚墙上的画到底出自谁之手，但他们并没有得到一个明确的结论。好像说那些画——全部或者说其中几幅——出自彼得罗·卢卡诺[1]

---

[1] Pietro Lucano（1878—1972），意大利画家、作家，生于的里雅斯特。

之手。这位画家在圣心教堂——距离咖啡馆不远，只需穿过公园或沿着马可尼①街向上走就可以到达——的半圆形后殿画了两个天使，这两个"永生的卖艺人"各手持一个火环。迫于耶稣会神父的压力，艺术家把天使身上的裙裾画得很长，几乎垂到了脚踝的位置，掩盖住了他们有点儿女性化的腿。

有人认为有些面具出自蒂梅尔之手，也许另一个大厅里的贵妇面具的确是蒂梅尔的作品，但这种假设也没有太多事实根据，毋庸置疑的是，在那个年代，也就是说二十世纪三十年代末期，蒂梅尔是"最受人喜爱的街头画家"。这位出生于维也纳的艺术家喜欢以流浪画家自居，他来到的里雅斯特是想完成自我毁灭。他在这里度过了一些还算惬意的夜晚，在某些时刻，他暂时忘记了生活的不堪忍受。在咖啡馆里，他把画作赠送给的里雅斯特的一些富商，对于这些赞助者来说，艺术家就像猴子一样，可以逗着玩儿。为了回报蒂梅尔的馈赠，这些富商会请他豪饮，消磨漫漫长夜，也让他在酗酒中渐渐无法自拔。

蒂梅尔捏造了自己的童年。他说他小时候得过脑膜炎，但那不是真的，那是父母出于对他的憎恨编造的谎言。他的思维和记忆支离破碎，他写的《神奇笔记》里充满光怪陆离的想象，类似于健忘症和失语症患者的喃喃私语，他把这称作"怀旧"。他像一个陷于尘世的人，渴望把所有名字和痕迹都抹去。这位浪迹天涯的叛逆者本应在疯人院度过余生，但在抵达那最后的驿站前，他

---

① Guglielmo Marconi（1874—1937），意大利无线电工程师、发明家，实用无线电报通信的创始人。

试图逃离现实的魔爪，沉湎于浑浑噩噩、无所事事之中。他"懒散、漫不经心地闲居"，双手交叉，一动不动，想象自己和地球一起在虚空中转动。他随波逐流，鼓吹法西斯，他摆脱了各种责任的纠缠，也免去了枉然追求自由的举动，这使他追溯起童年的时光："只能依靠童年，才能找到片刻的安宁。"

圣马可咖啡馆的结构是"L"形的，为了满足卢纳尔迪斯先生的迫切要求，我们只能说它内部不是直线。圣马可咖啡馆深受棋手喜爱，因为桌子的布置像一个棋盘，人就像"马"一样在桌子之间移动，不断转直角，有时候也像玩跳鹅游戏，会回到起点位置。比如说在一张桌子上，有一个男生准备过德国文学的考试，很多年后，还是在同一张桌子上，他写文章或答复关于的里雅斯特的采访：关于它代表的中欧文化，还有它的衰落。距离那张桌子不远处，他的大儿子正在修改本科毕业论文，小儿子在咖啡馆最里面的一个小厅里玩纸牌。

人们进进出出，咖啡馆的门在他们背后不停晃动着，一阵微风使静止的烟雾飘荡起来。门晃动时发出的嘎吱声有时候很短促，就像人的心跳。在烟雾中还有一道道光，能看到涌动的尘埃；蛇一样的烟圈慢慢扩散开来，像海难幸存者脖子上戴的花环，而这些幸存者如今正紧紧扒着桌边。咖啡馆里烟雾缭绕，好像把里面的摆设罩进一张柔软的、半透明的网里，好似一个蚕茧，蛹愿一直待在里面，免去化蝶的痛苦，然而，随意书写的笔会将蚕茧捅破，蝴蝶最终会解放出来，在惊恐中扇动翅膀。

在柜台后面的架子上，装水果的杯子和盛放香槟的瓶子熠熠

4

生辉；一盏灯上罩着红色条纹的灯罩，像一只色彩斑斓的水母；吊灯在高处来回晃动着，好似水中的月亮。据历史记载，圣马可咖啡馆于一九一四年一月三日开业，尽管当时的里雅斯特一些咖啡馆的老板组织了一个联合会进行抗议，他们还向奥匈帝国负责管理民事和军政的代理长官求助，试图阻止圣马可咖啡馆开张，但没起到任何作用。圣马可咖啡馆一开张，便迅速成为那些渴望民族统一的年轻人的聚集地，也成了一个买卖假护照的窝点，那些抗击奥地利人的爱国者可以利用这些假护照潜入意大利。皮希勒先生——一九一六年大屠杀期间，他曾是奋战在前线的中尉——小声说："对于那些小年轻来说，买卖护照，把照片裁剪粘贴好像很容易，也很有趣，那就像随便摘下一张面具戴在脸上，根本不会想到这张面具会把你拖入黑暗，让你永远消失。就像那次，他们，还有我们很多人在加利齐亚①，也许是在喀斯特高原②……一九一五年五月二十三日发生在圣马可咖啡馆的打砸事件，的确是奥地利暗探干的，但我们也不能夸大其词……没错，是奥地利暗探干的，但后来那些暗探和特务还不一样吗——事情的确很糟糕，一家这么漂亮的咖啡馆被砸了，真是可惜……但从总体上来说，奥地利是一个文明的国度，在战争期间，本地执政官德·弗里斯科内甚至向意大利民族主义者西尔维奥·本科道歉，因为他不得不例行公务，对这位民族主义者进行特别监视。如果

---

① Galicia，中东欧古地名，曾是奥匈帝国最大省份，后被波兰和乌克兰瓜分。
② The Karst Plateau，位于斯洛文尼亚西南和意大利东北部交界地带。十九世纪末，西方学者因其石灰岩侵蚀地貌最为典型，遂以"喀斯特"为其命名。

奥匈帝国还在的话，一切都会保持原样，这世界就会继续像圣马可咖啡馆一样。你看看外面的世界，你不觉得，保持原样已经很不容易了吗?"

圣马可是一家真正意义上的咖啡馆，它位于"历史"边缘，这里的常客什么人都有。而在那些"伪咖啡馆"里其实只有一类人，只有一个"部落"出入，不管是富有的绅士，还是有着美好愿景的年轻人，不管是持不同政见者还是进步文人，反正都是一类人。在文化上，任何近亲繁殖都没有生机，死气沉沉;学院、大学校园、专属俱乐部、试点班、政治会议和文化专题座谈会就像安逸的港湾，是对生命力的否定。

而圣马可咖啡馆里鱼龙混杂，充斥着各色人物，所以显得生机勃勃，充满血性。这里有曾经远渡重洋的老船长;有正在备考或钻研恋爱小花招的学生;有对身边的一切漠不关心的棋手;还有一些德国游客，他们对那些小小的名牌很感兴趣，上面写着文学领域里大大小小的名人，之前都是咖啡馆的常客;有默默读报的人;有一群兴致很高的人在喝着巴伐利亚啤酒或维多佐葡萄酒①;还有一些精神矍铄、针砭时弊的老人;有卖弄学问的抗议者;有怀才不遇的天才和一事无成的雅皮士。香槟酒瓶塞像礼炮一样响起，尤其是当布拉达西亚学士——他已经因为弄虚作假被警告多次，连他的学位可能都是假的，他是在警察局有案底的

---

① 维多佐属白葡萄品种，在意大利东北部享有悠久历史。

人——十分镇定地请周围的或路过的人喝酒，他会用一种不容置疑的语气让服务员把账记在他头上。

"其实我爱上她时并不喜欢她，她喜欢我却并没爱上我。"出生在洛希尼岛的帕利希先生说，他在说一本讲述夫妻生活、折磨人心的小说。圣马可咖啡馆里一直回荡着低声细语，除了有时候棋桌边会传来几声大喊，或是晚上普利尼奥先生弹奏钢琴，有时候他会放摇滚乐，但比较常听到的是两次世界大战之间的靡靡之音：你黑色眸子里闪烁着快乐，命运迈着狐步舞向我们走来。

"她并不是为了钱，像韦博老先生这样的人，怎么会让人骗了钱财呢。除此之外，那个女人也很有钱，比男方更有钱，而且她非常清楚，韦博老先生是不会给她留下任何东西的。也许对于像我们这样的人来说，一套纽约的小公寓算得上一大笔财富了，但像她那样的人根本就不在乎这一点。想结婚的是韦博老先生，这是他堂弟埃托莱说的。他俩因为戈里齐亚家族墓地的事儿，已经有差不多五十年没说过话了，但在得知韦博老先生——其实他比埃托莱还要小两岁——生命仅剩下几个月时，就坐飞机到纽约去看望他。埃托莱还没坐稳，韦博老先生便宣布了这个消息，他下个星期要结婚了——没错，韦博老先生说，他一生中几乎什么都尝试过了，唯独没结过婚，他不想在死前仍然没体验过结婚的感觉。他很肯定，人就应该结婚，照常规，一个人不能没结婚就死去；所有人都会同居，包括你——他补充了一句，并递给堂哥一杯路萨朵樱桃利口酒，意思是不用多说了，他已经决定了。埃托莱说，他漂洋过海跑到纽约，还不得不喝一杯樱桃酒，他年轻时就特别讨厌喝这种酒，更别说现在。无论如何，韦博老先生最后安然离世了——现在我已经把问卷最后一项填好了，按您的要求填写的——需要强调的一点是，他并没搅扰任何人，即使在生命的最后一刻也没有，他一辈子都很讨人厌，临死前却变好了，可以看出结婚给他带来了好处。"

各种声音响起，混合在一起又逐渐消失，这些声音从人们身后传来，仿佛来自大厅深处，像回头浪的声音。声浪像烟圈一样向远处散去，但无法彻底消失。世界上充满了各种声音，时时刻刻都能听见，或许会出现一个像马可尼那样的科学家，发明一种设备，能捕捉所有声音，包括死神也无法消除的熙熙攘攘。人的灵魂是永恒的，也是无形的，仿佛宇宙中飘荡的超声波——胡安·奥克塔维奥·普伦兹这样认为。在咖啡馆那些桌子边，他聆听过那些声音，并写进了《无辜者和无领衬衣的故事》里，这是一篇怪诞、超现实的小说，通过一些交织的声音展开叙述，这些声音相互重叠，远去消散。

普伦兹是一位意大利教授，却用西班牙语写作。他出生于布宜诺斯艾利斯，祖籍在克罗地亚的伊斯特里亚内陆。他浪迹天涯，在许多国家教过书，最后在的里雅斯特停留，或许是因为这座城市让他想起了巴拉甘海湾那些弃船停泊的地方。该地位于布宜诺斯艾利斯和拉普拉塔之间，有好看的船头雕饰，但如今只存在于他薄薄的一本诗集里。普伦兹坐在圣马可咖啡馆，仿佛能看到那些船头雕饰，那些木雕饱经风雨的侵蚀，依然为其他人还没有发现的灾难的来临而惊恐。他在翻阅他的一本诗集的译本，其中有一首诗是献给戴安娜·特鲁基的，她曾是普伦兹在布宜诺斯艾利斯大学任教时的助理，在军政府期间，有一天她永远消失了。这首诗谈到了缺席，就是有些人和东西不复存在了，只留下很少的东西，一首诗或放在空位上的一块名牌。诗人知道这一点，但他不在意，这个重视或无视他的世界就更不在意了。普伦兹从兜里把烟斗拿出来，对着坐在旁边桌子的两个女儿微笑了一下，又和一个塞内加尔人聊了起来，这人在咖啡馆里兜售各种小玩意儿，普伦兹跟他买了个打火机，聊天要比写东西好。塞内加尔人走远了，普伦兹抽着烟开始写作。

墙上挂的面具像是在窃笑，周围全是一些无关的人，在这种环境下在纸上写字，感觉不赖。气氛祥和，也没人关注他，这可能会矫正写作本身的谵妄：文字无所不能，写作就是妄想用几张纸来改变世界，贸然谈论生死。他手上那支钢笔，有意无意地蘸着饱含谦卑和讽刺的墨水。咖啡馆适合写作，那些形单影只的人带着纸笔，顶多再带上两三本书，坐在桌边，就像海浪中抓着一块木板的落水者。水手和吞噬他的深渊之间只隔着薄薄几厘米厚的木板，一个小小的漏洞便能让大量黑水进入船体，使之沉没。笔就像一根长矛，会伤人也能疗伤：它能刺中一块漂浮的木头，置于汹涌的波涛中，也能把破损的木头修补好，使其重新上路，并保持正确的航向。

不要害怕，抓住木板，因为海难也可能是一场救赎。那个故事是怎么讲的？当恐惧来敲门时，信仰上前开门，门外却一个人也没有。但是谁教人开门的？长期以来人们一味地关门，简直有些神经质；人们刚喘口气儿，焦虑便涌上心头，想把所有门闩上，包括窗户都牢牢封死，丝毫不会意识到这样会让人缺氧。在那种令人窒息的环境下，偏头痛会发作，像榔头砸着脑壳，慢慢地人们只能感到头疼。

乱写一通，把妖魔鬼怪都释放出来，管束它们，带着无辜的想象模仿它们。在圣马可咖啡馆，传统布局被颠覆了，魔鬼被置于高处，因为咖啡馆里的花卉装饰，维也纳分离派的风格提醒着人们，在下面也可以很安逸。这里就像一间舒适的等候大厅，人们可以乐享等待的时光，拖延出去的时间。咖啡馆的经理吉诺和服务员把一瓶瓶酒端到桌子前，有时他们还会请顾客吃鲑鱼面包片，配上一款口味独特的干白葡萄酒，但他们不会对所有客人都这样。他们是等级很低但很可靠的天使，足以监督从伊甸园流放出来的这些人，让他们在这个人间天堂过得痛快，防止狡猾的蛇用虚假的承诺把他们引诱出去。

二十世纪初，赫尔曼·巴尔[1]说圣马可咖啡馆是一家柏拉图学园。他还说他在的里雅斯特过得很舒服，因为在这儿感觉独特，和在其他地方都不一样。这所学园不教授任何东西，但人们却能学会交际，学会摆脱幻想。人们可以聊天，与他人讨论，但不能布道，也不能开大会或上课，对于旁边桌子的人来说，每个人都是遥远的"他人"。要像爱你自己那样去爱他人，容忍他们的毛病，比如说啃指甲，就像他们容忍你的怪癖。在咖啡馆的桌子间，

----

① Hermann Bahr（1863—1934），奥地利诗人、剧作家。

有些事情是不能做的，比如创立学派，拉帮结伙，吸引追随者和效仿者，招募门徒。在这个幻灭的地方，人们即使已经知道故事怎么收场，也不会失去观赏节目的雅兴，他们会容忍演员的口误，这儿没有"伪大师"的市场，他们打着马上实现救赎的幌子，引诱那些十分焦急、渴望马上得救的人。

在外面，假的弥赛亚此起彼伏，信徒会被那些炫目的救赎幻景迷惑，走上一条自己无法承受的道路，从而迈向毁灭。那些先知能控制对毒品的依赖，他们会引诱那些孱弱的弟子走上不归路；有人在沙龙里宣称，革命只能通过枪杆子来实现，他明知那是一句寻常的比喻，却让其他人天真地以为这是事实，有人从字面理解了这句话，很快就受到了惩罚。在咖啡馆的报刊架上，一本杂志封面上是美国模特伊迪·塞奇威克美丽天真的面孔，她信奉糜烂的生活，这是自立门派的安迪·沃霍尔有序引导的结果。伊迪听从导师的教导，她所追求的并不是快感，而是通过疯狂地打破性禁忌获取一种难以描述的生命意义，那些群体仪式和毒品毫不意外地把她引向了令人惋惜的死亡。

在圣马可咖啡馆里，人们不会幻想原罪没有发生，生命是纯洁无辜的，因此很难用那些不值钱的小玩意儿——一张应许之地的门票——糊弄这里的顾客。写作意味着知道自己不在应许之地，也知道自己永远不可能到达那里，但还是坚定不移地穿过沙漠，朝那个方向走去。坐在咖啡馆里就已经启程了，就像在火车上，在宾馆里或在路上，带着极少的几样行李，你谁也不是，不能留下任何个人的痕迹，在那种隐姓埋名的安然状态里，你可以摆脱自我束缚，就像摆脱外面包裹的一层皮。世界是一个错综复杂的坑，写作忐忑而顽固地在这坑里挖掘。写作，休憩，聊天，打牌，邻桌客人的笑声，一个女人像命运一样确凿的剪影，杯子里的葡萄酒，琥珀色的时光。时间一个小时一个小时漫不经心地流逝，人们几乎可以说是幸福的。

人们提到咖啡馆历任老板或者经营者，就像说起那些古老王朝的君主。马可·洛福林诺维奇是克罗地亚波雷奇县维萨丰塔纳人，他开餐馆和酒馆就像其他人写诗或画风景画。他经营的这家咖啡馆于一九一四年一月三日开业，之前这里是三叶草牛奶站，还有养母牛的牛圈。他公然说，这里起名叫"圣马可"，是因为他叫"马可"，他在装修中充分发挥了这个名号，咖啡馆的椅子上有象征威尼斯的狮子——圣马可的化身、意大利和民族统一的象征。也可能他内心深处非常确信，那个带翅膀的狮子也是为了体现他的教名。他活了九十四岁，他应该心里暗自清楚自己并不是世界的中心。

在咖啡馆里也有年轻人孤零零地死去，因为他的灵魂与世界不协调，这世界当然不是为他量身定做的。比如那个总是汗津津的年轻人，他像一只被追赶的猎物一样张皇，眼里流露出落入虎口的恐惧。他每天下午都来咖啡馆，总是随身带一沓纸，写满一张又一张，直到有一天他再也没有出现，那是因为前一天晚上他跳楼了。

咖啡馆像一个收容所，那些孤苦伶仃的人可以暂时在这里歇息，像洛福林诺维奇这样好心的咖啡馆老板会在恶劣的天气里收留那些无家可归的人。就像那些创办收容所的慈善家，他们赚一点钱也是应该的，有时候也能获得爱国者的荣誉，比如在圣马可咖啡馆被炸毁之后，洛福林诺维奇被奥地利人关在格拉茨的利贝瑙，因为他给双眼都注射了沙眼病菌，就是为了不当兵，不打意大利人。

在圣马可咖啡馆历任老板中，值得一提的是施托克姐妹，两姐妹都很娇小，却非常强悍：其中一个头发是浅黄色的，已经有些年纪了，她时不时谈起有一次在咖啡馆的经历。有一天，一个人高马大、喝得醉醺醺的男人来到柜台前，让她再倒一杯威士忌，她拒绝了。那人举起柜台上一台很重的咖啡机威胁她，就像拿起一根小树枝一样，随后丁零当啷地放下了。所有顾客都很忐忑，指望能有"骑士"挺身而出，保护一下那位女士的安全。这时候坐在跟前的那些顾客里，有一个正在桌前专注地写东西，不幸的是他的桌子距离柜台最近。当那个发狂的醉汉终于扑向她，她从抽屉里拿出了一把斧头，一下子就架到了他脖子上。那个好心的顾客战战兢兢地从堆满纸的桌子前站了起来，尽可能慢地走向了那个愤怒的巨人，他很高兴能及时有力地抓住那女人挥舞着斧头的手腕，救了那个冲动的年轻人一命。

圣马可咖啡馆是的里雅斯特少有的年轻人扎堆的地方，但这里也是一个"提升"生活的地方，在那些常客的脸上好像能看到文物定期保养和修复带来的结实稳妥感和年代感。的里雅斯特的"靡非斯特"是一个慎重的资产阶级魔鬼，针对那些快要散架的装饰，还有那些像满是皱纹的脸一样裂开的墙壁，他提供返老还童的魔法。他要的不是一个少年，而是一个充满活力、体面的中年——不是浮士德那突如其来、毁掉玛甘泪的青春，而是一位教授的成熟魅力，在教室里勾引女学生，最后到了床上，最初的那份严厉也是很快就会消除的误解。

负责翻新咖啡馆的公司通常是"统障"公司，他们会赋予的里雅斯特那些楼房和咖啡馆一种整洁而神秘的美，这是一个曾经繁荣的资产阶级城市特有的风格。有一位作家大部分时间都在圣马可咖啡馆写作，他让人把信寄到那里，也会在咖啡馆里接待访客。有人向他打听这个曾经辉煌的城市的过去，但他只知道一些道听途说的故事，还有别人充满怀念的记忆。这位作家的画像是瓦莱里奥·库吉亚绘制的，挂在一进门左手的地方，在一个展示出入这里的名人的宣传栏对面。这位作家的画像真应该被撤下，换上一幅十九世纪绘制的马西诺·莱维的画像。莱维是一家保险公司的主管，他的画像现在保存在罗塞蒂演艺剧场的门厅，就在城市公园旁边。在画像里，莱维挺着肚子，一手拿着纸，一手拿着羽毛笔，唇边挂着犹太人特有的那种持重、含蓄的微笑，这是一个能给生活带来保证的"靡非斯特"，具有中年的血性，他拿着很多保单，单是为了这一点，也值得签字把灵魂抵押出去。

除此之外，那种中年的圆熟也会带来很好的机会，让人得到一些迟到的但还来得及的享受。有些午后，阳光会照亮画框上镶嵌的金色的咖啡叶子；光线缓缓移动，会直射到小桌子后面的镜子上，把镜子变成一个边缘反光的清潭，就像遥远的海面上耀眼的夕阳射出的最后一道光。在镜中那些半明半暗的面孔上，流露出对明媚大海的怀念，那是真实生活阴险的召唤。这种召唤有时很强烈，但也很容易平息。有那么一段时间，有几个常来咖啡馆的人，他们也是旁边犹太会堂的常客，但最后一个个都消失了，不再出现在咖啡馆的桌子前，没有任何人问他们为什么不来了，即便那些喜欢和从会堂出来的人聊天的人也没有询问他们的去处。

咖啡馆里光线朦胧，看不到太远的地方；没有吹散雾霭、打开视野的狂风，夕阳的红晕是杯中的红酒。比如说科莱帕兹先生，他不会为逝去的青春惋惜，然而他正在修复自己的青春，就像那是一幅可以润色的画。他年轻时没什么女人缘，当然也没发生什么刻骨铭心的事儿。孩童时代，夏天他会和其他孩子一起在公园露天电影院里玩儿，就在距离圣马可咖啡馆几百米远的地方。女孩子都很热情，看到他都很高兴，但当银幕上浮现"邦蒂号"帆船，白茫茫的大海还有洁白的浪花和黑色的海浪——那是一种近似于夜晚的深蓝，四周黑漆漆的，夜晚很清凉，耳边是公园里树叶的窸窣声，那些女孩子的眼睛都闪闪发光，暗处传来的笑声是幸福的承诺，但他感觉蠢蠢欲动的身体和那些女孩子黝黑的胳膊之间有一道不可逾越的鸿沟，他觉得一切都很别扭。在电影散场时，那些胳膊会自然而然地搭在他肩膀上，即使是在暗处握一下手，他的反应和别人也不一样。

他差不多一直都是这个状态，他遇到那些如清水中的花朵一样盛开的女人，却很难突破自己，只能错失良机，从来都没有和她们有瓜葛。直到有一次，在很多年之后，他和劳拉重逢，即使青春正在逝去，她脸上有了皱纹，胸部也开始臃肿，但她依然很美，风姿绰约。她用一种异样的目光看着他，他整个人都放开了，一切都变得很容易。"你当年真是青涩啊！"几个月之后，他以前的同桌克拉拉在床上对他说，她那头和当年一样浓密的黑发垂到了他脸上，只是里面已经夹杂着缕缕白发。

就这样，他的生活变了，但他没变成一个风流浪子，完全不是那回事儿。他非常忠诚，他只对年轻时渴望过的女人感兴趣，他想弥补回来，他有自己的策略。他现在赶去追那些把他丢在后面的女伴，他已经追上了不止一个。渐渐地，一切都调整过来了。他弥补了他和玛丽亚在海边度过的时光，以前他伸出手拉她上岸时有一种遥不可及的感觉，现在这个距离也得到填补；他也修正了那次和路易莎的午餐，那天她笑盈盈的眼里只有乔治，现在她那柔软的、有些发胖的手指多擅长点燃他的欲望啊。

时间一点点向前推移，一直到那个在公园里认识的穿白袜子的女孩，她当时噘着嘴，要求他把车轮弄好，后来她飞一般地骑走了，看都没看他一眼。现在，她那张贪婪且蛮横的嘴，就像一个土耳其后妃那样幽怨，她嫉妒女儿的青春和美貌——那是她和那时的一个幸运儿生的，但后来他们离婚了。

后来还有更早之前他为之痛苦过的太太——他母亲的朋友，还有他朋友的母亲，她们优雅而芬芳，会把他抱在怀里疼爱一番，还会亲吻抚摸他的脸颊，在他嘴里放一颗巧克力，再用涂了红色指甲油的手指推进嘴里。到了这个阶段，有人传言——但咖啡馆里的闲话总是很夸张——他最近和陶伯太太上床了，那可是祖母级的人物！五十年前那真是一个美人儿，到现在她的鼻子还是那么盛气凌人，在等着属于自己的那份荣耀。无论如何他都是一个绅士，他什么都没说，因为那是一位有名的女士，她有时候还会和仅存的几个朋友来咖啡馆。

在咖啡馆里，乔治·沃盖拉有很多年都坐在从外面进来右手最里面那张桌子前。可以肯定的是：他是小说《秘密》的主人公原型，也有可能是这本书的作者。这是一部引人入胜、但让人不舒服的杰作。这部反生活的杰作细枝末节地描绘了他对生活的遗弃，也揭示了生活所有的诱惑。沃盖拉身边是几个性格温和的表姐妹，她们也是高水准的作家；还有几个别无所求的老朋友，有几个想成为作家，在文学史上留名；有几位记者，关于的里雅斯特每两三个月总是会问他同样的问题；有为论文搜集材料的学生；还有一些学者从远处赶来，想看看他抽屉里还有什么东西没出版。皮耶罗·科恩是口头文学方面快要灭绝或从来都没有出现过的大师，他是的里雅斯特那些世界主义大资本家保护的对象，他讲述了他在里约热内卢遭受的一次抢劫，他批评那些劫匪一点儿都不专业，更辛辣地讥讽了一个肥胖的美国人举止不得体，尽管那人也是受害者。

沃盖拉一脸祥和，耐心地听着，他漫不经心地让那些话消散在麻木不仁的宇宙中。他那双水汪汪的天蓝色眼睛看到过生活的另一面，也就是生活的背面，他会用温和的目光扫过咖啡馆的桌子。"从根本上来说，我是个乐观主义者。"他喜欢重复这句话，"因为事情总是比我预测的更糟糕。"经历了历史的灾难和个人的悲剧，他总是如临深渊，尤其是年轻时没有被生活吞没，这真是难得。

处于沙漠，远离应许之地生存下来，这不是一件容易的事情。在沙漠里不仅有席卷一切的沙尘暴、令人晕头转向的大风，还有更危险、更险恶的处境，砂砾无孔不入，让皮肤无法呼吸，干旱会让身体失去水分，也会让灵魂干涸，失去活力。也许沃盖拉年轻时是一个很难相处的人，在接受自己和他人的无能为力之前，他是一个苛刻的老师，会给那些马虎的、错误的生活判不及格。但他的措辞清晰而缓慢，近乎偏执的真诚，这就像阿里阿德涅手中的线，在迷宫里也不会纠缠在一起。他不动声色地描述了一个无常、痛苦而且荒谬的现实。

沃盖拉就是通过语言的万花筒赞美这个庸常世界里那些无用的美德。他一丝不苟、细致入微地投入到虚无中，还揭示了劣胜优汰的反伦理：人类中最糟糕的一部分人引领着社会和历史。他说科学在灵魂的神秘世界探索，比如说心理分析会揭示一些模棱两可的真相，但在生活的喜剧中，这些解释很快就会变成平庸或残酷的误解。他会提到巴勒斯坦战争还有他流亡的岁月，那场战争对于他来说是一段折磨人心的经历。他看世界的目光很清醒，是充满慈悲的，那就像来自别的星球的目光。对于这个混乱无序的世界的审视，会让人失去信心和幻想，但不会让人失去优雅的态度。沃盖拉干净明朗的风格，还有对十九世纪充满忧伤的敬意都是善的一种表现。

"我知道，我知道，在这个世界上每个人都很忙碌。"沃盖拉嗫嚅地说，就好像他不属于这个世界。他年事已高，行动有诸多不便，但他还是会去给一位被人们遗忘的女作家做伴。这位女作家受人尊敬，但性格霸道，会黏着他好几个小时，会纠缠他、拉扯他、不放他走，因为他是唯一一个可以纠缠的人了。"我能怎么办呢？"他有些不好意思地解释说，"我知道孤独、被人遗忘是什么滋味……除此之外，她以前对我父母挺好的——尽管说实在的，在这方面，哎，算了。尤其是，如果我不去看她，她会一直给我打电话，说个没完没了，那样我更累了……"他住在犹太人养老院，隔壁房间的老太太脑子有点儿不好使，有时候晚上会走错房间，会进到他房里，坐到他的床上，在那里待几个小时。"这事儿如果发生在四十年前，"他评论道，"对我来说也一样……"

上帝一直在考验约伯，让他身上长满了疮疥，而沃盖拉在做记录。《死神女士》是一本引起争议的书，但也是一本令人难忘的书，是他见证过的死亡的记录：他父母亲、莱蒂齐娅姑姑、朱塞佩叔叔、奥尔加阿姨、他朋友保罗和表妹切齐莉娅。他是的里雅斯特犹太人退场的见证者，或许是最后一个记录者，一个接着一个出现的是那些弥留时分的人物，他们临终的时刻会被切分成不同的时段：紧急住院，内出血，年老和疾病的味道，住院手续，动脉硬化，病人的一些强迫症，护理者的自私，那些受罪然后死亡的人的心思、痛苦和古怪。

这个记录员不会放过肉身毁坏的任何细节，身体衰败时的惨淡，呕吐物堵住了气管，急救中心接线员傲慢无礼。他就像一头驮着东西的牲口，不断地挨打，忍辱负重，但还是会抬起眼睛反复说:"您要小心点儿,我都记着呢。"那些急救和死亡都记录在那本书里,一章又一章,最后甚至有一种喜剧效果。就好像一系列不幸的事件,刚开始还会激起人们的同情,但超过一定的限度就会让听众愉快起来。一连串不幸带来的喜剧性,让人的脆弱和可悲浮现出来,这真是在所难免。人的处境过于可怜,到了失去了体面的地步,变得可笑可悲,成为被排斥的对象。

从某种程度上来说,沃盖拉重写了《约伯记》,但他是站在约伯最初的几个儿子和女儿的角度来写的。在约伯最初经历的考验中,他的房子像沙漠中的羊群一样被吹散,这几个孩子被压在坍塌的屋子下面。在最后的欢喜结局里,羊群和骆驼补偿了约伯经历的损失,之前那段悲惨的记忆并没有干扰到他幸福安稳的晚年。约伯是《圣经》里一个非常可怕的人物,故事为了突出约伯这个人物,是从一个要面对多重考验的人的角度来讲的,上帝和他的对手在约伯身上倾注了很多精力,很容易推断出,约伯虽然要经历各种悲剧和磨难,但生命还是有意义的。没人会问约伯最初那几个被压在坍塌的屋子下面的孩子,他们是不是要接受自己的命运:他们的出现只是为了彰显约伯的忠贞。假如要和他们感同身受,了解他们默默无闻的命运,就很难再赞美万物的秩序。

沃盖拉站在那些被毁灭、被无视的创造物的角度,这些人就像匠人不愿使用的石料,可能上帝也忘了他本来想用这些石料砌他的屋角。沃盖拉写的小说非常客观,像笔录一样为那些失败者写了备忘录。但有些东西堵住了,有些被稀释了,眼泪让眼前的东西变得朦胧,善意变得浑浊,甚至受到了污染。无论他是不是杰作《秘密》的作者，单是作为这本书的主人公已不是件容易的事儿。这是一个非常尖刻的人物，有着狂热的沉迷和严格的戒律，这个人物为爱堕落，在故事中感人至深，但在现实中会留下难以愈合的伤疤。不管别人相不相信，他都会反复强调：这本书是父亲——圭多·沃盖拉——用一种近乎侵犯隐私的笔触，记录了儿子绵长的哀歌。

他用透彻清晰的风格，反复描写同样的主题——爱的销魂，生活对他的否决。就像《秘密》中的内容，这些通常都会被稀释溶解，成为非常冗长的描述；那种平淡、迷人的简洁风格会陷入平庸，变得隐约、模糊。也许沃盖拉是一个假好人，他可能领会了生活的荟萃，这并不是一件坏事儿。假如有人赞美他写的东西，他会害羞脸红，会谦虚地说，他们家真正的作家是他父亲、叔叔和堂姐妹。但他那双近视的眼睛看着对话者之外的地方，假如他觉得对方相信他说的，也许眼里会闪过一丝狡黠。

威利科尼亚医生坐在距离报纸架很近的地方，他对于报纸上的内容并不感兴趣，因为每天报道的事儿差不多都一样，但他喜欢把报纸拿在手上，左手拿着报纸夹，右手翻阅。世界就在他手中，醒目的黑体字写着那些危言耸听的事儿，他感觉自己尽在掌握。威利科尼亚医生有自己的一套理论，是建立在个人经验之上的关于挽救婚姻的最稳妥的办法。他坐在咖啡馆里，面前放着一杯啤酒——当然是扎啤，威利科尼亚医生可不是那种喝瓶装啤酒的人，啤酒的压力和温度非常关键，泡沫也应该正好，而不是一打开瓶盖就溢出来，就像服用前摇一摇的口服液。他说："我的婚姻得以挽救，那是因为我有一两次做了蠢事，我在外面过了夜，这让我明白了很多事情。有时候，不知道怎么回事儿，你会和别的女人产生情愫，当时你会觉得很不赖。通常在刚开始时，你就会遇到这种情况：她们会留你过夜，也不知道出于什么目的，可能她们觉得这样体面一些吧。尽管事情会变得复杂，你要采取一系列应对的措施，但怎么能拒绝呢？至少是我，别人如果喜欢我，我总是很诧异，也很感激，我觉得自己应该热情一些。"

"表现得热情客气，这是好事儿。"威利科尼亚医生接着说，手里依然拿着报纸夹，"正是因为客气，这事儿才能及时收场，也就是说在两个人开始受罪之前。因为在床上，过一会儿还能做什么呢？那又不是你的女人，你眼前的人属于熙熙攘攘、来来往往的人群中的一个——跟自己的女人在一起，你一点儿也不会厌烦，那么紧贴地挨着，什么都不做，你可以在她身后倾听她的呼吸。"

"但跟别的女人就不一样了，可能这个女人身价更高，值得全世界尊重……你躺在那里，过后，你没有勇气起身去看书，你倒是可以去一趟洗手间，在洗手间里待一会儿，但你只能去一次，顶多去两次。你也可以睡一会儿，但很快入睡也不合适，不礼貌。就这样，我躺在床上，希望她尽快睡着。当电车最初的动静传来，我终于松了一口气，我对于市政交通公司那些早起的员工充满感激和敬意，这意味着我的尴尬处境快要结束了。过两个小时再起身告辞就不会很失礼，而且那是必须的，因为她们也要去上班。"

"就这样我明白了：一起睡觉——不仅仅是一起睡觉，还包括在黑暗里一起待着，一起生活，不说别的事儿了，就是聊天儿，开玩笑，分担忧愁，去电影院或者夏天结束时最后一次下海游泳，在巴尔科拉和米拉马雷之间的岩石上晒太阳，也要和你生命中的女人在一起。我明白了这件事，那是因为我在别的女人家里过夜，第二天早上事情就无声无息地结束了。如果没有当机立断的话，我不知道还会纠缠多长时间，激起多少怨气和不满，让所有人都难过。我要把这事儿给圭多神父讲讲，他可能今天也会来，他喜欢喝啤酒，况且圣心教堂距这里很近。也许他能从中受到启发，做一场关于婚姻的布道，那会很有感染力。关于婚姻的重要性，我想给那些好姑娘——顶多两个，对于像我这样的人已经够多了——吹吹风，是她们把我带上了正道，让我认识我自己。对于她们来说，摆脱我也是好事儿。"

在沃盖拉和他表姐妹的桌子上，都有一本他舅舅——朱塞佩·法诺——的回忆录手稿，那是他在去世之前，也就是一九七二年写的，当时他已经九十二岁了。在这本回忆录里，他本可以讲述自己丰富多彩的生活：在世界大战之前，他已经是一个成功的商人了，后来他成了一个委员会的领袖，帮助意大利犹太人移民。在这个委员会的办公室里，他雷打不动，总是按照自己的习惯行事，他不慌不忙、镇定自若，想尽一切办法搞到去巴勒斯坦的船只；他坚定不移地募集资金，不遗余力地帮助了半个世界的流亡者，为他们提供服务。闲暇的时候，他会头戴小圆帽躺在床上，养精蓄锐，想要延年益寿。

这些丰功伟绩在他的回忆录里也可以看到，但只有寥寥几笔。关于他如何养精蓄锐，为这些事业积攒力量，回忆录里记载得非常详细。回忆录里经常谈到一阵阵让人着凉的风，法诺最担心的就是感冒，即使在夏天他也会穿好几件套头衫。萨巴对他说，得有钢铁一样的身体，才能扛得住这些保护措施，这要是放在别人身上肯定会得肺炎。在德国人占领期间，他很可能被抓起来流放，但为了不抛下那些需要他照顾的人，他留在了的里雅斯特。在九月或十月的一天，他在纳粹控制的城市里走动，身上穿着羊皮大衣，简直就像从波兰犹太区走出来的男人。他发现天气没有前两天那么冷，于是松了一口气。纳粹独裁统治没能让他的习惯改一个逗号，希特勒会让他失去性命，但不会让他感冒。

在回忆录里，他几乎没有提到自己，他带着中欧人的谨慎态度，一直在讲别人的事，"我"只是作为叙述者把那些人联系在一起。他没对发生的事情添油加醋，也没主观地做出评价，只是实事求是把真实的世界描述出来，就像有上帝的视角，能看到一切，包括事情的反面。他不会有选择地进行描述，不会把那些前后不一致的地方去掉，也不会自作主张区分那些事情的重要性；他也没有赋予自己造物者的权威，把现实放在一边，去篡改和修订。法诺很欣赏和崇拜萨巴，他讲述道，一九一四年他和萨巴在米兰，他要回的里雅斯特，萨巴交代他好好照顾自己的母亲和姑姑，要姑姑把遗产留给他，不要让她把仅有的那点积蓄花完了。法诺回到的里雅斯特之后信守诺言，他经常去看望两位老太太，不是每天都去，但至少一个星期去三次……他把萨巴的姑姑带到了公证人那里，姑姑很乐意地写了遗嘱，把财产留给了侄子……

在法诺的回忆录里没有任何嘲弄和揭露的痕迹。那种喜剧效果也是源自对事实的尊重，是无心插柳的结果，有时候会暴露生活的无意义、不连贯和怪异，但也会展现和亲人一起生活的家庭伦理。那些细节或风趣或尴尬，通过昆虫学家的精确手法记录了下来。法诺进入青春期时，作医生的父亲建议他洗凉水澡来化解青春期的不安和悸动。他当然会听从父亲的建议："我早上从热乎乎的床上起来，来到冷冰冰的厨房里，厨房水龙头上装了一段软管，连着一个喷头一样的东西……这个方法对我的神经没有任何好处，但对我的肺很好，我因此很少感冒。"

关于他的家庭情况，只在一个不起眼的注释里有所体现："我不记得当时为了哪个新生儿，妈妈精疲力竭，爸爸……"在他们家里，秩序需要严格遵守：一个远房亲戚——十九世纪最早上过学的年轻女子中的一个——向法诺的姑姑寻求帮助，因为她非常活跃，是很多委员会的成员。这些委员会致力于帮助妓女，让她们重新融入文明社会。这个外甥女想通过姑姑的关系谋得一个职位，姑姑回答说，她真的很想帮忙，但遗憾的是这不可能，"因为我们只帮助妓子"。这件事真是有些尴尬，不知道后来是怎么收场的。

十九世纪的实证主义智慧，出于诚实，他们已经放弃把现实的凌乱多样性总结成一个纲要。"你们想怎么折中，怎么妥协都可以，但出于对上帝的爱，不要总结！"圭多·沃盖拉是这样告诫人们的，他也可能是《秘密》的作者。客观物体是存在的，我们需

25

要忠实，尽管有时候会显得可笑。对于法诺来说，尽管这些事情不符合全局，不连贯或前后矛盾，会让人物形象变形——包括会损害他自己的形象和名望，也不需要删除。法诺不担心他的回忆录是否前后一致，他躺在床上口述发生过的所有事情，他有时候会忘记前面已经讲过了，他会重新讲一遍，和之前的一模一样。记录员跟他说这些事情已经讲过了，他说不用管，这是他的事儿，接着写就是了。

人生就像他的回忆录，有一些重复，那些激情、行动和离奇的想法都会重复。他的自传支离破碎，前后不连贯。这个自传不是一个总结，而是根据现实罗列的，是未完成的、没有定论的。对于那支想记录一切的笔，所有事情千头万绪，无法得到一个定论。无论发生什么事情，对于人和事的尊重始终如一。"您能给我留一下电话号码吗？"需要给一个人打电话时，法诺可能会这样提出请求。

墙上挂的圆形画板上的裸体像应该是出自名家之手，但不是所有作者都经过验证。纳波莱奥内·科齐的作品可以确认，他是装饰画家、登山运动员，也是作家和民族统一主义者。是不是乌戈·弗卢米亚尼的作品，目前还没有定论，他是一个水彩画家，他笔下的河流，"无论是流经意大利半岛、弗留利、伊斯特里亚还是达尔马提亚，最后都汇入亚得里亚海，汇入圣马可的海。"地中海两岸应该都是古意大利，这幅绘制着河流的画在琥珀色的画框中变得黯淡，犹如镀金的黄昏。通往另一个大厅的过道像一道精心装饰的门，在正对巴蒂斯蒂路的中殿里，朱塞佩·巴里松绘制的《祭献者》怀里抱着礼品，想获得各路神灵的恩典，一袭红斗篷映射在灰色、褐色以及赭色的人物面孔上。朱塞佩·巴里松也是火车站咖啡厅里表现电力和地理寓意画的作者。在咖啡馆朝向犹太会堂那边的大厅里，弗卢米亚尼笔下的海岸和潟湖色调明亮：帆船、海水、沙和淤泥在午后阳光的照射下熠熠生辉。这让人想从"方舟"里出来，跃入被晚霞染红的水中，然后消失；或者在潟湖中嬉戏，脚踩着闪耀着金光的泥土。

"您头发太乱了，快去洗手间整理一下吧。"这次，那位老太太用一种不容反驳的语气说，通常只有有肉体关系的人才会用这种语气说话。自那时起，每次他去洗手间，总感觉是在服从一个命令，结束他们枯燥谈话的正是那句命令。"您真勤奋，真了不起。"她说。她一个人坐在与他相邻的小桌子旁，之前她和一个女友聊天，猛烈抨击新时代和年轻人，后来看到他停止了写作，眼睛漫不经心地四处看着，她也许是要收回刚才说的话，让别人原谅她的夸大其词。"好样的，真勤奋。"他努力挤出一个微笑，有些尴尬。"您是做什么的啊？""哦，这样啊，德国文学，真不错。""太棒了，这是最美、最有意思，也是最侧重于精神世界的文学。"越聊他脸上的微笑就越窘迫。"怎么，您戴了结婚戒指，您已经结婚了，这么年轻……您多大了？哦，真的吗？真看不出来啊。您看上去要年轻得多……您做得对，结婚是人生大事。还没有孩子吧，猜得出来。啊，是吗？可喜可贺！是的，这挺重要的。一个吗？啊，两个！您真是个幸运的人，两个刚刚好。一儿一女吗？

27

啊，两个小子。最好不过了。您看吧，有个兄弟照应，对他们再好不过了……这么早就成家，您高兴吗?"他断然肯定地回答这个问题，不由自主地完成了一幅完美的肖像:一位丈夫、父亲，有自己的工作，看起来很年轻，对自己的生活很满意。之后是长时间的沉默，他趁机重新写了起来。几分钟后她探过身去，头靠他的脸非常近，跨越了两个身体之间应该保持的距离，只有在特殊情况下，两张脸才会靠那么近。她就好像针对唯一美中不足的瑕疵，一字一句有些恼怒地说:"您头发太乱了，快去洗手间整理一下吧。"

这样蛮横的语气通常是在床上使用的，需要对方服从。洗手间在大厅右侧的尽里头，墙上一位暹罗舞女身姿婀娜，曲线优美，她半闭着眼睛，眉毛有些粗，神情深不可测，柔美放浪的腿像一道涟漪，消失在虚无的漩涡之中，就像普利尼奥先生弹奏的圆舞曲，这是从后门出去时演奏的音乐。墙上的咖啡叶装饰很浓密，威尼斯即兴喜剧的丑角阿莱奇诺的表情有一种粗野、难以描述的痛苦。

有几幅画之前掩盖在其他画下面，那些修复绘画的人说，要把上面那层颜料去掉，下面的画才能重现。画家当时这么做可能是出于慎重，也可能带着好的愿望，其实在被掩盖的画里也看不到什么不得体的地方。不管怎么说，涂上一层新漆，掩盖和锁上下水道的井盖不是坏事。也许写作也是一种掩盖，用一只熟练的手给自己的生活涂上色彩，直到它看上去很高贵。当人们假装无视自己犯的错误，会使这些错误变得很明显，而用一种真诚的语气自我批评，则会使这些错误变得高尚，与此同时，污秽仍藏纳于阴沟之下。所有圣人、作家，是的，愣头青、挥霍的浪子全都有这个罪过，他们带着虚伪的羞怯炫耀着他们的罪过，可灵魂是美丽的、伟大的。在我们这些人里，难道不存在任何猪猡，那些货真价实、粗野邪恶的猪猡？

洗手间窄小逼仄，小便池下有一道发红的水流，池里有些结痂，像海滩上的碎玻璃一样让人不舒服。不时有一阵清水冲下来。洗一洗，换换衣服。在镜子里，脸上有什么东西松弛了下来，就好像到那时为止，一直紧紧地把那些东西绑在一起的绳子松了。头发很脏，如同地狱深处美杜莎头上缠绕的蛇。有人在看着一页报纸微笑，洗手间是最后审判的前厅，一种不确定的等候。沿着小便池往下嘀嗒的水是永恒的。回到咖啡馆，唯唯诺诺，读着报纸。脸洗过了，勉强说得过去，可头发汗津津的。快去洗手间整理整理。要浸入海水之中，哪怕仅仅在潟湖温和的浅水中洗一下手；在附近公园的小喷泉那里洗洗脸，就像以前跑完步时那样；在白得发蓝的雪上、林间空地的小泉水边、鹿群饮水的地方；在隆卡路上的圣心教堂清澈的圣水池里，是那么清新。总的来说，一切都近在咫尺，几乎只有两步之遥。对于那些想要去活动腿脚的人，或者想要去周游一番世界的人，圣马可咖啡馆处于极佳的位置，中心位置——不动产代理商可能要这样描述，去隆卡路的教堂，穿过公园和其他必经之地，只需短短几分钟。

切里纳山谷

　　福西纳节总是在八月最后一个星期六举行。在马尔尼西奥，第一批玉米棒子可以烤着吃了，人们会在萨洛迪尼斯山坡上一块比较平坦的草地上庆祝这个节日。大家一起吃烤玉米和杂粮干果甜点。人们带着奶酪和葡萄酒从各自的村子走上去，或者从乌迪内、的里雅斯特或更远的地方开车前来；参加聚会的都是年轻时离开这个地方的人，或者是更早离开的那些人的儿孙。一些留在本地的人也会来参加。每一次旅行都更像是一次回归，尽管回归的时间很短暂，再次离开的时刻很快就会到来。这陡峭的山谷曾经是弗留利山区最贫穷的地区：男人外出打工，去当矿工或者去法国、西伯利亚修建公路和铁路；女人则背着装满木质汤匙和勺子的背篓，走进一个个村庄挨家挨户去兜售，晚上她们会钻到干草垛或在干水沟里过夜，对于所有人来说，每次旅行的目的都是短暂的回归。

　　我曾祖母的叔叔或伯伯也是这种情况，他年轻时是拿破仑的一名掷弹兵，中间有几年曾被关进监狱，后来又到处流浪。他在俄国打完仗步行回来，刚刚回到马尔尼西奥时，老乡都没认出他来。几十年后，一八六六年第三次意大利独立战争爆发期间，按照人们的讲述，他已经很老了，但仍很顽强，他组织了一批人马以游击队的方式帮助意大利军队攻打奥地利人。他还让人缝了一面旗子，上面写着："先成为意大利人，再成为法国人！"皇帝——那个让他在冰天雪地的俄国、在艰难的战争中失去青春的皇帝，在他心里留下了一种怀念，那是对改变世界的革命性壮举的怀念。正是因为这个悠久的渊源，他的曾孙更喜欢听《马赛曲》，而不是《拉德茨基进行曲》。

已经没人记得这位高外祖父的名字，马尔尼西奥的教区记录只能追溯到高外祖父的下一代。对于许多人来说，福西纳节就是一场回归。卢恰诺·达伯尼——他因为在数学方面的研究，还有对概率的科学计算而闻名，他使生活中那些意外和偶然规律化——运用自己的权威和精确的方法组织这场庆典。达里奥·马格里斯是他的副手，他从希波克拉底的艺术中学会洞察生命，但尤其是洞察死亡。另外，他非常细致，制订计划之后，绝对不允许不按照计划执行。对于这两个科学家来说，八月末的那个星期六，他们也可以从宇宙的混乱中逃脱出来，从所有含糊不清、有反纲常的事情中逃脱出来，这是一个不容置疑的事实。这就像遵循一种刚性需求，时间围绕着这个节日，就像地球绕着地轴旋转。

按规定回到这个村子，这并不会让人不悦。十九世纪末的最后几年，当时只有十三岁的塞巴斯蒂安爷爷去了的里雅斯特，后来积累了一些家产。而他的兄弟巴尔巴·瓦伦丁则留在马尔尼西奥种地，一直种到九十二岁。在寒冬的夜晚，他会在马厩里反复读这些书：《悲惨世界》《约婚夫妇》《猥琐的圭里诺》《法兰西王朝》，以及一套两本的世界百科全书。

马尔尼西奥有一千多居民，但只有几个姓氏。为了区分不同的家庭，人们常常在他们的名字上加些外号，否则真是一团凝固的牛奶，搞不清楚谁是谁。梅诺乔①是十六世纪蒙泰雷亚莱附近的一个磨坊主，是个异教徒，被处以火刑。他做过一些关于宇宙、人类甚至上帝起源的比喻，他似乎提到了凝固的牛奶。在马尔尼西奥后面，朝着亚维诺和波德诺的方向，山谷向下延伸，并且越来越宽敞；而在另一边，在蒙泰雷亚莱之上，就是处于岩石之间的陡峭的切里纳山谷，一直到二十世纪初期，那里都是一个与世隔绝的地方。只有一条穿过拉科罗切山谷的羊肠小道可以走，从马尼亚戈到山谷最后一个村子埃尔托，需要步行十个小时才能把生存所需的粮食带回去。

马尔尼西奥镶嵌于一片片玉米地中；夏末，玉米棒子就像长着胡须的黄金战利品。这个村子现在完全摆脱了苦日子，似乎已经遗忘了持续一个世纪之久的贫穷，显得繁荣而安详。长久以来，这里的人注定在土地上辛苦耕作，这造就了他们坚强的性格，让他们最终战胜了贫穷。田野就在几米开外，但显得很遥远，农民的贫穷如马路上的牛粪一样被扫得干干净净。如今房子周围视野

---

① 即下文出现的多梅尼科·斯坎代拉（Domenico Scandella, 1532—1599），他也是意大利历史学家卡洛·金斯伯格代表作《奶酪与蛆虫》一书的主人公。

开阔，风光优美。而过去这个村子的真实状况可以通过声音、气息和味道辨别出来：夜里，小路边有一丛芦苇被风吹弯了腰，发出的沙沙声比别处更响；这里的路也比其他地方的路硬，因为归来的牲畜不断踩在上面；在这里，那些割下来堆在一起的青草会散发出浓烈的气息；人们吃着烤玉米，喝着红酒；克林顿红酒的香味要比种在屋后的草莓香和巴克葡萄混酿的酒更涩一些。

从村子的中心广场出发，向上有一条朝着萨洛迪尼斯山方向的路，向下是大路，如今这条大路更名为"复兴大道"，古时候被称为"主路"或者"护城墙边上的路"，这条路的旁边有壕沟和围墙，当村民们遭遇威胁和空袭时，会躲到那后面，路两旁是一些小小的农庄：房子、马厩，还有土地，属于村里那些古老的家族。

建在广场上的教堂以施洗者圣约翰命名，经历了好几个世纪的重修和翻新。圣约翰是一位穿着兽皮的粗野圣人，他毫不妥协，这位沙漠中的先知并没有给人们带来祥和与安宁。对于保加利亚的鲍格米勒派来说，他是一个黑暗使者，但对于和罪恶的物质世界做斗争的曼达教来说，他却是一个至高无上的导师，要比耶稣更伟大。这一点儿也不奇怪。马尔尼西奥的圣约翰教堂也一样，那是一个充满尖锐斗争的地方，而不是一个和平之地；在十六世纪末，马尔尼西奥教区的人和附近的格里佐教区的人就已经矛盾重重，经常吵得不可开交，尽管从蒙泰雷亚莱圣母马利亚教区分离出来，他们都很高兴。在他们的守护神、易怒的圣约翰的节日里，尽管有梅诺乔弹唱的德语赞美诗营造欢快气氛，尽管那些嘴馋的人可以在大路上买甜甜圈吃，但这两个教区的人之间的冲突可能会发展成血腥斗殴。一五八四年六月二十四日，住在格里佐教区的奥多里克口头冒犯了一个马尔尼西奥人，他之后不得不用匕首自卫，并要躲过劈向他的斧头和刺向他的长矛。两个世纪后，生产专员塞巴斯蒂安·马格里斯负责记录教区的基金收支，他抱怨那些打架斗殴、追到房顶上去的小年轻造成的损失：他们踩碎了瓦片，搞得教堂中殿漏雨。

在教堂内部供奉着特拉沃的耶稣，那是一位十八世纪无名雕刻家的作品，他通过粗糙的木头表现出一种痛苦和慈悲，这让人忽然觉得，这个世界上任何荒野之地的教堂，无论多么简陋，都是走向新天地的人们休憩的地方。自然人们会很好奇，画在侧门上的《耶稣的复活》有什么不对劲的地方呢？一九〇三年，康科迪亚主教弗朗切斯科·伊索拉认为，那幅画"很不得体"，就让人抹掉了，画了一幅《正在布道的圣多明我》在上面，就是我们现在看到的那幅。

在教堂的管风琴下面有两个反宗教改革风格的忏悔室——在神父待的那个小房间旁边，有一个"特殊情况目录"，让他随时可以查阅，上面写着那些只有主教或教皇可以赦免的罪过。很多年前，在那个忏悔室里，一个人还可以为一些可以预见的罪过进行忏悔，并得到神父的倾听。那位神父酗酒，他尽一切努力和酒精这个恶魔进行抗争；有些村民喜欢戏弄他，请他喝酒，让他半夜喝得醉醺醺的，做出一些亵渎圣灵之事，第二天在弥撒中忏悔。在和酒精的抗争中，最后他败下阵来，结局很悲惨。生活总是能找到办法打败我们，它总能抓住我们的弱点：酒精、毒品、野心、恐惧以及成功。

人们对那位被酒精打垮的神父心怀感激，都记得他在那间忏悔室中说过的话，那些话和在著名讲坛和布道坛前听到的一样睿智，人们也记得他声音中流露出的那份善良。一个人进入空旷的教堂，问神父教区办公室在哪里，他没有回答，而是透过两个眯成一条缝的眼睛看着来人，目光犀利。随后，他一蹦一跳向着第一排长椅的方向去了，他弯下腰小心翼翼地嗅了一下，跑向了广场，消失在一栋栋房子后面。

切里纳河，有几公里河水把山谷冲刷成了但丁笔下的地狱恶囊的样子，在马尔尼西奥可以看到一九〇三年建成的老水电站，还有当时铺设的水管，如今这地方已经变成一座博物馆。在距此不远的蒙泰雷亚莱，考古挖掘发现了很多远古的遗迹，老普林尼笔下古老的卡埃里娜，很多世纪之前为了祭奠河神和各路水神抛入水中的铜剑。除此之外，工业的历史也年代久远，值得人们纪念，比如说在中心博物馆里，工业也展示着自己的历史发展轨迹：管道、巨大的压力表，以及留着胡子、征服了流水的工程师的照片；而"技术"作为和平与进步的保证，是刻在一口石棺上的天使。

在那些工程师中，人们还记得保罗·波齐，他叔叔是弗朗切斯科·哈鲁尔，致力于研究在曲折的山谷中输水用的压力管道。他与慕莱尔家的女子结婚，这名女子是恩里科的亲戚，恩里科是一个逃亡者，试图在孤独和逃避中寻找人生的真味。这名女子有着一双迷人的龙胆色眼睛，随着岁月流逝，在那张发福的脸上，她的眼睛越来越小；当她丈夫全力投入研究那些压力管道时，衰老和肥胖把她和琐碎的生活隔开了。哈鲁尔工程师整日和妹妹谈论那些管道，妹妹是个裁缝，但她对管道很感兴趣，也会和哥哥分享自己的工作体验，包括她给附近修道院的修士做的内衣，上面绣着拉丁语"忍耐、节制"的字样，提醒那些修士不贪食，只吃一些生存必需的食物。她一遍遍读着"忍耐、节制"，心里猜想着它们的深层含义。

不是只有波德莱尔或者蒙塔莱才能把一些富有涵义的话浓缩成短短的、咒语般的几句诗，让人可以通过各种方式进行解读。哈鲁尔工程师的妹妹精心创作了一首四行诗，浓缩了她的生活，她的裁缝生涯、她和修道院的来往，同时也加入了哥哥对于水利工程的热忱，真是值得结构主义语言学家研究分析。她喜欢一边用嘴抿着针线，一边嘀咕着这些诗句："忍耐和节制/修士的内裤/压力管道/我的鲷鱼。"在这句诗里，她可能要用鲷鱼指代美味的海鲜。

马尔尼西奥没有几个姓氏：姆兰、博尔盖塞、马格里斯、翁加洛、法威塔，这几个家族之间相互通婚，相互交融，每个姓氏也分裂成了不同的支系，起了各自的外号；斯奥尔、布鲁苏拉塔、德尔·格里罗、缪，帕拉佐似乎是指很多人，但实际不指代任何人。在追踪溯源的过程中，能找回名字、轨迹和日期，但找不回那些记忆。曾祖母桑缇娜抚养从少年时期就成为孤儿的孙子，上了九十岁之后她脑子有些糊涂了，完全忘了自己的丈夫——身强力壮的罗梭·法威塔，有时候村民的牛受惊了，也会找他去驯服。曾祖母曾与他共同生活了半个世纪，生了几个孩子，但她只向几个孙子提起她的初恋——一个在一九四八年作为奥地利士兵战死的男人。这事儿很难解释，无论是从唯物主义还是从精神分析的角度，对于曾祖父都不公平。然而这位不识字的曾祖母在她一辈子九十多年的人生里，一直有着超凡脱俗的记忆力，而且将她唯一知道的历史事件传递给了几个孙子：玛丽亚·特蕾西亚女王曾逃往匈牙利贵族处，那些人向她表示效忠——在祖母的版本里，他们给女王提供了一个皇位。"实在不敢当。"按照曾祖母桑缇娜的记忆，玛丽亚·特蕾西亚是这样回答的，然后她又补充说，因为在方言里，这句话也可以理解为"她不坐"，所以，"永远没人会知道她是想说'我不敢当'还是'我不坐'"。

一位非常年老的女人说："我在电视上看到你，就知道你是杜伊里奥的儿子。小时候我们一起朝格里佐村的孩子扔石头，我负责拿石子儿，他负责扔。"我们知道，在战争中女人也要担负起一些次要的、辅助性的工作。这个儿子总是出现在福西纳节，他的文化水平和父亲不相上下，尽管儿子读拉丁文，希腊文的能力也要强很多，但他缺乏父亲扔石头的斗志，可能就是这种斗志使他父亲能面对生活，尤其是从容面对第二次世界大战之后民族解放委员会的政治斗争。

格里佐是附近一个村子，一七八四年就有神父抱怨村子里的年轻人"伤风败俗"。安康教堂旁边有一条看不见的边界，经常会引发争斗和敌对，也会催生罗密欧与朱丽叶式的恋情，将这道边界打破。每一种身份都是可怕的，因为要凸显这种身份就必须划定一个边界，把其他人排除在外。只有极大的仇恨才能超越那些小仇小怨，当共同的敌人消失时，小仇小怨又会爆发出来。在安康教堂前是马尔尼西奥的公墓。在这里只有沃尔特的照片，没有他的遗体，他是高祖父的堂弟，没能从俄国回来。一九四二年，人们才得到他失踪的消息。鲁本是沃尔特的父亲，他一直在寻找儿子，一直都不死心，当有人从俄国归来时，他总会上门去找人家，盼望着能得到点儿消息。

鲁本驾着驴车在这些山谷里来回走动，他的驴子名叫莫罗，很聪慧，也很敏捷。他和莫罗一起度过了许多时光，他慢慢意识到莫罗影响了他对世界的看法。鲁本是一个安静的男人，非常强壮。曾经有一次，在一家小酒馆的一场激烈的政治讨论中，一个人说，他在俄国失去了儿子，那是他活该。鲁本抓住那人的领口把他从窗口扔了出去，要知道那个窗子有一米多高，第二天他又去那人家里道歉。

在格里佐村的望远镜附近，朱利奥·特拉桑纳利用人格魅力把很多年轻人吸引到他身边。他是弗留利人的杰出代表，在他的家乡也得到了认可。特拉桑纳是一个非常犀利的作家，他用简洁的笔触、富有风骨的文字展示了生命迅速地流逝、战争的悲剧，以及一代人或一个夜晚的痛苦。他与弗留利很相似，处于历史的边缘，注定悄无声息地度过一生。他的传奇故事依然在那些认识他的作家和艺术家的记忆里，但他残存的作品、闪光的思想和奇异的想象并没有给他带来文学方面的声誉，因为文学世界需要一些更具体、更突出的东西来支撑一个名字，他没有写过一本能给他带来声誉的书。因为要成为一个著名作家，看的不是作品的价值，而是要看这些东西能否成为文化消费的主体，容不容易看进去。

存在一个非常乡土的意大利，但它并不沉湎于鸡零狗碎的争斗，有时候这些小地方的文化中心比那些大文化中心更有智慧和生命力。有些文化中心觉得自己很时尚，有上演最新电影的影院，但其实那是一些快要被拆掉的老戏台子。蒙泰雷亚莱有两千多一点儿居民，加上周围一些村庄，也就六千人，这里的文化中心起名为"梅诺乔"，阿尔多·克洛内洛负责举办各种活动。有些人对于地方特色很关注，他们对市镇统一化一点儿也不感冒。目前在整个意大利，甚至在整个欧洲，因为发现了身份和民族，一些市镇通常会变得非常迟钝和倒退，在弗留利和的里雅斯特也一样，那里的弗留利风格或者的里雅斯特性令人窒息。

弗留利有着非常丰厚的诗歌传统，尤其是在第二次世界大战之后——帕索里尼①和图罗尔多②并不是孤立的例子，而蒙泰雷亚莱也是诗人的聚居地。这些诗人很安静，他们谨慎地隐藏在他们小小的世界里，因为他们的缘故，弗留利方言（更准确地说，这里沟沟坎坎的各种方言都有差别）并不是一种土话，而是一种自然

---

① Pier Paolo Pasolini（1922—1975），意大利电影导演、诗人。
② David Maria Turoldo（1916—1992），意大利神学家、诗人。

的、古老的，同时又反映当下的语言，这种语言经过个人的不同加工，沉积在历史和生活长河的底部。"我看着你的眼，亲吻你的膝。"本诺·菲尼翁就这样唱着，他把蒙泰雷亚莱和安德雷伊斯的山歌配上山谷里的笛子，打造出了史诗般的基调。还有另一个本地诗人罗莎娜·帕罗尼·贝尔多亚用方言写的句子："生命淹没于荒草的流年。"对那些背井离乡、不会讲当地方言的人来说，弗留利话就是语言出现前的话，是无法说出的话，如同埋在胸前的小婴儿的脸庞。这些山是被榨干的乳房，不再像远古神话里的大地母亲那样提供乳汁；几个世纪的贫穷生活让人们变得坚硬，但也使他们强健，打造了本地女人结实的身体，经常有民谚提到弗留利女人的强壮体格，雅各波·达·波尔恰尤其赞赏蒙泰雷亚莱女人。

多梅尼科·斯坎代拉——人称梅诺乔，他也以自己的方式做过诗人。也许就像他的同乡所说的，他的宇宙起源论猜想有误，但别人的猜想也好不到哪里去，虽然那些猜想都贴上了哲学或科学的标签。鄂多立克是一个捍卫正统教义的神父，非常爱与人争吵，也是梅诺乔和他女儿的迫害者。鄂多立克不知道什么是爱，但梅诺乔知道，他对于子女和妻子的爱是他生活的轴心。"她是我的主心骨。"在妻子过世之后，梅诺乔如是说。那些话应该收入以"婚姻之爱和同居"为主题的诗歌选集中。这是一个非常重要的主题，但相关的诗歌却非常贫乏，这又一次证明了诗歌在生活面前的微不足道。

从广场出去，经过一个门廊，进入一座漂亮宽敞、有庭院的房子。这座房子已不再属于世世代代居住在里面的家族，因为它已售出多年，具体来讲是几十年，出售这所房子的目的是为了购买一套注定腐烂、被蛀虫啃噬的家具。那是爱斯佩莉亚阿姨的嫁妆，为她和将军的婚礼准备的，那场婚礼准备了许多年，也推迟了许多年，或许是为了争取时间，分散爱斯佩莉亚阿姨的注意力。

那些从小就认识爱斯佩莉亚，见识过她滔滔不绝的人都记得这个容易激动却又十分温顺的小女孩，都说她是一个非常喜欢学习、勤奋聪明的女孩。大家都记得她和学监女儿的友谊——即使在玩耍时也形影不离——还有她狂热又虔诚的青春期，紧张又谨慎，总担心犯下罪过，神父告诫并邀请她早上来祷告，让她在一天接下来的时间里都可以逍遥自在地玩耍。

少女时代以及青春时期的爱斯佩莉亚着迷于宗教和礼拜，同时也痴迷于被教会批判的迷信行为。她不停地洗手，在寄信之前总是犹豫很久，因为她害怕无意中写下一些恬不知耻或淫秽的内容。她把信投入信箱之后，总是担心没封口，或是信被弄丢。她一直惴惴不安，她没得到遗忘的恩宠，人们经过了忘川才会忘记死亡一直在逼近，忘记在死亡到来之前还有其他灾难发生。

爱斯佩莉亚阿姨带着那些顽念、强迫症和恐惧症，还有她的那些仪式感，为了防止四面八方的忧虑向她逼近，她为自己建造起一个防卫性迷宫。她甚至决定说服自己从心灵深处相信：这个世界是美好的，掌握在一些善人的手里。她尽量努力生活，不再心惊胆战，她相信这个世界很美好，要用心去爱身边之人。她真的爱身边的人，她生来就是为了爱这个世界，爱人和动物，尽管无论是昆虫还是猫狗都让她厌恶。她尽一切努力进行斗争，想让内心的温柔战胜恐惧。当她内心深处对于人生和其他人的美好愿景开始动摇，她就开始滔滔不绝地说话，为了掩盖内心的焦虑和恐惧，她和所有人都无所不谈。

二十世纪三十年代末，爱斯佩莉亚在一次乘坐火车时认识了一位艾米利亚的军官。在她以及所有人看来，这位军官一定会晋升为将军。爱斯佩莉亚身材高挑，有一头黄铜般的金发，无巧不成书，那天"将军"鬼使神差般来到了她的包厢，同她搭上了腔。在那个年代，人们都比较规矩，这位诚实的军官做梦也不会想到引诱和欺骗一位女子。他也从来没有想到这次相识会带来那么大的误会，他只是无意中和一个女人聊了几句，把这定义成追求也太言过其实了。本来什么事儿也没有发生，对于爱斯佩莉亚来说却成了一切。她狂热地认为这是一见钟情，她把这当成了她生命中唯一、必需的东西，这就是她的一切。倒霉的军官没有任何娶她的意思，也没有做任何事情使一个理智的人觉得他有这种意图，然而，他意识到，假如他说出实情，那对她来说将是一场悲剧。因而，他决定什么也不做，不采取任何对策，无限期地延长这种订婚的状态，在这种拖拖拉拉的状态里，事情越发无法了断。

就这样，最初的几年里，爱斯佩莉亚都处于这种不明确的、令人疲惫的等待中。那几年对于他来说是良心上的折磨，他陷入了进退两难的境地而无法自拔；对于她来说则是身不由己、狂热的几年，她不愿意知道真相，所以变得越来越狂热和偏执。焦躁和不安支配了她的动作，让她寝食难安，她对亲戚和邻居喋喋不休地说自己的事儿。职业军官结婚需要国王的许可，但这个许可迟迟不到；他奉命迁徙，改变服役的地方，两人只好在他每次启程时短暂会面，常常是在火车站，对于爱斯佩莉亚的忧伤和怀念而言，那是最好不过的背景。

时间总是很有限，爱斯佩莉亚纯洁天真，其他会面机会是不可能的，这对他们俩也有好处。面对这种局面，他无计可施、非常绝望，只好向爱斯佩莉亚的兄弟倒苦水，他们很同情军官的处境，军官想和他们一起找到一个解决方案，让他走出眼前的困境。而她像气得发疯、非常痛苦的美狄亚，不停地折磨这位无心引诱的引诱者，她用自己的痛苦来迫害他，让他的良心备受折磨。她在家中高声念着她的"将军"的来信——她从来不叫他的名字，总是这样称呼他为"将军"，她认为他们之间越来越不确定的关系是爱情的最高境界。她把几幅他的照片放大贴在墙上，照片上军官身穿制服，是一位身材魁梧、表情温厚的男人，军装和上面的装饰衬托出他的权威和尊严，却没有掩盖他的善良敦厚。与此同时，她的嫁妆不停地增加，以至于需要卖掉他们家在马尔西尼奥的那幢房子，尽管几个兄弟都非常不情愿，但他们都怜悯她，也担心若他们拒绝卖房，会产生难以想象的后果；床单、被罩、地毯全都装进了大小箱子里，家具放到地下室，其中还有一架钢琴。

度过了暗淡的几年之后，军官松了一口气，因为第二次世界大战爆发了，他去遥远的非洲打仗。他远离家乡，肺部受伤，可能会死在外面，这使爱斯佩莉亚的信没那么折磨人；他可能再也无法回到意大利，这些信让他觉得亲切，给他带来了安慰。那段时间是他们的幸福时光，至少是可以忍受的时光，因为战争对所有人来说都是一场悲剧，加上他们不可能会面，折磨人心的无限期拖延变成了一种高尚的隐忍。这种相互怜悯的关系随着战争的结束而结束，"将军"刚一回到意大利他在艾米利亚的那一小块土地上，刚一回到家中，在去的里雅斯特与爱斯佩莉亚重逢之前，一天晚上，他被几个武装分子劫持，在混乱中，"将军"中弹身亡——在有些地方，"抵抗运动"蜕变为对个人、对社会的报复。

爱斯佩莉亚很快就从那种巨大、高贵的痛苦中走了出来，她得到了解放。从那个时刻起，她不再是一个未婚妻，而成了未亡人，一位饱受痛苦，但经历过生活的女人，她在残忍的悲剧中失去了她的男人——一个她拥有过的男人。"将军"家人数众多，他的死震撼了所有人，爱斯佩莉亚被当做他的遗孀，受到了接纳，她开始了幸福的时光。她不再忐忑不安，她到各个城市去探视亡夫的亲戚，生活得越来越好。她常去看望他的那些堂兄弟、表兄弟，照看侄子、侄孙，参加他们的洗礼、坚信礼、学校的各种典礼，出席他们的婚宴。像之前一样，她经常出行，现在世界变得友善迷人，丰富多彩，四季更替，留下了或悲伤或幸福的记忆。

她是一个心满意足的女人，她的体形越来越圆润，身上增添了一层适度的、让人看起来很舒服的脂肪，她的肌肤不再有少女的清新光泽，她脸上的皱纹是生活留给她的，而她心满意足、漫不经心地接受了这些。当她带着侄子们去公园时，她不再那么狂热，她与其他妈妈和奶奶看起来没什么差异。她学会了编织柔软、暖和的毛衣，虽然学会得很晚，但她织得很棒，她尤其给最喜欢的一个侄子织毛衣。她很爱说话，几乎总在讲将军，他的许多照片陪伴着她，她说话很平静，像一首牧歌，从来没有歇斯底里的时候。

爱斯佩莉亚生命的第一部分共有三十五年，充满了期望和不安；第二部分是四十七年，安静而松弛；第三部分只有一个半月。她八十二岁时突然半身不遂，生活不能自理，被送往的里雅斯特的一家养老院。一个星期后她从四楼窗户跳了下去。尽管有一定的高度，但骨折并不算严重，然而爱斯佩莉亚再也没从医院的病床上下来。就病情而言，她的情况并不坏，但她的表情改变了；话很少，但含沙射影，用呆滞的微笑来回应亲友的客套和鼓励。她只是干巴巴、粗暴地说"是"或"不"。将军的照片从她的房间里消失了，她应该是在跳楼前就把那些照片销毁了。

她最喜欢的那个侄子隔些日子就去医院探望她，每次都很匆忙。他马上注意到她绝口不提"将军"，在这一个半月的时间里，她一次都没提起过他。她一定是突然间睁开眼睛，看到了她生命的空白，看到了她一直身处其中的误解，并决定结束这场角力。住院一个半月之后她停止了呼吸，死因很难说清楚，医生的诊断书上写的是"心脏衰竭"。总而言之，那就像"将军"命令自己的军队——疲惫不堪的器官——集体解散。爱斯佩莉亚在看到她生命的虚空之后，再也不愿意、再也不能生活下去。假如她愿意，她还可以谈一谈动脉硬化，然而这只不过是换一种说法，说的是同样的事儿，正如 H_2O 指的是水的诗意和无动于衷。

有人也许会问，爱斯佩莉亚什么时候才是生活在真实中，是那些漫长的、渴求爱情的岁月，还是同样漫长的、自我欺骗的、心满意足的岁月，或在发现生活之虚无的最后岁月。从侄子的角度，他带着一丝不适想到了他匆匆忙忙到医院的几次探视，想到那件毛衣在寒冬时穿在身上很暖和。

在鲁本家对面，离古道不远的地方是威尼乔·翁加洛的房子。翁加洛住在的里雅斯特，可每年的福西纳节是必定要回去的，他夏天还会在马尔尼西奥住上一个月。翁加洛是行医的，他看起来很面善，性情沉稳，做事一丝不苟，这让患者很放心。病人去找他看病时，通常都焦躁不安，有一些强迫症，经历了失眠和恐慌的折磨，好像沉入黑暗的生命是空虚的。他认真地听病人说话，服务周到，不急不躁；他的表情，他的动作，有些东西很容易让人联想到弗洛伊德带有忧郁的正直和善良，但其中夹杂着一丝不易察觉的嘲讽。他带着猫一样的轻盈和耐心，深入到焦虑的最深层，通过谨慎提问初步摸清情况，给病人开药，并不许诺药到病除，但猫的利爪不让焦虑的蛇逃脱，他在不知不觉中抓住了它，把它从洞穴中拽出来，常常在过了一些时间后，被病魔缠绕的病人又恢复了生活能力。

在看病的间隙，翁加洛用打字机写作，有时时间太少，他就用录音机录下来。一段对话，人物形象和性格或一个事件的描写，偶尔闪现的灵感，下午的光线或一张脸，雨中的闪电划过长空，福西纳节点燃的烟火，腾起又消失在空中。久而久之，这些速写越来越多，越来越丰富，逐渐成了一个故事。一本小说诞生了。翁加洛是一位地下小说家，是最不为人们所知的小说家之一，因为他只通过几家小出版社悄悄出版了他的书，这使他不可能进入文化圈子，赢得别人的欣赏和尊重。他没有进入官方文坛的门票，也失去了发表珍藏在抽屉里的处女作的卖点。

在写作时翁加洛无视意识形态和创作论，他只简单地讲述生活，将生活纳入他模糊的思绪、回忆和联想中，那就像把生活放入了水缸里，这些思绪、回忆和联想产生于最深处，又沉入最深处。他刻画简单的日常现实，那些难以描绘的现实——动作、物体、瞬间，尤其是潜意识的灰色区域，就是意识被遮盖的区域，让经历过的事情浮现出来，而不是让这些浮光掠影消失。小说《悲哀的明天》的主人公是一名女性，令人难忘，一个福楼拜式的人物，一颗单纯的心，不知道凭借这些能不能获得文学的桂冠。

有时候生活叫人受罪，也叫人头疼，即使是那些善于折磨别人的人也会头疼。对于翁加洛来说，生活也许是偏头痛，在他的小说里这种偏头痛是一种生活方式。然而也存在诸多能激发感觉的事物：女人、四季的缤纷色彩、温柔的情感、激滟的波光，还有他在马尔尼西奥房前的那些大树。他性格内向，但擅长讽刺，在开药方和耐心倾听病人没完没了的恐惧症间隙，翁加洛会一点点、一段段地写出他的故事，那些片段渐渐形成一本有序的小说，小说的意义只有在最后才揭示出来，正如在生活里常常发生的那样。也许在暗地里写作是偏头痛的一种形式，可在"偏头痛"这所学校里，他能学会理解、控制和品味生活，完全绝世而独立。

真正的、可怕而温柔的切里纳山谷开始于马格列多隧道之后，那就像科幻小说里的"虫洞"，经过这个隧道就好像进入了另一个遥远的、亘古不变的时空。一九〇三年蒙泰雷亚莱运河大道开通之前，很多世纪以来，这个地方一直与世隔绝。传说阿提拉和拿破仑到过这里，但马上转身撤离，他们充满了征服的狂热，也许这条山谷里没有任何值得他们征服的东西。人们选择在这里定居，只是为了逃避匈牙利人和蛮族的侵略。直到一八〇五年，这个地区在地图上的标识还很不准确，甚至充满了错误。

　　山上怪石嶙峋，犹如一张沧桑面孔上的褶皱，山上布满一片片灌木丛，还有紫色的石南花。土地和石头呈铅色，显得很贫瘠。斯戈隆[①]在他的小说里描述过居住在这些山谷的人们，他们生活在历史河流的泥沙之下，河道从他们身上流淌而过。然而在下着蒙蒙细雨的润湿的天空下，切里纳河在谷底缓缓流淌，河水一直清亮，它的绿色足以让河谷变得明媚。

　　安德雷伊斯处于河谷的一隅，与世无争，其方言也很独特。有人编织木筐，有人编织语言。在安德雷伊斯诞生了两位诗人，他们在思想上互相对立，几乎重演了一种矛盾——弗留利语言学的传统主义，以及帕索里尼的"小学院"提倡的对古老语言的革新。费德里科·塔万是一位无辜的冒犯者，一个"被诅咒"的诗人，违反社会常规、令人生厌，注定成为一个边缘人，就像那个时代的许多作家，他倾向于打造一种展示自己生活的风格——不

_____

① Carlo Sgorlon（1930—2009），意大利小说家，著有《木头宝座》等。

稳定、不设防的精神状态，也可能会成为一种有效的盾牌，然而他懂得深入到语言深层，并能达到痛苦的巅峰。"我也往下走。"乌戈·皮亚扎年届九旬，是一位擅长书写美好感情的诗人，语言优美，朗朗上口。当我们读到他的一首抒情诗，是关于雪花落在马灯上的，感动之余我们会发现，在诗歌的房子里，如同在上帝的房子里，也有许多停留之处。"所有人都想写诗，然而欧罗巴需要比诗更坚固、更真实的东西。"莱奥帕尔迪在一八二六年写道，他为许多人追逐"诗句和轻浮"而感到惋惜。

安德雷伊斯有一条岔路，通往科尔维拉山谷的波法布罗村。这个村子几近废弃，窗子洞开，像空洞的眼睛，到处是腐朽的木门。一行人去那个村子寻找一位著名的雕花匠，因为他手艺超群，也因为他记得很多古老的故事。来访者向出现在小胡同里的唯一的路人打探消息，那是一个年老的男人，他的脸因为长期饮酒而红通通的。他理直气壮地回答说他不知道，又补充说他有些失忆，有那么一刹那，他镇静自若地面对着他落入的空洞。来访者仔细欣赏着深色木头雕饰的阳台，楼梯下整齐地码着劈好的柴，窗户也很优美，来访者情不自禁地说："房子真漂亮呀。""不，一点儿也不漂亮，进来瞧瞧，里面真的很糟糕。"一个女人探出窗外，头发散乱，"进来瞧瞧，真的很糟糕。"她的声音很刺耳，她重复了很多遍，尽管那些冒失的赞美者已经拐弯走开了。

穿过巴尔奇斯的低地和湖泊，是克劳特、奇莫拉伊斯、埃尔托和卡索几个村子；去往瓦容方向的路开始上坡，沿途尘土飞扬，入目一片铁青色。一八六三年十月九日，在可怕的几分钟里，山体滑坡，还能看到当时的裂痕，岩石裂开，如同从牙龈里拔出来的蛀牙。"我们是陛下可怜的臣民。"这些村子古老的祈祷文是这样说的。艰难岁月里弗留利的惨淡和痛楚，生活没有着落，为了生存下去，残酷的处境让人很压抑——玛丽亚·泽弗就跋涉在这历史和生活的泥潭中，她是保拉·德里戈宏大故事里充满悲剧性的人物。

下埃尔托和卡索的房子，人去屋空，摇摇欲坠，房子居高临下，面朝深渊，或者对着坡度很大的山坡。这地方给人一种炼狱的感觉，要比地狱的遭遇更难描述。这个村子有一种古雅的对称美，旧房子正对着新房子，像一幅古老的图画。在这些村子里，生活的艰辛，甚至是地震，也会激起生命的活力。在古老的街巷里，泥巴和脏水在废弃的猪圈里结了痂，这和造人用的黏土没什么区别，在有些人看来，这些泥巴值得造物主的双手捏成人形。

在埃尔托，毛罗·科洛纳的一双手可以化腐朽为神奇，赋予物体生命。科洛纳一眼看上去像是个偏僻地区的山民，而实际上他是个大雕塑家，也许他也没有意识到这一点。他的木雕具有难以置信的表现力，同时又具有生命的脆弱。女性的身体、年老的面孔、动物、受难十字架，橄榄树的枝干变成了痛苦的躯干，变成这些河谷里的"胜利女神"，非常古老，同时也很尖刻，很现代。不雕刻时，毛罗·科洛纳就到世界各地去攀登陡峭的岩壁，他几乎不收什么钱，就把自己拍的照片给做体育用品广告的人，或者白白送给那些狡猾的赞助商。他的身体像是铁打的，他闪电般的智慧像福音书里的鸽子一样简单。必须狡猾如蛇，深谙世上的邪恶，才能不被邪恶所摧毁，这多么恶毒。不知道创造那些雕塑的头脑、心灵和手，是不是不需要蛇一般的谨慎。

在返回的路上，需要在巴尔奇斯停歇。人工湖的水面泛出翡翠般的碧绿，这表明人造之物并不次于大自然的鬼斧神工，或者说并不存在什么人造之物，总是自然在创造、在呈现一切，即使是那些看上去违背自然的东西。我们向一位穿黑衣的老妇人询问山区联合会办公室在哪儿。"还能在哪儿呢，肯定是在学校里啊。以前人们还生孩子，现在不生了，学校都闲置了，所以这类办公室都放在学校了。"走进教学楼，来访者问一个职员，图书馆里有没有关于村子和它的历史的书籍。这是一件合情合理的事情，尤其是有关朱塞佩·马拉蒂亚·德拉·瓦拉塔的作品，他是一位十九世纪的诗人，著有《切里纳山谷之歌》和一首献给马泰里亚的颂歌。"先生，您代表谁来的？"那位职员问，他不理解有人会自发寻找一本书，或者自己出来逛。这个问题很难回答，就连等在门口的玛丽萨和其他朋友也不知如何回答这个问题。一个人可以代表的人有很多，他可以理直气壮地说，我代表两足动物、教师、丈夫、父亲、儿子、旅人、凡人、司机，但是这样一来，在祖先生活过的土地上会失去一点自我的独特性和尊严。无论如何他都要控制自己，绝对不能说出"您不知道我是谁"或者"您不知道我代表谁"这样的话。

潟湖

不知从什么时候开始，潟湖里有几艘平底驳船搁浅在潘帕诺拉岛旁的浅滩上，船体是黑色的，被海水侵蚀得斑驳陆离，只剩下骨架了。有一艘吃水很浅的平底船正离开格拉多，沿着威内托海岸行驶，经过水位很低的水域时，会感觉它是在地面上滑行。通往威尼斯的水路两边有红色和黑色的木桩标识，在水路分岔口有箭头和标牌指着各自的方向：阿奎莱亚、威尼斯、的里雅斯特。在系缆桩上有一尊白色的圣母马利亚雕像，她是航海者的守护人，是大海上的明星，她头顶上有一只海鸥，在夏日明亮澄净的阳光下，海鸥一动不动地停在那里。

出了那座桥，潟湖就成了大船的公墓。在这些废弃的船只中，有一艘大船上有一架翻倒的起重机，而桥上有很多铰链都已经生锈了，但缆绳却完好无损。这些船只曾经长时间运输海鱼，也运输沙子，如今在这里等待消亡，这是一种非常柔和的沉沦。还有一艘平底驳船损坏得尤为厉害，残留下来的只有肋板和龙骨，好像一件由参差不齐的长钉搭建的抽象派艺术品。但其他船只依然坚固；木质很坚硬，浑圆而坚实的形状展现了当年打造它们的人技艺精湛，这些手艺人有关大海、风浪和潮汐的知识世代相传。在船的侧面，红色和蓝色的条纹已经变得模糊，但有些地方依然很清晰。

潮汐和风雨要经过很长时间才能使这些废弃的船只解体，有些部件的腐烂和分解需要更长时间，这是死亡的不同阶段，事物顽强地抵抗着，不想让原有的形状消失。旅行也是一场对抗忘川的游击战，但注定失败，就像后卫部队走过时，他们会停下来观察已经解体但还没有完全消失的树干，一个正在改变形状的沙丘轮廓，以及一座老房子里有人遗留的痕迹。

潟湖的风景很适合漫无目的地游荡，去寻找沧海桑田的痕迹，因为变化，包括大海和陆地的变化是能看见的，就发生在我们的眼皮底下。左侧的沙洲是辽阔海洋的一道堤坝，但这道堤坝——奥里奥沙洲——移动了。法比奥·扎内第为了完成大学毕业论文，用两年时间仔细研究了这个沙洲。他发现，因为布拉风刮得太猛，海岸向西移动了好几米。这种变化是人们可以觉察到的，就像在一个人的脸上能看见时间的流逝。这些风就像任性的建筑师，它们塑造着风景：来自撒哈拉沙漠的西洛可风破坏一切，布拉风把一切席卷而去，微风则负责重塑。

平底船在海藻和浅滩间行驶，会在小洲前停留。潟湖中这种小洲极多，只比海水高出一点儿。长着红脑袋的小鸟在草丛中飞过，几米之外，已经分不清哪里是草丛，哪里是海藻。微风中，小洲上的花儿在浮动，是很像薰衣草的蓝色花朵。《小洲上的花》是诗人比亚乔·马林第一部诗集的名字，这部诗集于一九一二年出版。这些小洲上的花儿与贝壳都是他诗歌的象征，他反复强调诗歌是产生于生活泥沼中的意义。从海水的淤泥中冒出来这些修长、优雅的花茎；黏糊糊的软体动物打造出五光十色、完美的螺旋形贝壳；这才是永恒的赞美诗。在芦苇中，在海浪的拍打声中，马林听到过这首赞美诗，他在垩欧菲米亚——格拉多一座让人敬仰的大教堂里，在唱诗班的歌声中又听到了它的回音。

小洲一直露在水面之上，但那些淤泥地只有在退潮时才会显露出来，涨潮时又会回到水下，因此那些淤泥时而展示在人们的目光下，时而隐没于神秘的海水中。有时候，仅仅是半米深的海水就能营造出神秘的感觉：一个被掩盖的世界，表面上风平浪静，水底有贝壳和石头。水底世界显得那么遥远而奇异，但只要用手伸进去几厘米，这个魔法就被打破了——像维内塔和亚特兰蒂斯这样神秘的水下城市，在水下一小片淤泥地上也能看到类似的光彩。

经过一些沙嘴——沙滩上的入水口，涨潮时海水会通过这些沙嘴涌入潟湖，远处深海的海水会进入这些平静的咸水湖，进入冬季的养鱼场。潟湖上水流平缓，在天气恶劣的季节里，大雾和沼泽地会使寂静的湖面变成危险的陷阱，这是大海的一面：它包罗万象、无动于衷的一面。在一块石头上，可以看到一些五彩缤纷的贝壳在晒太阳，粉红色和紫色的蛤蜊——海之耳，还有浅蓝色的帽贝，像进入天堂的钥匙。

　　一只鱼鹰艰难地起飞，它掠过水面，飞到一条更深的水路，一头扎进水里消失了，它黑色的脖颈仿佛潜望镜，在几米外突然又浮出水面。拉瓦亚利纳岛就在右边，有两艘船的桅杆上挂着黑色的破布，那些破布是要标出渔网的位置。两艘船在海面上静静地行驶着，两边是镜面一样的海水。在小岛上有一些草房子，这是潟湖上的百年建筑，可以住人也可以做渔夫的仓库，这些房子都是用木头和灯心草建成的，门朝西，房间里的地面用泥土夯成，灶火放在房子中央，还有填充了干海藻的草垫。至今还有一些这样的房子，为数不少，其中一些屋顶上竖着电视天线，还有一些经过了翻修和改造。但在布索港——那里已经不属于格拉多潟湖了——已经找不到这种草房子了，因为在阿比西尼亚战争时期，一位法西斯高官经过此地，他说意大利人把文明带到非洲，自己家里还住草房子，这是让人无法容忍的事儿，他让人把那些草房子全拆了，用石头房子取而代之。

　　以前，那些住草房子的渔民很少去格拉多岛兜售他们捕的鱼；去的时候，他们会穿上体面的衣服，会用炸过东西的油把头发抹得油光可鉴，他们去教堂做弥撒时，那种气味会弥漫整座教堂。除了这些化装的诀窍，潟湖就像其他地方的海一样，是一座巨大的天然浴池，除了海水，还有海风会消除洁净与肮脏之间的界限。在远一点的地方，一阵微风、几股清澈的水流就能使潟湖的水蓝得像宝石，水绿色是生命的颜色，但双脚却甘愿踩在泥泞的沼泽里。一种浑浊的褐色使沙滩的金色光泽变得模糊，那是一种湿漉滗、灼热而又丰厚的颜色，如同最初神造人时用的泥浆，一种生命的泥浆，不垢也不净，但通过它，神打造了人的模样。那些充满渴望和爱的人啊，他们用这些软泥修建沙堡，也塑造神的样子。

泥浆看起来很肮脏，但事实上对健康有好处，就像伤口上的霉菌；在海水里，只要游几下就能摆脱脚下的淤泥，游到清澈的深海里去。你在一座小岛靠岸时，会情不自禁地重温童年的记忆，在淤泥中嬉戏起来，而通常你会忘记这些快乐。你的伤痛在这泥浆里会得到神奇的医治，那就像在抓痕上涂抹唾液，这些伤痛也包括那些日复一日、每时每刻像箭头一样刺入你身体的烦恼；就是那些命令、禁止、勒令、邀请、号召、压力、事业在你的灵魂和肉体里留下的硬刺，这些有毒的刺一点点破坏着你生活的趣味，徒增你对死亡的恐惧和不安。

潟湖是安静、缓慢而又懒散的，可以慵懒地躺着什么事儿都不想，在寂静中你会逐渐分辨出声音的细微差别。时间就像天空中的云朵，漫无目的地流逝。不被各种义务，各种做过、经历过的事情碾压，这才是真正的生活——赤脚的生活，全神贯注去感受烫脚的石头，还有阳光下腐烂海藻的湿气。就算被蚊子叮了也不烦躁，那种感觉几乎有些怡人，就像野蒜辛辣的味道或者海水咸咸的味道。

在一座小洲的花丛中有一个十字架，纪念某个死去的人。坐在小木船的边上看着柽柳丛垂向水面，像海浪的泡沫一样向上翻涌，那一刻你会觉得不那么怕死；或许此情此景让我们觉得余下的日子还很长，尤其是会让人不去想这些事情，就好像在海边尽情玩耍的孩子。船会经过养鱼场，还有一些圆锥形的房子。靠近房子下水道的地方有一种螃蟹繁衍生息，当地人称之为"清粪蟹"，好像有些餐厅会用它来做菜，和黄道蟹一起做成美味的汤来招待游客，这就形成了一个完美的生命循环再循环。

海水——海洋和潟湖——意味着生命，也威胁着生命；海水会粉碎、淹没、滋润、打湿和抹去生命。在二十世纪前半叶，在普利梅洛运河和斯多巴角之间的伊松佐入海口，东边水位上升，海岸线向后移了一百九十六米，西边奥里奥的圣彼得岛以前和格拉多岛是连在一起的，现在分开了。强劲的海浪推动着岸上的土地或沙丘，形成了潟湖，然后悄无声息地刻画着陆地。编年史记载着发生在这里的战争和瘟疫，但通常——比如查理曼大帝时期，在格拉多一个强大但富有争议的族长福尔纳多的遗嘱中，或据十一世纪到十二世纪的《格拉多地方志》所记载——那些大水上来淹没了城市，海水泛滥，涌进了圣阿加塔教堂，甚至把那些殉教者的墓都淹没了，海浪冲向了代表着威尼斯共和国权势的伯爵宫。几个世纪之后，涅沃①发现，"海水每年都会围住大教堂，水位一年比一年高"。

教堂被水围住，还有一些陷于困境的船只也需要救助，海堤或方舟会给那些担心被海水淹没的人提供庇护。对于渔夫和水手来说，海水既是饭碗也是威胁；海水会腐蚀船只的木板，就像人

---

① Ippolito Nievo（1831—1861），意大利作家，代表作有《一个意大利人的自白》。

在苦涩而充满陷阱的海上历险，要依赖脚下那一片片把他们和深渊隔开的薄薄木板。船只会让人免于暴风雨的袭击，但也会遭遇飓风和沉船，在这些历险之后，才会到达港口。水手的痛苦在于：他距离海难的距离要比海岸更近，深渊里的海水也是一个很大的洗礼池。

格拉多的圣欧菲米亚大教堂里的镶嵌画地板就展现了海底的这种起伏，那些曲线就是留在沙滩上以及海面上的海浪。浪花向海岸流淌，向祭台涌去，浪花卷起又舒展开来，一点点向前推进。柔美的海浪来来回回，永远都不会停歇，回荡在大教堂的穹顶之下，和古老的歌声混在一起；那些优美的旋律会消失，也会再次响起。这不仅仅是教堂和大海的时光，也是生命短暂的好时光，海浪和沙子在拉船上岸的人脚下，他们祈求一点怜悯，让他们的生活不要那么痛苦：求你洗净我们的污秽，医治我们的创伤，滋润我们的憔悴①……

一条鱼在镶嵌画里的水底游动，就像在潟湖里游动，那是耶稣的象征，他化身为在陆地和海洋间谋生活的人的日常食物。有时候潮水退去，会有一条小鱼搁浅在一个小水坑里，孩子会把鱼放在一个小桶里，高高兴兴地把它抓在手上玩儿，但鱼儿在挣扎，鱼鳃在急促地起伏，没有人问鱼儿是不是想玩这个游戏，对于孩子来说，这条鱼不再动弹了，这也会对他们有所改变吧。求将仇敌为我驱远，赏赐我人得享平安……一切危害庶得避免②……

---

① 出自《圣神降临继抒咏》(*Veni Sancte Spiritus*)。
② 出自额我略圣咏《求造物主圣神降临》(*Veni Creator Spiritus*)。

地质学家称，这片潟湖很年轻。有人说这片潟湖有一万两千多年的历史，想想地壳运动产生的阿尔卑斯山，还有河流冲击形成的平原，它们相对要久远得多。还有人把潟湖形成的时间放在了有历史记载的年代，人类短暂的记忆就可以追溯到它的诞生。潟湖的历史是由自然和人一起创造的；很多时候那些大事件都是灾难，有时候是人为的，有时候是其他因素：比如说四五二年摧毁了阿奎莱亚的匈奴入侵，五八二年的海啸，五八六年伦巴第的侵略，五八九年的大洪水，八六九年萨拉森人的入侵，一二三七年爆发的鼠疫，一八一〇年英国人放的大火——阿提拉是上帝的鞭子，英国人是他的兄弟——还有一九二五年和一九三九年的飓风。千百年来，在漫长的岁月中，主教堂塔楼上面的钟都会向人们通报风暴、游行、祈祷或驱魔，祈求在每一次洪水或大灾难中都能平安度过。

由于比亚乔·马林的抒情诗，格拉多岛的景色成为了文学世界里的风景，马林使格拉多成为诗歌中的圣地。在马林之前，几乎没有人描写过这里——塞巴斯蒂亚诺·斯卡拉穆扎的那些应景之作对语言学家有价值，普通读者却不一定有兴趣。描写这里的作品虽然极少，但也能像细碎的黄金一样大放异彩，像鬼斧神工的贝壳造型一样让人心生感动。多梅尼科·马尔凯西尼，又称小梅尼格，生于一八五〇年，卒于一九二四年，他写的关于格拉多的散文和诗歌并没有进入文学史和后人的记忆里，而且不能肯定他有后人。不过在他的一首诗里，贫苦的渔民变成了"沼泽上的指挥官"，他们的辛勤劳作体现着威尼斯共和国的光辉，格拉多岛是共和国的母亲，但他很快又说：虽然他们通过劳动指挥着沼泽，但沼泽养育着他们，是他们真正的"主宰者"。

一生能留下一句诗就不错了，开一家酒馆也很了不起，就像一个多世纪前小梅尼格不当船长之后开的那家"老友"酒馆。从船长到酒馆老板，这并不是降低了身份，因为在威尼斯共和国时期，酒馆老板也是有威望的人，可以直接与共和国的执政者接触，并负责美酒和好风气。在人类聚居的地方，当然也包括在岛上，酒馆和教堂都是受人尊敬的地方。

对于远行者来说，这两个地方非常相似，这是他们在长途跋涉之后可以短暂休息的地方，一尊古老的圣像或是一杯红酒都能给他们继续前行的力量。这是两个来去自如的地方，不问进来的人从哪里来，不问他们属于哪门哪派。在教堂里也不需要消费酒水，人们可以选择是否要留点香火钱。也许在如今这个世界，教堂是少数能够让人自由呼吸的地方之一，几乎就像登船，人们想什么时候去就什么时候去，没有人会去责问你为什么不去做弥撒，更不会问你为什么参加八点的弥撒，而不是十点的。那些组织文化活动的委员会则不同，面对这些人，你要拼命找理由捍卫每一个小小的自由，解释你为什么选择去散步，而不是参加讨论。事实上，社会规范比宗教教条更专横，更难躲避。教堂的活动通知不会加上"收到请回复"这种胁迫性的提示；顶多会提醒一句，来教堂参加活动时，要比上船时穿得得体一点，这也合情合理。

奥里奥的圣彼得岛很闷热，岛上有些荒凉，在正午时分，这个布满乌贼骨的地方很像梅尔维尔①笔下那些迷人的岛屿。地面上的一层淤泥被太阳晒得裂开，一只蜥蜴趴在石头上，长久地盯着那些闯入岛屿的人：那是一种直视的目光，面对着这些古老的瞳孔，眼神对视，人会很不自在，觉得自己很愚蠢，当蜥蜴消失在石头底下，人才终于感觉从尴尬中解放。蚊子很多，河岸上生长着一大片芦苇还有蒲公英，一直延伸到一片洋槐林，还有很多黑莓藤蔓，再过几个星期，黑莓就该成熟了，海艾草味道酸甜，通常是用来泡酒的。

在这座岛上，曾经有一所由本笃会修士守护的圣堂，在这之前还有一座光神②庙，斗转星移，神仙和他们的祭坛都成了一座德国地堡。两次世界大战之间，有一个男人在这座岛上生活，陪着他的只有一片片绊根草和羊群，他坚持不去城市里，也不愿去有人的地方居住。他也许早就意识到，要让生活变得可以忍受，就必须清除那些没用的东西，尤其是不要和人群搅和在一起。每一种回绝都有其伟大之处，尽管这很幼稚，也很自负。但总而言之，岛上的生活永远不会真正孤单，有波光粼粼的潟湖，还有那些等待人们破译的各种各样的声响，细微的动静连续不断，类似于一种对话。

就算不把那些随潮起潮落而显露或消失的岛屿算上，岛屿的

---

① Herman Melville（1819—1891），美国作家，著有《白鲸》等。
② Belenus，凯尔特神话中的太阳神，自公元三世纪起成为意大利阿奎莱亚地区的守护神。

数量仍然很多。人们漠不关心地经过，这种旅行很肤浅，漫不经心，就像每天走过必经之路。人们走到生命的尽头，也没有真正认识回家的路。平底船在水面上来回行驶，就像一条鱼在一片又一片的浅滩中寻找河道，在狩猎的季节，野鸭和白骨顶鸡会忽然从天而降；船只经过捕捉鲻鱼的网，缓慢滑行，经过一大片金色的，像长发一样柔柔起伏的海藻；在马奇亚海滨附近，从这片海域时不时浮现一些古罗马双耳陶罐。古时候，这里很可能有一个大型货栈，海底的细沙里掩埋着一些漂亮的陶罐，绘制着爱神的罐子从静谧的海水里浮现出来。浮现是文学作品里比较委婉的说法，在现实中通常是说不通的，因为这些陶罐往往深埋于一米多厚的沙子下面，要捞起来并不是很容易。格拉多岛上一些显赫的家族一度还搞过占卜，向死者问讯，就是想知道这些珍贵陶罐的具体位置，他们不想从渔民那里打探消息，因为死人更可靠，让他们打捞上来的东西更合法。

马奇亚岛如今已经荒芜了，几年前这里还是巴伯·斯拉维奇的王国，他后来去了塞内加尔。这座岛很贫瘠，一排排柽柳形成自然屏障，和水中的倒影连在一起，看起来像一片雨林。在进入深海之前，有一大片风平浪静的浅水域，那是鱼儿繁殖的理想场所。在第二次世界大战结束前的几天，德国人向威尼斯撤退时被英国战斗机机枪扫射，他们跳入水里，期望能够徒步穿过大片沙丘和沼泽地，但最后他们陷入了泥潭之中，淹死在沼泽里或者深陷于流沙中，一个一个被击毙。有一段时间，这些尸体不断地漂浮上来，出现在浅滩和河道里。岛上的村落间也有一些传言，说那些德国人丢下了金条，格拉多岛上的某些人家捡到了金条，后来一夜暴富，先是街头巷尾的闲谈，后来发展成了争吵，甚至闹上了法庭。

然而巴伯·斯拉维奇在这里时，唯一的牺牲品是牡蛎。因为是他提出要引进葡萄牙牡蛎——其实本来是日本牡蛎——来代替格拉多岛本地牡蛎。他开始大批养殖这些进口物种，为了培育和采集牡蛎，他引进了很多大型设备。如今在岛上还可以看到很多长满野草的水池，废弃的洗涤泵，这个萌芽状态的养殖帝国遗留下来的断壁残垣。这些葡萄牙-日本牡蛎繁殖力特别旺盛，连停船的地方都长满了，抑制并破坏了格拉多岛本地牡蛎的生长。总之，这桩事业是成功的，只是这种外来的牡蛎吃起来有一股西瓜的味道。

在众多的小岛中，莫格岛是最美丽的一座，它寂静而迷人。那里有郁郁葱葱的松树、榆树、大片芦苇荡以及纠缠在一起的黑莓枝蔓，还有一些龙舌兰会挡住森林的入口。在森林里的某处，成串的毛毛虫贪婪地啃食着光秃秃的树干，像一场灾难之后的场景。靠近河岸的水面上则沾满了白鹭羽毛，这是一种与苍鹭相似的鸟类，它们看到有船靠近便迅速飞走，像天空中飘浮的白云或温柔的白色浪花。螃蟹被海浪遗弃在沙滩上，它们的躯壳干干的，有些发白，在人们的脚下咔嚓作响，那种响声就像人们把刚煮熟的、新鲜热乎的螃蟹放在嘴里咀嚼的声音。

在这座浪漫岛屿上曾栖居过很多动物，人们的生活也自给自足，此外这里也发生过一段浪漫的爱情故事。直至几年前，在这片浓郁茂密的森林深处，在一个阴暗隐蔽的地方还曾立着一块墓碑。一战结束以后，一个维也纳女人——玛丽亚·奥申塔勒女伯爵——爱上了一位文人，一位风流倜傥、让人难以抗拒的花花公子，这个男人生活在格拉多岛上，至今仍有很多人记得他穿着充满男性气息的长靴，这也是他勾引女人的利器。母亲总是比女儿更风情万种，后来这位女伯爵发现母亲和自己所爱的人在一起了。她回维也纳以后就自杀了，她的骨灰被带回莫格岛，安放在那片阴郁的林间空地上，并在上面立了一块石碑。现如今这里什么都看不到了，那片空荡荡的地方会让人想到死亡，想到死亡的虚无，这比那些带着碑文和哀悼词的墓碑更有说服力。讲述这段故事的船夫不记得那个母亲后来怎么样了，这位女伯爵有一个兄弟在二战后去了上阿迪杰，渐渐开始酗酒。他们家里还出了一位不错的画家，是维也纳分离派画家，绘制海滨和潮汐，在格拉多的有些宾馆里，还能看到这些画作。

"一九六二年七月二十六日，格拉多。亲爱的，你听我说。我刚刚把你的信抄在了日记本上。今天早上我去了一趟沙丘……我运气很好，在那里找到了一个小小的纸鹦鹉螺……我把它放在手心里，它的形状真是令人赞叹。这种贝壳很罕见，在我心中激起了多少惊喜啊！我一回到家就看到了你的信，那种欣喜并不比看到那个纸鹦鹉螺逊色……昨天是法尔科去世十九年纪念日，我们在他的墓前放了火焰一样鲜红的玫瑰和康乃馨。真的是红似火焰。我真希望你在我身边，你已经是我生命中的一部分，你真该回到格拉多。我希望你晚上乘汽船来，这样第二天一早我们就能一起去沙丘。如果你不和我一起去沙丘，去圣马可的松林，你是不会喜欢我，并和我做朋友的。这样你就能在小船上一直待到中午，和你女朋友一起下海游泳。下午五点钟我们可以去圣马可的松林了。这样一天里你能看到很多东西。我很高兴，你女朋友在我家住很自在，我们相处融洽……在这里拥抱你，就此搁笔，代我问候你的父母。比亚乔·马林。"

同马林在一起不会浪费时间。他几乎完全抗拒平庸，他写的那些无关痛痒、近乎虚无的东西，可以让人免于面对残酷的真相，防止他直面巨大的虚空。他在维也纳学习，他可以清楚地回忆起哈布斯堡家族的最后几年，当然他没有学到奥地利人的和颜悦色，还有充满讽刺的缄默艺术，也没有学会霍夫曼斯塔尔[1]笔下"困难的人"优雅的回避态度。马林言简意赅，几乎到了不太得体的地步，他无论发火还是微笑都如同一位海神，但他不会开怀大笑。马林会排除那些无关紧要的东西，只留下最核心的，或者是不完美生命中最绝对的东西。他善于教育人"怎样才能不朽"，如果有人对他倾诉内心的阴郁不安，他安慰别人的手势是那么漫不经心，就像把脏衣服抛进竹篮子里，却能化解心里的愁苦，能帮助你去面对幽暗，去接受自我限制和规则，走自己的路，不那么害怕，

---

[1] Hugo von Hofmannsthal（1874—1929），奥地利诗人、剧作家。

也不会迷信。

在他贪婪的、永不知足的生命里，马林渴望荣誉和认可，那是一种幼稚的渴望，有时候让人侧目，那就像小孩子想要一个玩具，就把玩具从别人手上抢了过来。但他知道荣誉很难消化，他可以沉湎其中，但那里没有任何价值，一旦得到满足，就不会感到任何幸福；若得不到满足，也不会影响心情。

马林有着儿童和某些老年人的自娱自乐精神，他们简单地存在，如同自然，不看别人的眼色行事。在他饱经沧桑、充满错误和挫折的一生中，他认识到：困难、贫穷还有他儿子法尔科死去的悲剧让他很痛苦，但不会让他手心出汗，备受焦虑的折磨。向一位朋友袒露心扉或者在公共场合发言，这对他来说都差不多，他根本不知道紧张和压力是怎么回事儿。也正是由于这个原因，他活到九十四岁依然身体硬朗，思路清晰。

他那种充沛的精力、魔鬼般的活力使他具有多重人格，那种超常的、扩张的个性会将他身边的人挤碎。正如狄德罗在谈到拉辛时说的，马林也像拉辛，注定成为一棵参天大树，它要往上猛长，注定享有长久的生命，给别人带来清凉，但它生长的过程中也注定要摧毁它附近的树。有时候他身体里好像藏着许许多多的人，有高贵的也有卑贱的，有慷慨的君子也有贪婪的小人。他热衷于教给别人信念，但他自己不一定会践行。"我为自己感到羞耻。"有一次他写信给乔治·沃盖拉。马林曾经是一位渎职者、破坏者，尤其是年轻时，后来也一样，他儿子法尔科的信件和日记却体现一种罕见的正直，这些信件从情感上而言，是一种受他影响的沉重证据，然而他的活力和霸道总是能提升到很高的精神层面。

马林深切感受到一种深层的悲剧性冲突，就是生命的磅礴和流逝、成长与毁灭之间的矛盾；在哲学、宗教和历史层面，他都能感受到。在意大利东部和亚得里亚海岸地区的纷争中，他见证并参与了第一次世界大战，参加了法西斯，加入了民族解放委员会，到了第二次世界大战战后，经过这一系列事件，他也体会到这一点。他说："如果世界的神灵决定从亚得里亚海东岸的土地上铲除威尼托的千年印记，我会低下头说：悉听尊便。然后我会说出自己的想法，会补充说：猪猡……"而后继续骂人。

尽管马林经历了种种冲突，但他对生命持有宽容态度，不管好与坏，他全盘接受。即使在痛苦中、在死亡中他也看到、感受到生命的整体性，他用一种陶醉的心情占有生命，那是一种让人不安的性感，他觉得一切都很诱人，甚至是死亡：不仅是在夏日晴空中飞过的海鸥，也包括死在海滩上正在腐烂分解的海鸥，他几乎是带着欲望把海鸥的尸体捡起来。对于他来说，万物的永久性在于它们生命的意义，海浪的浪尖并不因其迅速散开而沮丧。他所有的诗歌都在歌颂这种统一性，所有事物盛开又凋谢，如同青草一岁一枯荣。

即使在悲剧中，生命对于他来说都是一首歌，都值得肯定。马林根本就无视那种"否决"，尽管爱着人、动物、植物以及一切活物，但有时也需要对宇宙，对宇宙大爆炸，对由此引发的血腥狂欢说"不"，他不但关注阿喀琉斯的哭泣，也想倾听那些无名的、卑微的，甚至发不出声音的痛苦呜咽。然而马林对生命的热爱没有任何教诲的成分，那是对生命魅力强烈的爱。无论如何，他的诗都有一种极具魅力的音乐性，捕捉到了理性和历史产生之前塞壬的歌声，就好像产生于未来的低语，产生于一些无法言说的东西。

在一九六二年七月的信中，他提及的那个纸鹦鹉螺——阿耳戈贝壳——是他诗歌的象征，贝壳和谐的形状犹如一张面孔，在上面能看到生命的流淌。贝壳与他一样——从青年时起，他应该是一个让人难以忍受的狂热分子——经历了岁月的磨练，他的诗越来越精致，就好像时光磨去了他过多的生命力和激情，赋予他一种平和与高贵。他最初的几本诗集已经包含了一些杰作，然而凤毛麟角；假若马林在六十岁或六十五岁时便与世长辞，那他在文学史上的地位可能要大打折扣。他最美的抒情诗是他在七十岁、七十五岁、八十岁时写成的。如果有人说他大量的抒情诗只是无穷无尽地重复着一个主题，只有一小部分能流传下来，他会十分气愤。

然而这一小部分能流传下来的诗歌，数量并非那么少，那是一个真正诗人的作品。马林自己也知道，这不是个人或诗歌的荣耀，这不是一个人在生活中披上的外衣，而是一个人和他的诗歌所超越以及期待超越的东西。这种训诫让人摆脱那些可悲的恐惧。因此，尽管他犯下了大错，人们照例对他说谢谢：正如儿子感谢赋予自己生命的父亲；感谢父母生了一个兄弟做伴，虽然会经常发生冲突；还感谢儿子可以延续我们的生命；或者感谢一棵古老的大树，这些大树在我们出生之前就已存在，在我们死后还会存在很久很久。

　　旅行如同讲故事，是一种放弃，旅行也如同生活。我们错过一个海岸，却来到另一个海岸，这纯属偶然。"美人岛"——这样称呼它是出于反讽，因为岛上有些居民长相丑陋——曾经有一位名叫贝拉的老巫婆，她能呼风唤雨，谁对她不敬，她就叫谁打鱼空手而归；出于同样的原因，有一次她一挥手，一架侦察机便一头栽了下来。水里有邪恶的元素，水对那些妖怪是宜居之所。在格拉多的浅滩上，人们惧怕巴拉林——一种坏精灵，或"流浪的犹太人①"。主显节的夜晚，在风的呜咽声、门的哐当声中，人们听到来自大海的怒吼，那是海上女妖发出的怪叫。

　　你可以想象一下老巫婆贝拉的样子，因为残酷的偏见，她很多年都遭到别人的咒骂，再加上年老，她看起来一定不好看。真希望那些咒骂她是灾星的人真的常常空手而归。这位旅行者是位启蒙主义者，他尽可能揭穿神话盲目、非理性的一面；尤利西斯——那个"迷惑不了的人"，正如喀耳刻②对他的称呼——也能破除女巫、巨人和塞壬的魔力。给一个人打上灾星的烙印，这是最大的恶意，这是比排斥外国人还要坏的种族歧视，它和所有迷

---

① 传说在耶稣被押赴刑场的途中，有一名犹太人对他进行辱骂，因而被罚永世流浪，直到世界末日。
② Circe，希腊神话中住在艾尤岛上的一位令人畏惧的女巫，善用魔药，经常把她的敌人以及反抗她的人变成怪物。

信一样，掩盖着虚伪造作的世俗。

潟湖上的草屋里，诗人兼导演帕索里尼通过摄像机，讲述了女巫美狄亚的故事——一个典型的外国牺牲品的故事。美狄亚崇拜凶残的神灵，但她也喜欢亲近大地和夜晚的神灵，靠近神话遥远而幽暗的根源，接近生命原本的混沌。在她深爱着的男人伊阿宋的世界里，美狄亚是一个外国人，她注定遭遇最大的不幸。在多少个世纪里，那个辉煌光荣的希腊像每个人的祖国，在这个国家里，她是一个绝对的外国人，一个无法被接纳的异类。这促使她在遭遇暴力和欺骗之后，违背了最普遍的感情——母爱，她亲手杀死自己的孩子，成为了一个可怕的异类，她甚至违背了自己，还有她的内心，她先是成了她的故乡科尔喀斯的背叛者，后来成了伟大希腊的异类。

她的悲剧世代相传，古代和现代都有无数次加工和改编，然而这个令人毛骨悚然的故事可以经受住任何现代心理和相对主义分析。在美狄亚的神话里，理性用网子罩住了模糊而天真的魔法，把它引向灭亡。这位妖女的魔法和媚药在精于算计的伊阿宋面前，在希腊人面前，在她强烈和狂热的生命面前，根本起不到任何作用。相反，她很容易被文明社会的关系网缠绕和压制，成为牺牲品。在她的帮助下——她为爱背叛了自己的原则——阿耳戈英雄获得了金羊毛，他们具有年轻的希腊那种可怕的、不负责任的力量，这种力量与生俱来。这世界尽管陌生、充满危险，但好像也可以征服和猎取。希腊的光辉让人不安，全世界的文学创作出来的形形色色的美狄亚都是一种恐惧的流露。那不是古典的和谐，也不是狄俄尼索斯的愤怒；古希腊的精神——袭击科尔喀斯船只的原动力，也是一种纯粹的、绝对的邪恶，他们实施掠夺，面对任何事情都不会后退，会亵渎任何神圣的东西。

大海，险恶的大海，一望无垠的大海是这场不容迟疑的冒险之旅的背景，他们无视法律和神坛，简直肆无忌惮；大海是这个故事发生的背景，是亵渎神灵的场所。希腊精神如同大海，具有大海的险恶和流动性。美狄亚——杀死亲兄弟和儿女的凶手，她是神圣的守护者，而不是那些古老仪式的祭司，她已经做好放弃一切的准备，去守护生命的神圣性。格拉多潟湖迷人的流动性可以成为这个神话的象征和背景，这是魔鬼和神的联结之地，美狄亚在这里长大，出于对伊阿宋的爱，她被希腊世俗、理性的文明从故乡连根拔出。

希腊文明赢了，然而这场胜利包含的恐怖，不亚于科尔喀斯恶龙带来的恐怖。美狄亚背井离乡，愧对自己成长的地方，她背叛了自己的故乡，造成了它的毁灭，她离开自己的亲人，内心一直受到愧疚的折磨，她又被希腊世界所摒弃和不齿。为了希腊，她牺牲了她自己的世界，在希腊她无容身之地，她被伊阿宋鄙视、背叛和殴打，为了爱他，她牺牲了一切，痛苦让她变得疯狂，让她做出了可怕的事情：她杀死了自己的孩子，报复了伊阿宋，然而尤其是报复了自己。

德国作家克里斯塔·沃尔夫通过她的小说重现了欧里庇得斯悲剧最古老的传统，她提出胜利者往往会篡改事实，把科林托人犯下的罪行——是他们在一场暴乱中杀死了美狄亚的孩子——推到了那个蛮族女人身上。在这个神话中，真相都被掩盖，讲述的全是道听途说，每次都是这样。美狄亚杀死自己的孩子，这是最可信、最真实的，这让她成为最大的牺牲品。没有谁比她更冤屈，她遭遇的痛苦使她丧失自我，丧失人性，因而被推向了罪恶。在帕索里尼的电影里，美狄亚的野蛮报复也是西方暴行在第三世界里激起的愤怒，西方的暴行使第三世界发生异化，他们通过野蛮的混乱对抗野蛮的秩序。

然而《美狄亚》是一出悲剧，假若它没有设置那些可怕的事件，激起人们的道德感，让人们指责她的行径，它就不会成为一场悲剧。无论如何，希腊文明光芒四射，比起崇拜黑暗之龙的科尔喀斯原始文明来说，它传递着更多人性。真正的悲剧在于，伊阿宋是那个举着希腊火炬照亮科林托的人，他真是不配这个身份。伊阿宋是一个说谎者，他善于欺骗他人，也善于自欺来解除良心的不安和犯下的罪过。他告诉自己他没有别的选择，他不择手段，最后变成了一个没有灵魂、没有道德的人，既没有信仰也没有深度，只是徒有其表，充满诱惑、权宜和色情手段，故作英勇，只会做一些沽名钓誉的事情。这是虚荣男性的典型，只崇拜自己，总是以更高的追求为借口，轻松地为自己开脱。

甚至在愤怒的屠杀中，体味到爱情价值的人也是美狄亚。然而，科尔喀斯因其部落的凶残，不可能取代拥有荷马、苏格拉底和柏拉图的希腊。希腊的根基就是神话和语言。这真是造化弄人，众神的任性使卑鄙的伊阿宋把希腊之光带到了蛮荒的迷雾中，他的牺牲品却比他伟大得多，那个划时代的伟业——阿耳戈号英雄远征——的牺牲品却是美狄亚。然而更为悲剧的是，众神犬儒和随性的做法是希腊文明的主要元素。这种没法协调的矛盾不允许人们梦想永固长存的天堂，更不允许对抗"西方"；在帕索里尼的电影中，潟湖令人心驰神往的风景，也让人在一刹那感受到历史让人无法承受的恐怖。

每一场《美狄亚》都在揭示不同文明之间无法相互理解时会发生的事情，对于一个外国人来说，这是一个悲剧性的提示，也具有现实意义：一个外国人很难不被他人当成是外人。美狄亚的悲剧表明，不同民族、不同人之间的矛盾和疏远客观存在。也是出于这个原因，在格里尔帕策①的同名戏剧中，美狄亚会说，一个人最好是没有生在这个世界上，一旦来了就只能忍受这种不幸。她不像伊阿宋那样自怨自艾。

格拉多潟湖到安福拉和布索港就结束了，直到第一次世界大战前，再往前就是意大利的领土，格拉多领土收复主义者、奥索尼亚②共和分子在夜幕的掩护下越过运河，想要踏上祖国的土地。一九一五年，一艘意大利快艇朝岛上的碉堡放了几炮，奥地利人还击了两炮，放弃了碉堡，世界末日般的大战于是开始了，至今仍然有重演的危险。

这条运河是一条致命的边界，是一场世界性冲突的火线。格拉多本身就像一条边界，划分不同的区域：它是陆地和大海之间，

① Franz Grillparzer（1791—1872），奥地利剧作家，奥地利古典戏剧奠基人。
② Ausonia，古希腊时对意大利南部的称呼，后在诗歌中指代整个意大利。

封闭的潟湖和开放的海域之间，尤其是大陆文明和海洋文明之间的界限。格拉多发源于阿奎莱亚，虽然它们之间只相距十一公里，但代表着更深层的距离。从古代起，阿奎莱亚就向大陆的主教辖区扩张；历史上，它的主教就倾向于归顺日耳曼、匈牙利和中欧帝国。对于伊斯特里亚和威尼斯海上的主教辖区而言，格拉多是一个大都会，向亚得里亚海和地中海文化靠拢。从格拉多到阿奎莱亚这十一公里的距离，方言也发生了变化，更接近弗留利方言。

这十一公里的距离标志着一种过渡，是威尼斯海上共和国的恢弘大气向中欧大陆过渡，这是一个问题重重、辽阔而感伤的实验室，用来探索文明带来的不安，这是虚空和死亡方面的行家。在米凯尔斯塔埃特尔①居住的戈里齐亚附近有一座预报世界末日的神奇气象站，在它沉重的"军大衣"里，是一个封闭的、扣紧纽扣的世界，为了防止被生命之风吹到。在第一次世界大战之前，马林在戈里齐亚生活，他那时还是个高中生，是"奥索尼亚"的创始人之一。他泅过运河来到另一边，踏上意大利的领土，他脱掉衣服，扔掉在中欧伟大学校里学到的东西，跃入生活的激流之中，那应该是件欢畅愉悦的事儿。泅过运河然后再回去，就再也不知道自己的位置在哪儿，祖国是哪个，不知道应该支持谁。几年后他有了自己的立场，一九一五年三月，他在维也纳——他当时读书的地方——同校长进行激烈争辩时，他宣称他永远都会是意大利爱国者，他要和奥地利作战。几个星期后在意大利，他在

---

① Carlo Michelstaedter（1887—1910），意大利哲学家、诗人。

抗议意大利军队一位粗俗的陆军上尉时——他作为志愿军参加了这支部队——他宣称，他是习惯于文明用语的奥地利人。

边境上常常发生流血事件。一〇二三年，阿奎莱亚的伟大主教波波内血洗格拉多，一九一五年到一九一八年之间，意大利东线尸横遍野。也许唯一可以化解边界这种致命力量的办法，就是感觉自己是另一边的。

按照神话传说，多瑙河通过其支流萨瓦河的一个分支流入潟湖。这个分支就是伊斯特罗河，在其他版本里，也有人说它就是多瑙。阿耳戈号英雄肩上扛着船沿着多瑙河逆流而上，一直来到亚得里亚海，有时候他们把船放在其他河流中顺流而下，一直到达大海。多瑙河是一条中欧大陆的河，一条伟大、伤感又顽固的河，它汇入亚得里亚海，这是很正常的事情，因为亚得里亚海是伟大的海、雄辩的海、热情奔放的海，是真正生命的海、和谐的海。阿耳戈号英雄逃离科尔喀斯缭绕的云雾和魔怪，来到茨雷斯，来到洛希尼，来到亚比西托士群岛，来到喀耳刻岛。这些永生的岛屿诞生于阿耳戈号英雄制造的流血和死亡，诞生于美狄亚的兄弟亚比西托士的尸体之上，他在中了女巫的魔法后被杀死，他被碎尸万段，而后扔到这永恒的海水中。这又是出于对伊阿宋的爱才犯下的罪行。这里的美、和谐宁静也是罪孽和欺骗的结果；这些海岸，在全是淤泥、险恶的海底之上，多瑙河带来了美狄亚的悲痛、愤怒和堕落，还有伊阿宋的背信弃义。

在运河那边，在安福拉的爱·乔迪饭馆前是马拉诺潟湖。在马拉诺生活着大胆、霸道的渔民，据说他们会肆无忌惮地跑到亚得里亚海的对岸，也不在乎南斯拉夫、斯洛文尼亚、克罗地亚的摩托哨艇，格拉多人抱怨这些马拉诺人侵犯自己的水域。人们都喜欢提到一个叫格拉齐亚迪约的人，前些年他从布索港开枪吓唬马拉诺人，让他们走开。西北风从外面刮来，那是真正的海的呼吸。海和潟湖的分界清晰可见，但那是临时的，也是不可避免的，如同所有边界，是必要的也是徒劳的，不管这种界线是水域、色彩、村子还是方言，情况都差不多。一位从奥里奥沙洲返回的渔民捕到了一条三公斤左右的狼鲈，鱼鳞在阳光下闪耀着银光，颜色也在发生细微的变化，外部的阳光、体内的死亡，那也是边界的震颤。

克里斯蒂亚诺询问，是否愿意和他一起去安福拉的浅滩上寻找大蛤蜊。他只有十二岁，脸蛋清秀而坚毅；他是船长，他会划船，知道把船划向哪儿，出于对经验和级别的本能尊重，大家都听从他的号令。他不慌不忙划着双桨的样子让人很安心。海潮退了，留在沙滩上的两个小点儿逃不出他的眼睛，那是蛤蜊的藏身之处。刀子插入黑泥里，黑泥下面充满微小而又顽强的生命，挖出一个贝壳，正是蛤蜊。沙滩白花花一片，阳光、贝壳和拍打着沙滩的浪花。几米开外的地方，在绊根草和海鸥巢之间有一具巨大的海龟骨骼在腐烂。几天以前，克里斯蒂亚诺在海龟旁救了一条狗。他偶然发现了这条狗，它快渴死了，一点力气也没有，连小船都上不去，它被困在浅滩上应该很长时间了。到了家以后，它喝了一大桶水，睡了整整两天。克里斯蒂亚诺很喜欢这条漂亮的赛特猎犬，尤其喜欢它那双高贵、迷茫的眼睛，尽管它有点老，耳朵也有点聋；克里斯蒂亚诺希望狗主人不要它了，这样他就能把狗留在身边，他给狗取名叫伊万。

这个名字不是随便取的。伊万是近海沼泽地的一条牧羊犬，二十年前或者更长时间之前，它属于布索港一个小军营的财政警察。现在军营已经废弃了，朱塞佩·齐加伊纳回忆说，营房附近是灯塔看守人的小屋，他一个人孤零零住在那儿，伴随他的只有港口外的浮标，他的工作就是往灯里加油。有一天，财政警察厌倦了他养的那条牧羊犬，就把它带到沙洲上，想开枪打死它。狗受了伤，但侥幸活了下来，还活了很长一段时间；它不让任何人靠近，它学会了以海鸥蛋和一些小动物为食，只有在夜晚才到安福拉的喷泉来喝水。

这条出没于沙滩和岸边草丛的白狗留在了人们的记忆里。人们记得它的名字，就把这个名字用在别的狗身上，正如克里斯蒂亚诺给捡来的狗取的名字。这是一个小小的仪式，是一种传承，赋予新来的狗尊严。当狗主人来领新的伊万时，克里斯蒂亚诺也许感到所有故事都结束了。然而那条古老的白狗的名字却保留下来了，而谁也不记得那个财政警察的名字，也不记得他究竟是什么人。

渔民粗粝大手的关节，木船上或者把花蛤和蛏子倒在上面的木桌上的节疤，沉入水中的渔网上的结或系船的绳结：在迪诺·法基内蒂的雕刻里反复出现这些充满力量和耐心的形象。这是他们世代从事的职业、艰辛的生活、悠悠流水和漫长的岁月打造的形象。诗是怜悯、谦卑，是生活的愉悦，就像一九九一年的作品《潟湖的沃土》中所表现的。这片不知名的沃土是深色的，船平静地向前行驶，那双划船的手也善于雕刻饱经风霜的脸，突出风光的轮廓。格拉多和它的潟湖孕育出众多的艺术家：有的用色彩来讴歌它，有的用铅笔来描绘它；有德·格拉西的西洛可风，有科切阿尼的大渔船，有奥申塔勒的堤岸和海浪——这位女画家被称为莫格不幸的女伯爵。那些骨节突出、坚韧的手就像古树粗糙的树皮。潟湖古老的生命使人们关注周围的事物，使他们成为现实的临摹者。

一行人开始往回走，给此次旅行画上一个完整的圆。经过圣朱利亚诺岛，岛上有一座建于六世纪的教堂，充满韵味的果园和捕鱼的竹篓。两岸的白石头格外醒目。格拉多人运着沙子去伊斯特里亚换回了这些白色的石头。经过大水闸岛、卡索尼·塔尔劳岛、蒙塔龙岛、布霞里岛，远处能看到阿奎莱亚雄伟的大教堂上面钟楼的剪影。教堂是城市和文明的象征，但从远处看不到。如同沙洲上盛开的花朵，在这些沼泽上也会诞生城市，也会谱写历史。威尼斯就诞生于这片潟湖。当阿提拉率军向阿奎莱亚逼近时，一阵干燥炽热的风刮了起来，有些阿奎莱亚人见势不妙，便逃到了这些小岛之间，为建立世界上最伟大的城邦之一打下了基础。有一首民谣据说是保利诺主教创作的，讲到了议事广场和宫殿的毁灭，废弃的教堂变成了狐穴蛇洞，城市的毁灭——从最古老的拉格什①到盎格鲁-撒克逊哀歌中吟诵的巴斯城②——反复出现在世界文学作品中。讲述伟大事物的消亡，这是一个真正的文学流派。

正如罗马的建立是从埃涅阿斯的出逃开始，帝国诞生于流放，未来的根基是建立在痛苦的丧失过程中，以移居为开端。在这些水域之上，威尼斯共和国开始于此，结束于此：在改造后的琴特内拉岛上，有一个名叫格拉德尼格的人，他是一位执政官的后代，现在他是鱼市的看守，地面上泥土太多了，他会用水冲洗一下，并把那些干草和荆棘烧掉。

向东，在穆拉迪穆贾沙洲前面有一座沉没于水中的小岛——圣格里索戈诺，这个名字来源于阿奎莱亚的一位殉道者，传说在戴克里先的时代，这个沙洲还没被水淹没，这位圣徒在这里被杀头并埋葬。小船这时候离开了潟湖的水路，驶向一个地方，假如家族历史和记忆真实的话，那么船行驶的目的地是家族的墓地。这位圣徒祖籍希腊，后来移居到了达尔马提亚，居住在斯帕拉托，是罗马帝国的一个小贵族。这个历史悠久的贵族之家出现过不少文学和科学才俊，在威尼斯共和国的时代，有几位在达尔马提亚的城市很有名。弗朗切斯科·德·格里索戈诺外公就来自这个家族，他天赋极高，但性情忧郁，他给外孙留下了怀念，还有把整

① Lagash，苏美尔城邦，位于今伊拉克境内。
② City of Bath，英格兰西南部城市。

个世界放在符号和语言里的野心。

弗朗切斯科·德·格里索戈诺临终前写了一些文字，让人在他死后阅读："他还没开始生活就已经停止了存在。"他很早就发现了自己的"狂热志向"会让他在孤独中燃烧，他的命运已经注定，他和痛苦、孤独作斗争，这耗尽了他的力量，让他的聪明才智枯竭，变成怪癖，让他丰盈的内心充满无法排遣的懊悔。

一八六一年生于达尔马提亚的塞贝尼科，成长于困苦的环境，弗朗切斯科·德·格里索戈诺无法在维也纳完成他钟爱的哲学和数学研究，很多年里他都是奥匈帝国的海军军官。他是一位意大利领土收复主义者，深爱德国文化，也熟悉和欣赏克罗地亚文化，因为家族的另一个支系在克罗地亚。后来他成了的里雅斯特一所初中的普通教员。他发现他一生处处受阻，非常坎坷，一直没办法进行科学研究，接触到科研的世界。

弗朗切斯科·德·格里索戈诺作为哲学家、科学家，摆脱地球引力的工具和航天系统的发明者，康德、叔本华、尼采以及一些伟大数学家的忠实读者，警世格言作者，他知道自己被那个时代的科学和哲学排除在外。那时候，科学和哲学正处在变革时期，他本可以为这一革命做出贡献，这场革命同时也会丰富他的思想，把他从孤独的窒息和压抑中拯救出来。他本人说过，他头脑里的设计和想法层出不穷，只是没办法一一实现，如同种子掉在了太阳照射不到的土壤里，根本就无法发芽。这些设计和思想压迫着他，让他很兴奋，就好像火力过于充足的蒸汽机，但没办法启动，他不停反思着自己的可悲处境。

《新科学的萌芽》是他留下的主要著作，在他去世多年以后，这部著作让费米①深受震动。经过艰苦的努力，实际上这些胚芽还是结出了果实，弗朗切斯科·德·格里索戈诺认为这是他的义务，他对自己和别人，任何时候都会故作轻松。他在简陋的研究室里做研究，就连星期天和家人去郊游，在喀斯特高原野餐时，他也会随身带着小折叠桌，三个孩子在嬉闹玩耍，妻子强迫他多吃几个鸡蛋，以保持身体的营养。弗朗切斯科·德·格里索戈诺写下了冷静深刻的格言，写下了他哀婉动人的想象；他制定出精密的原则来区分那些最小的差别；他思索一种正面批评，可以摆脱形而上学；他揭示那些道德规劝和禁忌的本质；他通过一种绝对伦理来推翻真理的观念。他像那个殉道的祖先一样致力于追求真相，他把追求知识的力量理论化，同时又安于天命，接受自己的无力和处境。他尤其是为梦想而工作，"概念计算"就是通过严格的科学计算，通过组合与排列来推出一些天才的直觉和发现。

这是一个大胆的尝试，把真正严密的科学、天才的直觉和陈旧复杂的计算，还有一个生活在外省偏远地区的男人无法抑制的奇思异想混合在一起。弗朗切斯科·德·格里索戈诺想要把人类的创造力从偶然，从不公正的命运中解放出来，因为有过切身体会，他十分清楚：创造力受制于这些因素。假若天才是偶然产生的，而概念计算，通过一台可以进行各种计算的机器，可以将严密的逻辑加入这些操作之中，会打破那些束缚人还有天才的偶

---

① Enrico Fermi（1901—1954），美籍意大利裔物理学家，一九三八年诺贝尔物理学奖得主。

然性。

这个富有创意的设计最令人称奇的一面，就是作者在《新科学的萌芽》中插入的表格。作者把世界无穷无尽的变化制成卡片，把这个世界上可能出现的所有发明和发现整理出来，把组成这个世界所有元素的种类和分支都列举出来（不可卷曲性：杆菌的、弯曲的、扭曲的和环形的）；决定重量的三十六个因素，或决定事件发生的二十一个因素，短语和它的不同位置，电气设备和声响设备，高频射线的十七个部分，一个行为的一百四十三个模式，二十八个生理现象和同样数量的心理现象。关于易碎、叶状、黏稠、泡沫、涩口的物质……他都提出了可以进行操作的实验，有的很古怪，有的是天才创意，还调查了光线对硒的电阻变化的影响，或者提出通过实验来证明 $X(2)^n$ 是不是有防止尸体腐烂的功能。

这些插入到文字中间的难以捕捉的表格、计算和数学符号展示的是世界的诱惑和繁冗，还有宇宙的广阔和心灵的深渊。那种纵观全局的"野心"，好像要像上帝一样操纵这个世界，个人的渺小暴露无遗，人们不仅会迷失于无限之中，也会迷失于有限事物的迷宫之中。这也表现了他对生活痛苦的爱，他拼命想抓住生活，像渔夫想用渔网捕捉大海一样。只有赤裸裸的数学可以用它难懂的符号揭示生活可怕而神秘的美，对于世俗的人来说，这如同古埃及象形文字般深奥。这也是十九世纪实证主义者的忧伤和诚实，他们以严密的方法和天真的信仰来清除形而上学，让人们对神秘世界的感觉变得真实，在计算的过程中，当然不允许犯任何错误。

格里索戈诺通过他敏锐的洞察力带着人们探索这无穷的空间，这个孤独的研究者的思想形成于他租住的房子里，他连一个可以对话的人都没有，不能和任何人交流他的研究计划和结果。他必须小心翼翼地控制那种孤独感，防止自己钻牛角尖。

弗朗切斯科·德·格里索戈诺品尝过孤独和忧郁的折磨，他陷入的困境是：他那颗丰富、伟大的心灵受到了逼仄现实的压抑。他这样描述自己的处境："看着梦想一个个地熄灭，他充满耐心地忍受着，充满了……在这苦涩的失望中，他不怨天尤人，他依然对生活充满了爱，生活给他的只有荆棘……就这样，他带着一种平静的忧郁度日。作为一个不知天命的普通男人，他肩上扛着这个十字架，尽量不因怀才不遇而成为别人的笑柄。"

很难说成为殉道者和成为科学家，哪一种命运更艰辛。

"啊？我不知道啊。"阿尔卡迪奥·斯卡拉穆扎说，"在家里没人谈这事儿，我们从不问他什么，您知道在逮捕和起诉的那些日子里，他掉了很多头发，他就是那次成了秃顶，因此我们觉得问他那些问题不合适，这会让他想起那段不愉快的经历……"所以他的父亲——安东尼奥·斯卡拉穆扎，在家里从不提在科托尔那几天的经历：在他的引导下，十月革命来到了亚得里亚海，达尔马提亚港好像变成了喀琅施塔得。在儿子看来，他的秃顶是革命造成的，秃头带来的烦恼是他在那场事件中表现出的勇敢和获得的光荣也无法抵消的。至少在家人眼里，这不是很划算。

一九一八年二月一日，在科托尔爆发了一场起义，安东尼奥·斯卡拉穆扎是那场起义的组织者和首领之一。当时奥匈帝国舰队的水手占领了几艘船，其中有旗舰，"圣乔治"装甲巡洋舰，他们逮捕了船长、海军上将汉萨及其军官，组成了水手委员会。委员是从聚集在甲板上的船员中选出来的。

除了两条船之外，"圣乔治"和其他军舰都准备好参加起义，他们升起了红旗，然而，那些水手都属于帝国的不同民族，他们的诉求产生了冲突。俄国十月革命的影响和无产阶级的各种诉求——结束战争，工人可以自由组织起来，各国人民团结起来，人民生活和军事民主化——交织在一起，同时他们要抗议在军舰上受到的不公正待遇，奥匈帝国统治下的各族人民都要求收复领土，摆脱奥地利，建立独立国家，但相邻的民族之间几乎都有矛盾。

斯卡拉穆扎执行力很强，但面对突如其来的成功，他显得不够果断。兵变是在严格保密的状态下准备的，斯卡拉穆扎在组织中发挥着举足轻重的作用，十五年后，他在的里雅斯特《小报》中撰文追溯了那次起义的复杂性："我们许诺给意大利人自由；支持克罗地亚人建立塞尔维亚-克罗地亚国；支持反塞尔维亚的斯拉夫人向盟国（意大利除外）出售军舰，得到的利益均分；支持波希米亚人建立共和国；德国和匈牙利应该给军官提供更好的待遇，给军官好酒好肉，更多军饷。"军舰上吹响了《马赛曲》，革命委员会向维也纳政府发布照会，要求立即进行和平谈判，接受各国人民自决的原则，推行《威尔逊十四点和平原则》，尤其是国家的民主化。

这场革命好像有燎原之势，但在三天之内就失败了。那三天他们展开了激烈讨论，向维也纳发报，谈判的三天里进行了几次炮击，吓跑了三艘德国潜艇。从碉堡飞来一发霰弹削掉了维也纳人扎格内尔的脑袋，他是起义首领之一，当时他为了指挥炮火回击，登上了"鲁道夫王太子"大炮，他的无头尸体用红旗裹着，庄严地于港湾下葬。

在短短几个小时里，科托尔海员犹豫不决，不知道应该采取什么对策，然而他们的态度镇静勇敢，甚至有着非凡气度。例如，当他们的囚徒——海军上将汉萨——抱怨肚子痛时，他们派人去洛希尼岛上找来切尔西医生，医生开出食谱，让他以肉食为主。他们又派出快艇到岸上去买牛排，给上将煎着吃。在获释前的几分钟里，海军上将信誓旦旦地说他不会动任何海员一根毫毛，可一旦肚子不疼了，他就把誓言忘得一干二净，他枪毙了四名海员；帕伦佐人安东尼奥·格拉巴尔死得尤为壮烈，让人钦佩。在法庭里，其他许多人被判坐牢，总的说来，奥地利司法部门对于这次武装暴动的镇压没那么心狠手辣，有八千或一万人被卷了进去。斯卡拉穆扎保全了性命，因为在"圣乔治"上，受命判定罪人的委员会宣布：在起义的人中没有看见他，这也许是因为委员会成员——意大利人菲奇赤——和他有交情。

除了这次好运，斯卡拉穆扎再没交过其他好运。这场革命尽管是他利用聪明才智组织的，但最后失败了，这标志着他的一生注定走向失败。失败伴随着他的职业，伴随着他所从事的一切活动，就连开家电影院也被一把火烧个精光，可他毫不气馁。在格拉多，人们记得他身材魁梧，在任何环境下都表现出一种无畏的勇气。许多年以后，法西斯想要赞扬科托尔起义还有他在这次革命中的作用，说这场革命是反对奥地利的意大利爱国主义者掀起的，但他心里一定不痛快。

事实上，在一九三四年，《小报》刊登了一系列颂扬科托尔起义的文章，但都是从意大利统一的角度来看待它的，对当时高高挂起的红旗只字不提，对布尔什维克也绝口不提。文章的作者 R. D. 甚至去采访革命委员会十三位委员之一——的里雅斯特工人安杰洛·帕科尔，并满怀热情地描写了他，竭力抹去一切共产主义革命的特征："他是一位充满智慧的工人……谦逊……意志坚定……孩子众多、生活贫穷，这都在他脸上留下了痕迹，但他深爱着自己的孩子，他的脸上洋溢着温暖的微笑，那是一种信赖、亲切的微笑。在这张忠厚的脸上，看不出任何亚洲革命的迹象，看不出丝毫令人害怕的东西。"

列宁的影响被抹掉了，就连身体特征也不放过；《小报》的撰稿人勾画出了一个反布尔什维克的长相，他有没有想过，那个善良的的里雅斯特人怎么可能有亚洲人的长相。四年前，弗里德里希·沃尔夫——一九二二年他参加了德累斯顿工人武装委员会，是一名共产主义战士——在他的剧作《科托尔的海员》中，充满激情地颂扬了飘扬在达尔马提亚海湾、代表着无产阶级革命的红旗。剧中的主角是一组海员，他们是抗议和希望落空的主体，沃尔夫通过社会现实主义手法，揭露了那场起义的矛盾和不足之处，革命的首领缺乏将革命进行到底的魄力，就像所有起义一样，他们内部存在矛盾和分歧，这是最悲剧的；革命的产生是为了铲除暴力，但革命者为了取得成功也必须施行暴力。假如他们拒绝这么做，正如在科托尔发生的那样，就会惨遭失败。

今天，沃尔夫的革命论调好像已经过时了，可是在本世纪末的舞台上，通过舞台特效，总是倾向于将悲剧和救赎的希望变成血腥的滑稽剧。科托尔事变以及其他类似的事变到现在依然具有触动人心的现实意义，是当代历史遭到扼杀的证据。也许正因如此，安东尼奥·斯卡拉穆扎不喜欢谈论这件事；他谈论得很少，因为他不能和法西斯的版本相矛盾，说到底，法西斯的说法对他十分有利，他扮演的角色那么正义，那么值得赞美，让他觉得很尴尬。在一九三四年的那篇讲话中，他的说法大体上与报纸上的文章相吻合，只是没什么内容，语言很空洞。也许他更喜欢从事其他工作，例如在西斯提亚纳经营一家名为松林里的小旅店，尽管后来这家旅馆也因为经营不善转让了。

那些关键的历史时期，以及富有传奇色彩的事件，亲身经历过的人常常缄口不语，讳莫如深。西伯利亚救赎军团的奥古斯都·特洛扬，还有其他七名格拉多人也很少谈起他们那不可思议的冒险。他们的经历只不过是世界史里一个模糊的脚注。那次冒险始于第一次世界大战，大战的结果到现在还影响着我们的生活，我们的命运尚未尘埃落定，一切都还没有盖棺定论。这八名格拉多人——其中一个名叫贝尼亚米诺，他的远房表弟卢恰诺·桑松说——应召参加一九一四年的战争，在奥匈帝国的军队中服役，并被送往喀尔巴阡山前线。意大利也于一九一五年五月二十四日参战，领土收复主义者特洛扬开了小差，投奔俄国，其他人如法炮制，他们被当成俘虏。后来他们都加入了意大利志愿军，这个志愿军是由意大利军事使团组织的，他们受爱国主义的驱使，离开了奥匈帝国的舰队。

这些军人要返回意大利，然后赴伊松佐前线去攻打奥地利人。第一梯队刚刚来到阿尔汉格尔斯克，还没有登陆就被坚冰还有俄国革命所阻。于是特洛扬和其他人决定前往海参崴，为了从那里走海路返回意大利。经过一场史诗般的长征，他们越过西伯利亚，来到海参崴，刚到那儿，他们便被迫加入联军——意大利也派了人——他们要经过中国去阻止俄国革命，因为这场革命会削弱协约国的力量，解除同盟国在东线的防御力量。特洛扬留在海参崴，加入了意大利远征军；其他人回到西伯利亚，他们深陷俄国的动乱、革命和内战中，那片土地幅员辽阔、人烟稀少，然而历史悠久、历尽沧桑。这场旅途非常漫长，回家之路非常艰难，这些格拉多人于一九二〇年四月十二日才返回意大利，一艘日本汽艇把他们载到了的里雅斯特。

那次穿越雪地、草原和历史的长征是人民流亡的缩影，这种流亡也给本世纪的历史打上了烙印，但没留下任何痕迹，除了卢恰诺·桑松在《小报》上的文章，几乎没留下什么记载。小分队一次次成功避免了战争，他们躲避交战，如同躲避大暴雨和冰雹，他们缄口不谈。可能大凡亲身经历过传奇事件的人都倾向于沉默不语。也许是因为他们不善辞令，也许是因为一谈起来就会背离事实。也许是因为一个人在冒险时会感到某种异乎寻常的东西，可一旦回到家中，时过境迁，讲述给别人听时再也找不到恰当的词儿，先前神奇的东西消失了，不翼而飞了，或者不再那么神奇了，渐渐地脑子里什么也想不起来了，再往后好像什么也没发生过，当然也不知道说些什么了。

圣欧菲米亚教堂顶上，大天使米迦勒的雕像在旋转，他高大漂亮，翅膀伸展开来，还有流动的云彩萦绕着他，他的胳膊向前伸直，用食指指着风的方向。作为洞悉一切的大天使，他深知，即便在天上，那场临时的胜利——把堕落天使路西法投入地狱的战争并没有彻底结束。每隔一段时间，大天使的雕像就会被搬到大教堂里进行修复。博学的新闻记者和日报记者想搜集点地方新闻，看见他在地上的模样，把他描写得又笨拙又难看，就像一个笨手笨脚、没有任何战斗力的巨人，眼睛也没有神采。人们知道那就如同被困在笼子里的信天翁，失去了它们的高贵，失去了远看的光辉。在高空中，在苍穹之下，在风中，大天使好像可以看见并掌控很多东西，可一旦下到地上也会迷茫失措，非常窘迫，就像一个张口结舌的人。

巴尔巴纳岛因为有一座圣殿而盛名远扬，远远望去，这座岛屿非常美，能看到柔美的圣殿圆顶，还有从层层叠叠的绿树丛中冒出来的钟楼，映在水面上，静谧和谐、美不胜收。从船上下来你会感到心旷神怡，让人入迷的不仅是美丽的教堂，穿过巨大的松树、榆树和柏树的风，还有之前人们在圣殿许的愿，像漫画故事里那些虔诚的祖先，各种各样的灾难和不幸都被神奇地躲过了。

每年七月的第一个星期日是巴尔巴纳岛的赦罪节，海上排起长长的船队，船上旗帜招展来纪念圣母。传说在六世纪末叶，一场暴风雨过后，人们在树枝间或树干上发现了一座木雕的圣母像。现在的圣母像怀抱圣婴，眼睛不安地注视远方，也是几个世纪前的作品了，但也属于最近代的雕像，肯定不是在巴尔巴纳岛上供奉的第一个或第二个圣母像。也许第一个圣母马利亚是黑发的，立于中世纪一艘三桅帆船的船首，或者一艘拜占庭远航船的船头。可能那只是一个普普通通的女性形象，一个船头的雕饰，用惊恐的眼睛望着大海和逼近的暴风雨；它漂流到这个岛上之后，才被供奉为圣母马利亚。

随海浪漂来的圣母像受到了一棵大树的庇护，人们在大树旁修建了小教堂，教堂附近有一个小墓地。墓地埋葬的人中有一个叫 R. P. 毛罗·马特西——"马利亚勤恳快乐的仆人"，他一生都是在圣殿中度过的，后来死在那里。长久以来，文学都喜欢讲述那些遁世之人的故事，例如奥里奥的圣彼得。他们都是些郁郁寡欢、逃避现实的人，他们藏身于一个岛之上或者隐于市井之中，摒弃一切也许能实现解脱，但绝无快乐可言。快乐是专门留给本笃会或方济各修士的，这种快乐好像也不属于现代的隐居者，他们许了大愿，要做最彻底的舍弃，寻求生活的本质，最后把生活弄得枯燥无味、郁郁寡欢。逃避是现代文明的一个特征，人们逃避生活，是为了靠近一种类似于虚无的境界。

再转一圈，然后返回，又会经过潘帕诺拉岛，又会看到搁浅的渔船，在苍穹之下，暮色之中，又见到来时看到的景象，那就像从后面开始翻阅相册，一直翻到第一页。旅行总是一场回归，决定性的一步是重新踩在土地上或回到家中。奥古斯都·祖贝蒂的餐馆，多少年以来就和自己的家无异，起程返回的里雅斯特之前，一行人都会在那儿小聚一次。在餐馆里，人们共度良宵，纪念马林的生日，纪念他的命名日，年复一年地组织这种活动，马林也不烦。每一年轮到的发言人都会以所有人的名义向马林致敬，会小心翼翼地提到他时日无多，马林听着，连眼皮也不眨一下。岁月如梭，转眼许多年过去了，发言人也不再是往昔的年轻人了，已经是过上了好日子的中年人，而马林依然故我，新著作一本接着一本，他依旧活在他的怀念者中间，受邀去参加聚会。

有一天晚上，他说这里就像一个海湾，汇聚了人们的生活。在这个海湾里，人们总是和所爱的人一起，那些生命中最重要的朋友、父母、那天一起在沙洲上的女朋友——永远的女朋友，许多年以后他们有了孩子，后来孩子也长到了带女朋友去沙洲的年龄。那些地方、那些事物也一样，很难同所爱的人，同他们周围的世界分离：大海、松林里的风、蝉鸣、海鸥、琥珀色的夏天。小餐馆就像一个海湾，是人们在旅途中歇息的地方。马林的祖父开过一家餐馆，叫"三重冠"，靠近基督教建立初期修建的感恩圣母堂，说不定，那里就是这位未来诗人的真正学堂。

内沃索山 *

开始的时候，是萨麦茨先生的声音，低沉，有点儿沙哑，夹杂着斯洛文尼亚语"S"的嘶嘶声："那时候我跟他说，"他用无名指碰了碰旁边的人，这里太潮湿了，在森林里住了太多年，关节炎让这根无名指变成了钩状，他又从头开始，"请原谅，阁下，希望您允许……"开始时几乎都这样，在森林里，一切都已经开始，并且行将结束，一切都落到地上，一点一点沉入到铁锈色的落叶层，变得粉碎，在岁月的流逝里完全混合在一起，分不清谁是谁。小时候第一次进入森林时就有一种似曾相识的感觉，感觉自己的故事在很久以前就已经开始了，时间记载在树干的年轮里。他往前追溯，意识到岁月的流逝，既不会欣喜，也不会忧愁，只是默默地体味着，仅此而已。

萨麦茨先生一直都没法讲完他的故事，而其他人都觉得听了太多遍了。鲁迪已经开始演奏《为了谁》，或者开始回顾他那可能是贵族甚至是皇室的血统，鉴于他祖父——或者曾祖父——是在维也纳美泉宫花园的树丛里被人捡到的，那个呱呱啼哭的小男婴也许是两个地位显赫的人意乱情迷的结晶呢。在林中小屋前，在斯维斯卡齐林间空地上的那张桌子前，在阿尔卑斯山的歇脚之处，大家并不在意萨麦茨先生讲什么，只是把目光投向沃里约提斯先生的那栋林中小屋，那屋子倒是越来越漂亮，越来越大了。在那栋小屋里，沃里约提斯先生很早以前就同儿孙一起庆祝过他和妻子的银婚，他总结说，经营色情电影院——那是沃里约提斯先生几年前在的里雅斯特的工作——应该比做木材生意更赚钱。之前，沃里约提斯先生做木材生意，但后来改变了谋生方式，因为他不想出远门了，想有更多时间陪伴家人。萨麦茨先生的妻子安娜止住了他的话匣子，她是个美丽的女人，岁月在她脸上留下了深深的痕迹，塌鼻子让她显得温柔，她的眼睛有些斜视，这让她看起来深不可测，也有些暴戾。她站起来，示意丈夫陪她回小屋里去。

萨麦茨先生提到的那位大人物，那位"阁下"，是阜姆①法西斯党的书记。有一次，萨麦茨有幸陪伴这位书记去猎熊，这位阁下想干一件会丢掉性命的事情，被他非常谨慎地劝阻了。因为——从这里开始，他就讲得不是很清楚，那些不耐烦的听众正好在这时候打断了他——有一个猎场看守，或者说一个林场工人，被那头公熊（有几次他说是母熊）咬了一口，他的颌骨被咬碎了，让他后半辈子都嚼不了东西，只能用一根管子进食。这件事情给

他带来了一个小小的实惠，书记为酬谢萨麦茨先生，通过了一些许可，某些资金，把内沃索别墅改造成了萨麦茨先生大五金店，就位于伊利尔斯卡比斯特里察①镇上。

当时此地就叫伊利尔斯卡比斯特里察，并且将永远这样叫下去，因为名字从不会被湮没，不像改变国界的人幻想的那样。这些地名，每次在讲述发生的故事时都会被提到：人物、地点或那头熊会发生变化，这地方则会继续叫这个名字。森林也记得所有名字，记得一头名叫"独行侠"的野狼，一头怎么也逮不住的公狼，在一九二一年到一九二三年间，它让内沃索山或者内沃索山的森林成为令人害怕的地方。森林也会记得一个叫约瑟夫·隆科的泥瓦匠，一九〇三年以后，他住在普列瓦莱的一个小木棚里，他之前应该是某个城堡的主人，或者是射击手，一八九三年，他应该保护赫尔曼·冯·舍恩伯格-瓦尔登伯格亲王——内沃索山的领主——尝试第一次猎熊，但一头受伤的熊出现在他面前，他急匆匆爬上了树，还是亲王本人把他解救下来的。

森林的记忆首先说明，占有森林是徒劳的。森林深沉的呼吸教人觉察到生命的那种公正漠然、包罗万象，第一次走进森林时，他们就体验到这一点，后来每次进入森林，都会再次体验到这种感觉，再后来，他们的孩子也有了这种感觉，也永远学到了这种体验，以至于过了许久以后，对于所有人来说，这种感觉一直存在，没人能记得它始于何时，就如同人们不记得何时开始呼吸一

---

① 该地属于意大利时叫做内沃索河谷，属于南斯拉夫时叫做伊利尔斯卡比斯特里察。

样。这片森林起初是奥地利的，后来成了意大利的、南斯拉夫的，最后又属于斯洛文尼亚，对这种名称的变化、边境的变化，森林一定会感到可笑，它不属于任何人；要说的话，是那些人属于它，因为人和物都会拥有一些属于自己的东西。森林已经存在了很长时间，终究也不免一死，就像一只忽然出现在草地上的狍子，在黎明时分出现，要么撞在了枪口上，要么眼前没有人，而它的生命——以及它同类的生命，也要比一个令人尊敬的帝国或一个短命的联邦共和国①要长得多——只是短短一瞬，假如它抬头仰望大熊星座或启明星，八月时这颗星星会消失在波莫奇尼亚基的林间空地上一棵红杉树的树梢，它的出现也只是一瞬间，它很快跃过这片空地。

伊利尔斯卡比斯特里察是内沃索山脚下一个富饶的无名工业小镇，是这片山林的首府。东北方向地势隆起，过了山顶后，又往下向马松方向下沉。在另一个方向，则向盛产榛子的莱斯科瓦·多利纳，向科扎里舍延伸，通往波斯图米亚向东伸展，一直到斯洛文尼亚边境。那是一个密林——主要生长山毛榉、冷杉和落叶松——中的天然氧吧，受到文明而睿智的森林委员会的呵护，森林委员会没有狂热地改造这里，强迫树木改变自己的节奏。他们只是在树林里开辟一些道路，同时等待其他道路在密林里消失，以至于看不出它们是道路。他们会封闭一些区域，让森林休养生息，而在其他区域里活动。森林得到了很好的保护，没

---

① 指南斯拉夫社会主义联邦共和国。

有乱建乱造、滥采滥伐——也许除了对猎人，尤其是对米兰猎人过于通融。

在内沃索山二万七千六百公顷的土地上没有一家宾馆，只有几户人家、几座木屋和木棚，还有两处废弃的意大利兵营。山顶上有一处供登山者歇脚的地方，斯维斯卡齐林间空地上也有一处，冬姆小屋有三个房间，里面设有架子床，简直可以说是内沃索山的皇宫和中心。假若地图上——最珍贵的那个版本是由德拉戈·喀洛林教授手绘的，他已经几十多岁了，是内沃索山森林热诚的保护者，他绘制的地图被印成了明信片——标着"圣母"，或者"圣科兹马和圣达米扬"，那不过是一块刻着圣人名字的石头，或者至多，按照最新的做法，是一个极小的圣母神龛，取代了原先的方石头。一九二九年以后，内沃索山的道路是意大利军队负责修建的，路修得很漂亮，至今仍十分坚固，通行无阻，就像通往奥尔洛维卡、阿奎拉山的那条路。森林保护委员会的主任约瑟夫·冯·奥伯莱涅尔服务于冯·舍恩伯格-瓦尔登伯格亲王，在上世纪，他负责描绘那些羊肠小道，给它们取名字，并描绘出它们的特征。今天，德拉戈·喀洛林的地图明信片就像这个世界的地图，每一个细枝末节都得到了关注，都有自己的身份，就好像制图员要从错综复杂的森林中分辨出每个细节。

内沃索山的建筑是那种搭建在树上的房屋、摇摇欲坠的座椅和结实的木棚子，木板要么崭新而坚固，要么潮湿腐朽，还有一些为观测动物而修建的据点。情况各不相同，人们或者攻击动物，如同这些木棚的合法主人所做的；或者仅仅观察这些野生动物，正如那些路过的人，按照猎人（他们每杀死一只熊，要付一万五千美元）的说法，这些游客气味会吓走野兽，会使它们远离陷阱和死亡。

内沃索山是从的里雅斯特到里耶卡的中间点，伊利尔斯卡比斯特里察仅仅是在旅途中匆匆经过的地方，人们在那儿停留，只是为汽车加油、换轮胎，因为车子开过满是碎石、坑坑洼洼的路面，免不了会爆胎。内沃索山真正的中心是斯维斯卡齐，这是一处空地，比其他地方要宽敞一些，在一千二百四十二米的高度上，以前，登山的人都是从那里登顶的。有几个木屋围绕着冬姆小屋，那是斯洛文尼亚登山协会的宿营地，隐藏在树木底下，很难被发现，但在距离营地不远的地方，房子一个挨一个地冒出来，样子挺难看的，都是度假用的屋子。

他同内沃索山的第一次相遇已经过去了许多年，两个孩子如今已周游世界，可他们仍旧很熟悉内沃索山的每个石灰坑，每条被森林吞没的小径，每次熊出没的情景，那头熊毛皮颜色有点深，比其他熊块头更大。所有人都看到了熊，包括那些开车偶尔来到营地的人，但他们四个从没有看到过，尽管他们不分昼夜、一动不动地在林间空地上等着熊出现。他们的故事被在冬姆小屋那儿度过的每个夏天，还有营地的看守人兼旅店主人的更迭划分成一段一段的，这些店主的名字被铭记在心，就像一个王国的各个朝代。

每一次改朝换代都是痛苦的，令人尴尬，因为对于营地经营者来说，一开始他们都是陌生人，甚至被当成过路的游客，或初来乍到的人，他们在自己的家、自己的地盘上受到了外人的待遇，真是没面子。"在那上面，我知道自己是谁。"伟大的朱利乌斯·古基①说的是他的尤利安山。这就如同我们说内沃索山一样。然而，其他人也应该知道，至少这个营地的官方代表要知道，那是我们的居所。于是，当一位名叫伊万卡的老板娘接替一位名叫梅里的老板娘，或者瓦伦斯基夫妇接替普杰尔夫妇时，总要请喀洛林教授用斯洛文尼亚语写一封推荐信，极力颂扬他们全家人品德如何好，信中尤其要提到，他们如何热爱斯内齐尼克山，多么吃苦耐劳，能适应艰苦的环境。新的经营者带着这样一封推荐信出现，令他们惊异的是，迎接他们的是有着倾斜屋顶的房子，他们是山上唯一的人家，要在那里住上很长时间，他们可以赚一点第纳尔②，当时还没有变成托拉尔③。

斯内齐尼克山类似于富士山，从斯维斯卡齐拔地而起，高耸于林海之上。面对冬姆小屋的房子位于林间空地的另一边，几乎成了伊利尔斯卡比斯特里察木材公司的员工每年轮流度假的别墅，公司由米里沃伊先生经营，他是塞尔维亚人，蓄长须，长着一双蒙古人的眼睛，有人说，由于他在游击战中功勋卓著，才有了这个好差事。人们好像还没有想到——还没有意识到，斯洛文尼亚人、克罗地亚人或者塞尔维亚人的身份，和他们的南斯拉夫人的身份是矛盾的，有时候需要通过流血来解决。但红星在这里闪耀，

---

① Julius Kugy（1858—1944），的里雅斯特登山家、作家。
② Dinar，南斯拉夫货币单位。
③ Tolar，斯洛文尼亚共和国货币单位，现已被欧元取代。

他们好像非常自豪，斯内齐尼克山划入南斯拉夫，而且南斯拉夫还捞到了很多意大利的土地。大家都传言米里沃伊做过杀人放火的事儿。可以肯定的是，某些晚上，当他喝得酩酊大醉时，就朝空中放几枪，冬姆小屋的女守护人米尔卡自豪地说，我丈夫——她其实是说"我们的"——喝醉时就安安静静地睡大觉。后来，米里沃伊先生在南斯拉夫社会主义联邦共和国解体前去世了，他没有看到，不同文明之间的差异不能通过在喝醉时朝天空开枪来解决。那些勤劳的波斯尼亚伐木工人在林间默默地劳动着，他们既不朝空中开枪，也不朝任何地方开枪，他们也走了，而林中的猞猁继续繁衍生息。

有一张明信片在冬姆小屋有售，上面概述了从一九〇七年到一九七二年之间这个营地的历史变迁，却对邓南遮①时期的营地只字不提，其实它和这个营地紧挨着，后来被游击队炸掉了，直到几年前还有它留下的一些痕迹。诗人好像从来没到过这儿。对这位大师来说，内沃索只是一个词汇，是音乐，是这个词汇散发的色泽和光辉。事实上，一九二四年，在意大利收回阜姆的前夜，他的"胜利庄园"要彰显他的功德，提出给他"内沃索山王子"或"亚得里亚王子"的称号。然而，在他做出这个请求之前，他被新的技术——现代的美杜莎和缪斯——迷住了，他表示想在加尔多内有一个私人小飞机场。他应该满足于那悦耳的、朗朗上口

---

① Gabriele d'Annunzio（1863—1938），意大利诗人、作家、民族主义者。第一次世界大战结束后，阜姆被并入南斯拉夫，邓南遮率领三百名追随者占领了阜姆的达尔马提亚港，并统治阜姆至一九二〇年十二月。

的三音节封号①。

　　起初森林里并没有熊，只有关于熊的传说。斯维斯卡齐的那些人并不拿萨麦茨先生的话当真，他们在认识萨麦茨先生之前，早就已经听说过那个颌骨被咬碎、不得不靠吸管进食的猎人的故事。这个故事有很多不同的版本，涉及的熊、猎人和地点都有所不同。学者德拉戈·喀洛林的版本比较权威，在一九七七年出版的一本绿色封面的献给斯内齐尼克山的小册子里，按照他的记载，这一不幸事件于一九〇〇年七月十九日发生在猎人安德列伊·日尼达尔西奇的身上，他当时正陪伴海因里希·冯·梅克伦伯格大公——赫尔曼·冯·舍恩伯格-瓦尔登伯格亲王的客人。贝尔切主任住在科扎里什切，他做事谨慎，充满公民精神，他负责斯内齐尼克山的森林保护工作，他极力否认这件事，据他说，这事儿发生在别的地方，事情也并非像喀洛林说的那样，那次狩猎大公也很危险，可结果并没有那么糟糕，由于那个勇敢的贵族杀死了一头小熊崽，母熊怒不可遏，要过来袭击他，但后来出于母爱，又跑回去救另一个熊崽。无论如何，这个版本都是可信的，只是没有被咬碎的颌骨，也没有靠吸管进食的故事。
　　后面提到的这些故事反复出现在其他传闻中，发生在其他地方，最著名的当然要数朱利乌斯·古基讲述的故事原型。这个故事可以追溯到一八七一年，地点在特伦塔河谷，受伤的人是他登

---

① 指内沃索，这个词有三个音节。

山和打猎的忠诚同伴——安东尼奥·托茨巴尔，人称斯皮克，他的舌头被咬断了，不能讲话。这件事尽人皆知，不仅是因为古基的名气大，还因为乔瓦尼·加布列里的权威。加布列里是一位杰出的法官和律师，多年来在喀斯特高原和维帕科河谷郊游，他不厌其烦地讲着同一个故事，以至于连他最有耐心的朋友也受不了了，让他不要再讲了。这个故事的另一个版本是一个人受到一头公熊的攻击，或者他跑去救援一位受攻击的朋友，手里挥舞着一把板斧，在混乱中他受了重伤，用斧子砍到自己的大腿，一条腿被砍掉了，又或者受伤程度没有那么深。

每隔两三个夏天，关于熊的故事就会被添油加醋，产生新的版本。有时候发生的地点是在斯塔列·奥根切，有时候是斯拉德克·沃德，总是一头母熊保护小熊崽，当然也有一些温暖人心的故事，比如一头母熊带着小熊崽落入科里特尼切水池里，一群伐木工人帮它们逃了出来，他们往水池子里放了一根树干让母熊爬出来。

无论如何，一个人同一头雌熊在搏斗中受了伤，这一系列故事还是有一个源头的。故事发生在"圣母"附近，一位匈牙利伯爵在阿巴齐亚度假时，想弄一只熊崽，于是派人去林子里寻找。但让人怀疑的一点是，在任何或真或假的事发生之前，他就已经讲了一个关于熊的故事，一个他想象出来的故事，于是语言逐渐创造了这一事实。语言最先出现，然后才有开天辟地，才有森林和熊。森林没有语言，它是一种原始的、混沌的状态，它把所有东西和形状都吸引到自己的怀抱里来，它是人们既不能看，也不能谈论的阿耳忒弥斯①，它是化解生命的"生命"，它不懂那些总是在变化的言语。故事会抓住一个形状，让它有别于其他形状，把它从遗忘的激流中拯救出来，赋予它形式；那些关于熊的传说和幻想，赋予这个在密林中活动的、让人们很陌生的动物一种意义，一种秩序，那是文明对密林的幽暗之处的映照。

森林始于何处呢？我们虽然看不见森林的门，却能感觉到门打开或关上，置身于森林之中或在森林之外，这取决于我们是不是被树木包围着。有一道门或者说一道假定的门，那就是波莫奇尼亚基，意思是"非常潮湿"，这地方紧邻一条"林中小径"，但并不保证能够通行，那条路把降雪很多的巴德茨尼卡平原、米里内的两栋房子、格尔科维克林间空地——这里长满歪歪扭扭的树，每棵树都标了记号——还有特拉夫尼山坡连接起来。山坡很平缓，上面长满了青草，这条路在山坡之后会和通往山顶的主路会合。一天早晨，在波莫奇尼亚基林间空地，太阳刚刚升起来，在从草地浮上来的雾气里，有那么几秒钟，映照出了一个逼真的大教堂，教堂上面是一个塔尖；一扇哥特式的大厚门，由太阳照射下金光闪闪的尘埃组成，一道厚重、辉煌的门帘遮掩了后面的森林。在那种时刻，坐在旁边草丛里的那头母鹿是那么近，它在森林边缘的草地上站了起来——我们都曾经坐在那里，等着一切从黑暗中浮现。在那之前，四处弥漫着清新的黎明的气息，或者对面的红

---

① Artemis，希腊神话中的月亮和狩猎女神，即罗马神话中的狄安娜。

杉树梢上的晨星会在阳光照射过来时消失——这时候，它慢慢地向着那道阳光之门走去，消失在不可穿透的光亮之中，从视线中消失了。

　　在这一瞬间，人们会相信一切都会消失，即使是刚刚踏过最后那道门槛。一只狍子在林中空地出现，山间响起了一阵枪声，它也会很快消失，就像穿过一道布幔。因此，没有理由为那些未知的事情感到惧怕和忧虑，这种忧虑每年都在递增，会抹去事物的意义。在林间空地上，在那片金色的草地上，在那只狍子出现过的地方，隐约能看到雏菊、风铃草、白色的艾蒿、紫红色的石竹花，和林间空地不同，树林里什么也看不到。消灭的东西被永远地消灭了，被潮湿的泥土吞没或掩盖，没有勉强的谎言和埋葬的假想，如同在多尔奇切林间空地被宰杀的那头鹿，或者道路旁的那头獾，那条路通往特里卡里奇——那是山顶下一潭让人惊心的水。金色的草地慢慢黯淡下来，黄褐色的时光轻盈地逝去，逐渐分解和消散，正如杉树皮长时间等待一只动物的到来，在经过咀嚼之后，最终被吐了出来。牙齿间咀嚼着那些新鲜、美味、略带苦涩的树皮，刺激着唾液的分泌，咀嚼之后的残渣最后被吐到地上，同潮湿的泥土混在一起。

　　不管怎么说，在那儿，在那道很快就消散的大教堂门外，森林打开了，在其他时刻，森林会把试图穿过它的人排除在外，使人感到，虽然四周都是树木，但他始终都是一个局外人。巴德茨尼卡、波莫奇尼亚基、格尔科维克、特拉夫尼、多尔奇切、特里卡里奇、克尔尼·多尔、克尔纳德拉加……这些林间空地上发生着同样的事情，随着岁月的流逝，它们几乎变成了脸上的线条、思想和感情的色彩；这是让人沉迷的风景，因为在黎明时分，很容易爱上一张从黑暗中浮现的脸。在黑暗中你谁都不是，这样你就会摆脱所有个人的猥琐和狭隘，很容易去爱，因为没有任何东西插入到爱和生活之间，而其他时候生活总是为爱情设置了各种障碍和圈套，如同猎人为野兽挖掘的陷阱。晨曦中，在动物的强烈气息里，没有任何泥巴需要清洗，如同那头母鹿一下子跃入了波臭奇尼业基的水池，然后它重新浮出水面，幸福地跑掉了，背上带着泥巴，那些新鲜、干净的泥巴如同清水，它没有将泥巴抖落，那就像它的皮肤一样亲切。

波莫奇尼亚基空地出现的母鹿；特拉夫尼林中空地的狍子，它向雌狍子的求爱声跑去，却发现那是费尽心机模仿出来的，它失望地跑开了；特里卡里奇的狼，体型很大，毛色是浅褐色的，它走到距离我们很近的地方，然后慢慢地转身离去；两头鹿在圣安德列阿的泉水边饮水；那只榛睡鼠胆子很小，迷迷糊糊地出现在普拉尼内克的小径上；帕莱斯的那几头野猪非常小心警觉；还有鹰、野猫，整夜在树上操劳的睡鼠；但我们还是徒然地希望看到熊……一年又一年过去了，别人都看到过熊出没了，包括那些去树林里闲逛的人，他们吵吵闹闹，扔一地垃圾，他们也见到熊了。惟独我们没有看到，即使我们知道这些熊冬眠或者产仔的窝，但我们从来没有看到过它们。每年夏天我们都是怀着这样的期待寻找它们，但最后都以失败告终。

就连博里斯也没能在合适的时机把我们带到能看见熊的地方。

博里斯是猎场看守人，面孔看起来像一个贵族，他见过十几次熊了，有一回他一下就看到了四头。在帕莱斯，他把玉米或某些动物的尸体扔在地上作诱饵，肯定能把熊引出来。有一次熊跑来了，拔起了上面绑着一头死奶牛的木桩，想把这头两天前死去的奶牛拖到森林中去。当博里斯带我们去那儿时，熊并不露面，哪怕用一匹马的尸首作诱饵也无济于事。一年又一年，我们都没有见到熊，顶多见到了地上留下的新脚印或排泄物，回到家以后，我们会大肆宣扬看到的一切，而其他人——即使是孩子，虽然他们不承认，但也把这头没有出现的熊当做整个夏天的核心，也许当成最重要的东西——都在祝贺，都在嬉笑，我们等了整整一年，但这个季节又以没看到熊收场。

在戈曼切，在一棵枝叶浓密、遮天蔽日的杉树下，那顶被子弹击穿的德国头盔应该还在那里。头盔是偶然发现的，放回那棵树下也是应该的，也许那是曾经戴过它的士兵坟上的唯一标识，那人也许彻底消失了，因为森林不同于平原，它没有可辨认的墓穴让世界更加有序。内沃索的森林是游击战的基地，那些小分队会采取闪电行动，那儿驻扎着重要的指挥部，尤其是一些邮件中转点，通过这些中转点，铁托的第九军团和遥远的分部进行秘密联络。斯内齐尼克是南斯拉夫抵抗运动的舞台，这里本可以展示他们特殊的政治组织能力，还有军事才干和勇气，但这些品质很快就消失了。那些曾经在森林中斗争的勇敢、残酷的起义者，后来成为了腐败堕落的领导阶层，在充满神话色彩的天才元帅铁托的巧妙掩盖下，这个阶层存在了很长时间。

　　游击队医院隐藏在贝利·夫尔赫和波扎尔一带，德国人的指挥部安扎在伊利尔斯卡比斯特里察，在相距扎比切几公里远的地方。有一支切特尼克①，由多布罗斯拉夫·耶夫迪耶维克带领，他们是游击队的盟军。意大利军营安置在莫列莱和阿奎拉山上，一九四三年被弃置和捣毁。有些意大利士兵加入了铁托游击队，在付出了沉重的代价后，他们发现这个受到法西斯压迫的正义民族的重生过程正在转变成一种强权、暴虐的民族主义。在这些密林中游荡，穿行于森林之中，寻找熊的踪迹，他想起自己的父亲——或者带着敬意想起了祖父——在战争失败之后离开被毁的军营，穿过这些树林回到的里雅斯特，在那些日子里，在林中小径上，人的性命和那些林中的动物一样卑贱。有一条隐隐约约的小路也通往莫列莱，之前的房子——或者说藏身之所和监狱——现在已经成为废墟。随着岁月的流逝，那个人的脸、动作、神态和儿子越发像了，而儿子总渴望更像父亲。

　　游击队员用睡鼠油把枪擦得锃亮，他们开枪得心应手，在科兰斯卡·波利卡遭德国人枪击的守林员也知道如何面对死亡；最激烈的斗争发生在马松，托姆西克旅在撤往莱斯科瓦·多利纳之前，在那儿狠狠地阻击了敌人的前进，而且放火烧掉了这个小镇上的小城堡。在这场森林战中还理出了一些政治路线，目标不仅仅是解放一个国家，还要创造一种崭新的社会制度。出席一九四

———————————

① Chetniks，第二次世界大战期间活跃在南斯拉夫的抗德武装，正式名称为"南斯拉夫祖国军"。

三年九月马松游击队会议的除了军事指挥官，还有爱德华·卡德尔①——斯洛文尼亚领导人，也许是铁托唯一的继承人，能够避免联邦共和国滑向一个羞耻的、残酷的结局，他创建了一种自我管理的方式，有几年时间——这也是一种事实——这好像真成了社会主义的另一条道路。这种自我管理可以作为一种模式，世界上没有参加冷战的大部分国家都可以采用，这是一种行之有效的内部解放工具，却不被共产主义国家所知晓。在国际领域，除了铁托推行的政策，这是一个行之有效的工具，有明希豪森男爵②式的大胆以及其他伟大领袖的英明。

卡德尔参与了裸岛的设计，那是亚得里亚海上距离海岸很远的一些岛屿，在这些岛屿上面，铁托的政权建立了一些劳改营来囚禁和奴役政敌，在他和斯大林关系破裂之后，裸岛上关押了很多斯大林主义者，其中包括一些意大利共产党人。这些人都是自愿迁移到南斯拉夫参与建设社会主义的。

这些被历史遗忘的静谧森林，也在一五二八年见证过土耳其人的入侵，在一七五八年经历过伊斯兰化的瓦拉几亚人的进攻，在战争的日子里，希望、谎言、自由的计划、暴力的方案、牺牲的精神和占领的野心编织成一张网。森林中，一座小小的金字塔纪念着被埋葬的无名游击队员，森林里没有名人的墓葬，也没有纪念碑。

卡德尔、铁托、内沃索山，自然还有熊，出现在一幅无名氏

① Edvard Kardelj（1910—1979），南斯拉夫政治人物，"社会主义自我管理"的总工程师。
② Baron de Munchhausen（1720—1797），德国男爵，一生富于传奇色彩。著名小说《吹牛大王历险记》即以他为主人公。

的画作中，画的定购者——党——从没有将这幅画作取走，它尘封于伊利尔斯卡比斯特里察的一间阁楼里。画中表现的是一处森林、一片火光，几位猎人围坐在篝火和一头被打死的熊周围，铁托的手放在膝盖上，卡德尔长着一张红扑扑的脸，那是常吃卢加尼加香肠的人的脸色，他做着手势，很明显是在模仿刚刚猎杀的熊的攻击动作。遗憾的是，画中还有卡夫契克，一位在画作刚刚完成之后就失势的领导人，他没有得到期望的位子，就只能消失。地上的熊看起来一副吃饱的样了，不像是死了，而像是舒舒服服地睡着了，似乎还在打鼾。在画面中，熊看起来最享受了，它一只眼睛半睁着，斜眼瞧着那些打猎的政治领导者，那是一种注视历史应有的目光，带着讥讽和蔑视。

因此，历史也进入到这片森林中，带着它不断变化的布景和舞台。当人们在这些山谷中作战时，他们觉得自己是南斯拉夫人，对反法西斯斗争感到自豪。南斯拉夫的统一为这场斗争奠定了基础，他们也打着反法西斯的幌子，对意大利人做出了不义之举——不是关于内沃索山的问题，这里一直都属于斯洛文尼亚，一九一八年以后，这个地区被意大利吞并。但是站在斯内齐尼克山或奥尔洛维卡的顶峰上看到的意大利在伊斯特里亚的领土，南斯拉夫在一九四五年后将之吞并，并且残酷地迫害生活在这片土地上的人们。不久前，约瑟普·克里扎还是南斯拉夫英雄，这位斯洛文尼亚空军的佼佼者，参加过西班牙战争，因为飞机莫名失事，一九四八年他坠落在这片森林里，在奇弗列山附近，靠近雅尔莫维克的地方，人们为他竖起了一座纪念碑。一段时间以来，人们纷纷议论，说一九四八年是塞尔维亚人打下了他的飞机。在科扎里什切城堡的博物馆里，人们等待安娜公主的画像被归还，她是赫尔曼·冯·舍恩伯格-瓦尔登伯格亲王的妹妹；这幅画像，连同来自其他城堡的画和其他珍贵的物品，都被窃走了，用来装饰铁托在布尔多的豪华而庸俗的别墅。现在，这幅画像和其他东西一样，也必将被送回之前的位置。历史也是一种搬迁，是在豪华的大厅里取下或者挂上的装饰品。

内沃索山城堡在科扎里什切，老雅内兹·瓦尔瓦索为纪念卡尼鄂拉①的荣光，在十七世纪撰写的不朽著作里提到过这个城堡。在第二次世界大战期间，它的命运要比其他城堡好得多，它既没有被烧掉，也没有被捣毁，这与在斯洛文尼亚的其他城堡不同。这要归功于财务大臣莱昂·索塔，他是捷克人，替城堡主舍恩伯格-瓦尔登伯格亲王管理这座城堡。当时胜利者来到这里，占据了城堡，想要放火烧掉它。于是他劝说道，他们已经是这座城堡的新主人了，城堡本应归他们，这样一来，毁掉它就是破坏自己的东西，这没有任何意义。他把这个道理讲给意大利人听，讲给德国人听，讲给游击队员听，他的这番有理有据的分析，一次又一次说服了占领者和解放者。这表明，假如多运用一些逻辑和语法分析，就能够避免许多破坏。如今，莱昂·索塔有许多东西要教给很多人，尤其是南斯拉夫人，他们互相破坏，发疯地把各自

① Carniola，古地名，位于今斯洛文尼亚境内。

的城市夷为平地，互相割喉，这是最愚蠢的兄弟国家之间的战争，是一场悲剧性的失败。他们试图奉行铁托主义，建立一个国家，却忘记了他们正在摧毁的是自己的生活。然而，这些森林文明，泛泛说来就像斯洛文尼亚文明，离文明出现之前的野蛮时代已经很遥远了。

编年史讲述边界和国界，带着一种强迫症般的坚持。一份编年史摘要保存在科扎里什切，那是一份手稿。稿子是用德文写的，作者是弗朗茨·舍尔马耶，编成了一九二三年，目的是扼要记载这片土地上的变迁，尤其是舍恩伯格-瓦尔登伯格亲王领土上发生的事件，因为舍尔马耶是为这位亲王效力。在过去，斯内齐尼克山的领主——对于舍尔马耶，对于先前的编年史家来说——和拉尔斯城的领主之间发生过无数次冲突，都是源于非常复杂的执法权的冲突，尤其是内沃索山伐木工人和科兰斯卡·波利卡以外的卡巴尔伐木工人之间的冲突。那条长期存在的致命边界，也许在格庇德人和凯尔特人时就已经引起了纷争，那是罗马人对抗斯科迪斯克人的界限。很久以后，它成了奥地利帝国和匈牙利王国的边界，也经常引起争议。最后，在一九一三年，一个奥匈委员会做出了最后裁决，但没过几天，这里就成了意大利和南斯拉夫的边界，最后是斯洛文尼亚和克罗地亚的边界。前不久，那还是同一个联邦的两个国家之间的边界，而如今是两个民族国家之间的边界。两个国家之间虽然没有战事，但彼此之间缺乏好感。"没辙啊，他是个克罗地亚人。"米尔卡说，她经营着斯维斯卡齐的冬姆小屋，在谈到女儿同丈夫离婚的事，她发出这样的慨叹。

　　帝国之间的战争、偷猎者之间的战争、家庭纠纷、城区里的斗殴、历史的转折和林中小屋简单的日常，编年史带着怨气记载了伐木工人的越界——在斯洛文尼亚或在克罗地亚——这都是几个世纪沿袭下来的象征，一种无法按捺的抵触，经常需要一个边界，这是一个需要用鲜血祭祀的偶像。这就是必要的、狂热的、让人诅咒的边界。没有边界就没有身份，也就没有形式，也就没有生活；边界创造了生活，并给它配备了不可避免的利爪，就像老鹰，为了生存，为了窝里的雏鸟，它就必须扑向乌鸫鸟。

　　森林既突出了边界，又消除了边界。两个相互不同的、彼此对立的世界交叠，尽管一个更大的单位把它们囊括在里面，让它们融为一体。森林中的光也是一把锋利的刀，它切出了不同的风景，在同一瞬间，分割出不同的时间。密林最深处有着幽暗的光，小径上相互交织的枝条之下是绿光；在灿烂的林间空地上，仍然是艳阳高照的白昼，阳光是金色的，透明绚烂，而离空地几米外的密林里，已经是黑夜了，一片沉沉黑暗。

　　自从猎人阿克特翁[①]被狗撕咬后，森林就回到了原始状态，一种狄俄尼索斯式的混沌和毁灭，童话总是在讲述森林的可怕，那是对于迷途和消失的恐惧。在漫长的夏季里，逐渐熟悉那些落水洞、灌木丛和小路，这并不足以让人放心大胆地进入那些处女

---

① Acteon，希腊神话人物，维奥蒂亚的英雄和猎人。他在林中狩猎时，意外看到了正在沐浴的阿耳忒弥斯，为了惩罚他，女神把他变成一头鹿，被他自己的猎狗撕成碎块。

地。即便在秋季时穿过森林，这时候秋高气爽，天色明媚，四周的一切都很静谧，甚至连树枝的窸窣声也听不到，你也不会走到未知的密林里去。年迈的德拉戈·喀洛林，是的，他一直住在森林里，即使是去城里，他其实也没有离开森林；内沃索山林间空地包裹着他的一生。你一连几个小时走在他身边，也没有办法像他一样处于林中，他穿越整座斯内齐尼克山，有岔路口的地方，他都会画上路标，会给褪色的路标重新涂上油漆。他绘制地图，地图上连最细小的小径也标上了；他收集并打磨那些奇形怪状的树根。当他走错了路，就会很气愤地把帽子扔在地上，用脚狠狠地踩踏，过不了一会儿，他会用一种过时的、非常考究的德语与同行的人交谈，会充满权威地命令他妻子闭嘴。他妻子名叫伊达，是个快乐的女人。他为内沃索山写了赞美诗，也绘制了风景画，他按照传统对缪斯表示感谢，把他的诗歌献给盛开在斯内齐尼克山阴的花朵，正如十九世纪雅内兹·比尔茨写的民间故事、祖潘其克或者马里喀·日尼达尔西奇的诗、阿维森的散文、波罗奇尼克的照片。

森林对于喀洛林来说是开放的，是需要他照顾和整理的花园或房子。安德列阿斯·奎勒或安德列耶夫·伊茨维尔泉水周围出现的大山猫，就像出现在厨房的猫儿一样；那里生长了几个世纪的布满苔藓的杉树，就像需要擦拭的橱柜。对于其他人，森林并没有那么慷慨，它会带着讽刺排斥这些城市的居民，他满怀热情，但是在林子里却笨手笨脚，像个外人；也许正由于这个原因，熊也不出现。也许，为了完全融入森林，就必须写喀洛林那样的格律严格、引经据典的诗句，"在那下边，在遥远的地方，密密的森林窸窣作响……"

喀洛林教授是斯洛文尼亚人，接受的是奥匈帝国时期的教育，讲一口古老的、非常考究的德语。他特别喜欢使用间接语式，比如，他同我们一起，小心翼翼地进入到常有野猪出没的林间空地时，他说："我对我妻子说，请问一问我们尊贵的朋友——阁下您，尊夫人是要加烈酒的古巴那①还是不加烈酒的……"

有一次得知他病了，教授去探望他。他已经九十二岁，躺在床上有好几个星期了，血液循环出了问题，他说话有些费劲。他发热出汗，衰弱乏力，那张严厉的面孔几十年都保持着一副权威的样子，但眼睛却炯炯有神，看起来非常温柔善良。靠床摆着几个包裹和几只箱子，妻子整理着他的东西，这也是为了迎合他的意愿，他虽然表达有困难，然而还是不容置辩地表达了自己的意愿，让妻子把他的东西收拾好放在箱子里，其中包括书籍、造型奇特的树根、几块狍子头骨、貂的标本、画作、图纸、山的照片、信件、文件和一些纪念品。这些东西整理好了，下一步就可以清理出去了。

他正在清理自己的一生，把他热爱的那些东西，还有满怀热情收藏起来的物品清理出去；他要整理自己的生活，放弃那些生

---

① Gubana，一种意大利传统面包，通常在节日（复活节，圣诞节等）时食用。

活的装饰品，就好像哈布斯堡皇帝的做法，按照巴罗克的仪式，为了能够被接纳到嘉布遣兄弟会教堂的地下圣堂里，他们必须取下他们的头衔和光荣。

在告辞时，喀洛林送给拜访者一张内沃索山的明信片，明信片的背后印着——显然是用斯洛文尼亚语——他的几行诗，他在妻子的帮助下坐起来，靠在枕头上，借助一副镜片很厚的眼镜，用哆哆嗦嗦的手把诗句译成德文，字写得很大。

写了四行德文诗的那页纸好像一份遗嘱，一个最终的戳印。可过了些时候，他寄来了一封信，信自然是用德文写的。信封上有些颤颤巍巍的大字，一下子就能让人看出作者是谁。这些字体虽然因为作者的年老写得有些歪歪扭扭，却非常清晰明确，符合逻辑和句法，在标点符号、拼写、空格和首字母上，都表现出一种很严格的态度。"最尊敬的朋友，您和尊夫人上次前来看望我们时，我赠给了您几句我写的诗歌，我把那几句诗歌翻译成了德文。在我翻译时，我妻子由旁边看着，她认为我写了'das berg'，而不是'der berg①'。如果真是这样的话，我请求您改正这个应受责备的错误。我深受疾病之苦，有时候会健忘，如果我犯了类似的错误，那肯定是在那种状态下犯的。现在我感觉好些了，我起床了，可以在森林边散一会儿步。"

在没改正这个小错误之前，他是不会走的。他走之前要修改这个错误，要向自己和别人澄清这个疑问。他应该有几个星期都

---

① 都是山的意思，只是冠词不一样。

在深思熟虑，努力回忆，他是否真把中性的冠词"das"写在了应该用阳性冠词"der"的地方，或者这只是他妻子一个虚假的印象，她在这段时间里一定也在琢磨这个问题。这种热情来自一种旺盛的生命力，也是一种刺激，就这样，由于一个语法错误引起的思虑以及改正这一错误的渴望，让教授再次找回了他的森林、世界和生命。

语言的准确是诚信和诚实的前提。许多欺瞒行为、暴行、滥用职权，都产生于语法和句法的滥用，把主语放在了宾语的地方，或者把宾格弄成了主格，满纸涂鸦，颠倒黑白，混淆是非曲直，通过一些概念和情感搅乱事实和秩序，歪曲真理。

也由于这个原因，哪怕是一个逗号放错了位置，也会引起一场混乱，也可能会引起火灾，毁坏这个地球上的森林。喀洛林教授的故事好像在告诉我们：尊重语言也就是尊重真理，这会增强生命力，双腿可以站得更稳些，可以去外面散步，享受这个世界，摆脱了欺骗和自我欺骗，享受一种很自在的生命力。小学老师的红铅笔头在标出语法和拼写错误时，在不知不觉中不知道享受了多少欣喜和乐趣。

忠实的舍尔马耶写的地方志，一开头就呼唤缪斯中掌管历史的克利俄，他简述了斯内齐尼克山的整个历史，然而他是专门为"舍恩伯格家族拥有的内沃索山"而写的。在几个世纪的历史变迁中，城堡和山林几易其主，从一个家族转到另一个家族。然而与这个地方的关系最密切的，要数舍恩伯格-瓦尔登伯格家族，这个家族在一八五三年将这里买了下来，到一九四五年土地国有化之前，这里一直都属于他们。这些最后的德国领主，几个世纪以来习惯于和斯拉夫世界——波希米亚的捷克人，萨克森的索布人——保持接触，并留下了良好的记忆；第一位领主——安东·维克托殿下从未来过这儿，那是因为他拥有二三十处城堡；格奥尔格王子除了让伐木工的孩子上学，还建立了社会基本救济设施，在斯洛文尼亚人中开办了第一所森林学校；赫尔曼亲王在森林里繁殖了大量动物，在一九四八年的暴乱中，农民屠杀了很多。

赫尔曼亲王，人称"内沃索山的领主"。他是德国人，住在德累斯顿附近，可是一年中有好几个月都在科扎里什切城堡度过。城堡里至今仍能看到东方式大厅、威尼斯式大厅、埃及大厅，图书馆里有很多文学、法律著作，装订在一起的关于打猎的杂志，也有二十册十八世纪编写的《世界史》。在这些封建家族世代相传的大厅中，家族主宰着个人及其情感。"君特十二点来到这里，在十二点一刻我们就相恋了。"安娜·路易萨·冯·舍恩伯格-瓦尔登伯格公主在她的日记里记载了这次相遇，可以说是一见定终身。赫尔曼亲王的肖像画里，我们可以看到一张消瘦、忧郁的脸，流露出资产阶级的内心世界，而不是贵族的活力，会让人联想到契诃夫或施尼茨勒。温科·斯特莱是一个具有传奇色彩的猎人家族的后裔，他也是一个出色的猎手，他们家族服务于当时的领主，也是过去年代丰功伟绩的歌颂者，他沿袭了内沃索山领主的贵族气度，并用这种风度教育他的下属和侄子，他的侄子要从背后对一头鹿开枪，被严厉制止了。他的一个部下——马蒂亚·马尔廷契奇——用一个有力的动作摁住了那把枪。

　　传说中内沃索山的第一神猎手，当数温科的爷爷弗朗克·斯特莱，由于他担当重任，在森林里，他有权和主人一起睡在小屋里。一天晚上，在早起打松鸡之前，他脱衣睡觉，穿着新买的法兰绒衬裤，又舒适又厚实，他看到亲王穿的衬裤上有十来个不同颜色的补丁。他说，殿下应该穿一件更好的衬裤。"咳，弗朗克，"亲王嘟囔着说，"你也跟我的女管家一样，她们不愿意缝补，也不愿意洗衣服，她们更愿意把衬衣扔掉，而不是补好。"

　　一八九三年五月十六日，亲王第一次打到了一头熊，那家伙足有二百二十公斤重，经过防腐处理后做成了标本，现在还立在城堡的门厅里。他不是趴在树上，待在一个安全可靠的地方，而是与熊面对面。据温科说，他要通过这次勇气的考验，从精神上获取作为森林主人的权利。尽管他性格内向，目光内敛，但世袭的财产给他留下了一种远古迷信的印记，按照这种迷信，血是必要的洗礼，屠杀是爱的一种方式，死亡是牺牲者和屠杀者的结合。可是有一次，他应该是睁开了眼睛，看到了这种价值的可悲还有欺骗性，这种思想试图美化生活和死亡的痛苦，使痛苦变得高贵。他那时候已经老了，同温科的叔叔洛伊泽·斯特莱一起猎鹿，洛伊泽是斯内齐尼克山的另一位传奇猎手，亲王让他学过语言。亲王开了枪，击中了目标，他进入了猎物倒下的密林中，洛伊泽本想赶上他，可亲王让他待在那里别动。洛伊泽等了好一会儿，他感到有点儿奇怪，也有些担心，于是他进到密林中，他看到年迈的亲王蜷缩在地上，双手抓住死去的野鹿的犄角在哭泣。

这哭泣也许不仅仅是出于怜悯。那时候，他应该是看到他所做的一切都是虚妄的——开枪射击，深入密林，所有这一切如同从后门进入真实中，看到了幕后的情景。那两只鹿角会变成战利品，和其他无数战利品一样被愚蠢地钉在墙上；所有那些猎物，一个挨一个地被钉在墙上，钉在楼梯边上：装了玻璃眼珠的鸟，像小丑样扮着鬼脸的蠢笨的狗熊，地毯上活像脱了毛的抹布的狼头……那是一种庸俗又不可避免的陈列，任何一个生命都有一些时刻是美好的，然而只要一点火药和一管枪，就可以被击得粉碎，如同一个布偶，分解为稻草、弹簧和纽扣。

亲王继续开枪打猎，然而在温科·斯特莱充满激情地讲述的无穷无尽的狩猎故事中，他讲了亲王在密林中，在猎杀的鹿旁哭泣的细节，能让人联想到亲王那时感到的虚妄。那就像弗朗克在加斯佩尔也夫山附近追逐一头狼，他把狼打伤了，在和狼搏斗的过程中，他用枪托杀死了它。后来他才发现，那是一头带着四头小狼的母狼，小狼在附近看着他；那就像在一九二三年，马蒂亚穷追一条让人害怕的孤狼，他在雪地上独自追了好几个小时，在银色的雪光中，他着魔般地追逐着，人兽俱乏，甚至走路都有些跟跟跄跄，搞不清追到了什么地方，最后他向丛林中的某个东西射了一枪，子弹击中了狼，狼已经精疲力竭，死前都没醒过来。

这些故事讲述着森林的陌生，它让人无法进入，不愿让人征服，它会用一些虚假的小路迷惑人，让人走错路，那种笨拙和误导类似于星期天猎人们相互击中的事故。即使拖拉机和水泥日复一日地攻占森林，使得森林不再威胁人，而是受到了威胁。但森林仍以某种方式脱逃，它让人明白，尽管在去佩克洛或里纳的途中，热恋中的蝴蝶会让人轻轻抓在手上，尽管那条棕黄色的狗追赶那只獭，追了半天，在森林里留下一路的吠叫，声音逐渐消失在密林深处，但每一个夏天总会缺点什么，例如从来没有看到熊，或者萨麦茨先生没讲完他的故事就被打断的声音，断断续续，就好像挂在森林的某个树枝上，"请原谅，阁下，希望您能允许……"

科丽纳山

是的，台阶圣母水井附近是科丽纳最美的地方之一，彼埃罗说。那次他值夜班，客人从外面回来，他把钥匙拿在手上把玩，尽量拖延时间，而不是交给他们，至少是跟那些他早就认识、经常来住的人。他说我真想带你们去看一次。他们在八月十五日圣母升天节前后来，他继续说，三个人一起从坎比亚诺①出发，走上两三公里，在这儿停留四五天，至多一个星期。他们支好帐篷，把一桶腌制好的鳀鱼和丁桂鱼放在水井附近，把酒瓶放在旁边，用一块布盖住。他们一整天都待在那儿，从桶里取出丁桂鱼和鳀鱼来吃，打牌，把一瓶瓶皮埃蒙特弗雷伊萨红葡萄酒喝下肚，时不时喝几口水。四周没有风，天气非常闷热，头发和衣服都黏在身上，他们就从井里打一桶水上来，从头上浇下，星星在刚从黑黢黢的井口里提上来的水桶里晃动。水井像是望向另一个世界的小舷窗，但那不是伸过头去面对另一个世界的时机，至少在休假的这一个星期，不适合在井口探头探脑。

坐在草地上真是惬意，尤其是夜晚空气变得凉爽适意时，要是我经过那儿，他们也盛情邀请我和他们坐在一起，虽然我不是坎比亚诺人，而是圣彼得人——他补充说。井水颜色很深，如同葡萄酒，就像一个深深的酒坛子，谁也不愿意呆坐着猜想井下面是什么，或者想象我们从来看不见的月亮背面。如果月亮决定不让我们看到它的另一张脸，这就意味着这样很合理。

他们喝着葡萄酒，嚼着下酒菜，发着纸牌，尤其是会谈论政治，聊着他们留在坎比亚诺的孩子和妻子。或者说一些闲话，他们不缺谈资。有时候他们会提到以前发生在这一带的流血事件，在长满白杨、柏树和刺槐的树林里发生的恶性谋杀；或者谈论吊死鬼树林，这个名字是因为一个陌生人被发现吊死在梧桐树上，那具尸体在夜风中摇摆晃动，活似在跳着缓慢的舞步。米诺特别热衷于讲述圣彼得山谷发生的谋杀事件，在屋子前只看到进来时的脚印，那人是被一柄斧子砍死的，斧子一直没有找到，有人猜想是藏在了某个酒桶里。宪兵为了寻找斧子，只好把酒桶一个个砸破，斧子依然没有找到，但他们最后都喝醉了。

彼埃罗坐在宾馆小客厅的镜子前，那面镜子让客厅看起来大了一倍。他们在一个星期里把一年积攒的怨毒都化解了。他们回到家，同妻子还有这个世界和解，做好了迎接工作的准备，该干什么干什么。几年前他们中有一个死了，有几个月他都在失血，他说那只是一点小痔疮，没有关系的。可当他最后去看医生时，

① Cambiano，意大利都灵的一个市镇。

已经为时过晚，那已经是神父唐布林的事，而不是医生贝劳多的事了。

唐布林听他忏悔，神父知道他唯一的罪过是出言不逊，诅咒神灵，他在锯木厂每次手指被轧到，都会咒天骂地。是的，他的手指并非时时刻刻都被伤到。神父为他祝福，看到他变得呆滞的脸已经被汗水和圣水打湿了，他用怀疑的目光看着神父，好像在说，不用太啰嗦，也不用不懂装懂，假装知道月亮的背面有什么。他在神父肩上拍了一下说："你真聒噪。"神父有些目瞪口呆，就在这时他停止了呼吸。尽管他嘴里有一股恶心的味道，但去世前不久，他还在喝着弗雷伊萨和巴贝拉葡萄酒。他说，吃什么都味同嚼蜡，吃什么（他其实什么也咽不下去）都让他反胃打嗝。他最后穿过了水井，但那几年他至少享受到了假期的愉悦。最后，彼埃罗说，你看，如果一个人能有那么几天逍遥的日子，在台阶圣母水井边玩扑克牌、喝酒、吃丁桂鱼，我想他该享受的都享受了，那就没什么好抱怨的了。

彼埃罗为了留住别人，讲了一个又一个故事，因为在这家宾馆里，夜晚太漫长了，也没有什么消遣。在夜深人静时，如果发生什么事儿，那也是某些突如其来令人不快的事，但也不会让人感到意外。靠近新门火车站一带不是特别安宁，比如那天有个人跑着进来了，手按在肚子上，他把沾满鲜血的手放在柜台上，血从裤管里直往外流，刀子应该是自下往上捅进去的，一定是一个受过训练的人干的。但最终，那些停下来闲聊的旅客也会道晚安，一个接一个消失。最后一个上楼的是伯爵夫人，她那头浓密的长

122

发披散到脸上，遮住了眼睛。她看起来总是迷迷糊糊的，只有在需要时，她才完全睁开眼。为了表现自己有文化，她总是和一个有学问的顾客谈论茨威格的《昨日的世界》，那人也把宾馆当成了家。据别人说，当她和两位出差的商人一起玩保龄球时——这两人也经常出现在这家宾馆里——她说的话没有那么考究。

伯爵夫人住在宾馆里已有好几年了，她孤身一人，每月靠微薄的收入过活，这点钱只够她住宾馆，喝牛奶咖啡，有其他人的陪伴，让她不会太思念家人。"唉，教授，我二十二岁结婚，三十一岁守寡，我现年八十三岁，怎么说呢，我不愿意叫别人误解我，我没有任何理由责备我那可怜的丈夫，可是……要说起来，那是一段我不愿重复的人生经历。"

宾馆的客人基本都是老年的孤单妇人，除了伯爵夫人，还有退休女教师、高级军官的遗孀，特别是空军军官的遗孀。有一个上了年纪的女人，神思恍惚，一年四季穿一身绿色衣服和一双后跟磨损的鞋子，她总是疯狂地写字，写满一页又一页纸，每次碰到一个人总是要问：他知不知道，美国总统和驻维罗纳的北约军总司令——她说，他们每晚在意大利时间七点钟都会通话——已经收到了她写的文件，文件上写的是如何一劳永逸地解决世界上所有的问题。她补充说，为了大家的利益，为了拯救世界，那封信至关重要，他们一定要看。然而，当有人问她给美国总统写的信用的是什么语言，她回答说当然是用意大利语，再说白宫有的是译员。"让他们自己想办法吧。"

让他们自己想办法，这也许是一句万金油，可以回答所有那些奢望。这是世界对一个可怜人的碾压和蒙骗，这个人非常笨拙，心甘情愿被人利用。上楼到房间里，让世界自己去想办法吧。很多年份、很多夜晚都在黑暗的电梯里混淆在一起，这电梯是睡梦登堂入室的地方。在进入房间之前，经过的长廊也像是通往睡梦的走廊，各种线条在眼皮底下越来越一致，整齐划一，直到最后差别消失。睡着好像是一件很简单的事情，只有难以入睡时才明白它意味着什么。那三个男人在台阶圣母水井旁，很早就呼呼大睡起来，有时在黑暗中，你还能隐约看到傍晚的红色，一种暗红，如同血色。在那几天里，他们也许真是幸福的。无论如何，彼埃罗说的对，那个地方是值得看的——正如整个科丽纳都值得一看。大家知道，卢梭说过，那是在人间能看到的最美画面，切萨雷·巴尔博①甚至把科丽纳说成人间天堂，他忘记了那条皮埃蒙特的训诫：不要夸大其词。

受人尊敬的毛里齐奥·马洛科喜欢到科丽纳来观光，他在文章里也提到了这里。在一八七〇年出版的小册子里，他描写了这儿迷人的风光，他建议人们爬科丽纳山，从都灵出发一直向上爬到佩切托。有些人则建议沿着中世纪商人的路线走，对于他们来说科丽纳是座"高山"，被基耶里、佩切托和波河切断，和阿尔卑斯山连在一起——那是一个密林遍布的地带，是通往法国和大世界的道路，到处是陷阱和危险，障碍重重。现在它更像一片绿意

---

① Cesare Balbo（1789—1853），意大利历史学家，自由天主教政治家。

益然的田原，然而要欣赏它的美色，哪怕是在洞察世事的年岁，也应该是在"饱尝沧桑之后"。至少朱塞佩·菲力波·巴鲁菲在一八五三年是这样认为的，他是都灵皇家大学实证哲学教授、神父、伟大的旅行家，徒步走过土耳其、波斯、匈牙利、埃及、俄国和都灵的小山丘。

不用担心科丽纳没有欣赏者，因为这世上永远都有那么多不幸。可是为什么要在遭受痛苦之后才能欣赏眼前的一切：一排排泛着蓝色的葡萄树，阴影里交叉纠缠在一起的藤蔓，田野里褐色和金色的斑点，还有天空的蔚蓝——山丘上的蓝色很深，几乎有些泛红。巴鲁菲见过世面，他看到过沙漠中的金字塔，都灵巴尔迪塞罗镇的葡萄架，他应该知道，只有一颗枯萎的心才需要迈出痛苦的一步，让目光愉快地扫过那些军营般密布、整齐而光荣的丘陵。或者事情正好相反，需要一颗坚强的心和清晰的思路来防止这仓促的冒险，或仅仅是一点点牙痛就破坏了波河河湾的景色，那个河湾的曲线很柔和，就像躺在我们身侧的人的腰肢。然而也许作为神父，巴鲁菲心想，必须为那些忽然降临的混乱和残暴赋予意义，假装这是上预备学校的假期，他来科丽纳郊游。

不管怎么说，那些在波河边的小石子路上或大路上闲逛的人，他们一定不愿回想自己遭受的不幸，而是会试图忘掉发生过的糟糕的事情，并试图躲开那些潜在的祸患。他们悠闲地在路上散步，走上遇到的第一条小路，这条路的出现是为了给世界制造混乱，至少在几个小时之内，他不会遇到那些散心的人，他能把潘多拉盒子里的脏东西从头脑里清理出去。

晚上在肖尔泽应该能享用到芦笋汤——至少上次就有这道菜，接待客人的那家人伙食一直都很好，那个宽容的女孩子不会让人失望——芦笋汤不单味道香浓，而且不需要加什么佐料就能刚好可口。要是晚上没有芦笋汤，也会有其他美味，特别是那家女儿下厨的话，现在她也临近毕业了。那叫人回味无穷的腊香肠也是三年前的事了。一来到肖尔泽就用不着太客气了，你把别人撇在那里，那也不用太担心；有时候会冒出一两位宾客，尽管没人邀请他们来用晚餐，但那栋绿树掩映的房子有一个宽敞的大平台，大家随意吧。到达肖尔泽，只需稍微往下走一点就是一马平川，山丘之旅就此结束。

而现在旅途才刚刚开始，我们才到了台阶圣母教堂那里。在倒塌的牛棚，在像黄昏的鸟儿一样发出啁鸣的高大白杨树，在刺槐、枫树和杂草中间行走，会遇到一处衰败的别墅，它的名字引起了巴鲁菲的悲愁：时光庐。这个名字里回响着一种深刻、致命的焦虑。那肃穆的大树、浓浓的树荫，兴许是要阻止时光的流逝，或让时光流逝得慢一点，就像金色的树脂沿着树干缓缓流下，而不像瀑布般倾泻而下。然而，在这栋新古典主义风格的别墅里——正面有两道楼梯，帝国风格的三角形楣饰——曾经住着维鲁阿的两名少女，她们希望时间过得快些，希望时间过去，早日接近终点。

这也许就是原罪，人们没能力去爱，去享受幸福，不能尽情享受时光，不能享受每一刻，总是急于烧掉这时光，让它赶紧过去。米凯尔斯塔埃特尔如是说。原罪把人们引向死亡，它会控制我们的生命，让人感觉它流失的时时刻刻都无法忍受，原罪会迫使人们摧毁生命的时间，让它尽快过去，仿佛它是一种疾病；消磨时间是一种有教养的自杀形式。

在巴罗克和新古典主义风格的别墅前，应该脱帽致敬，这是向艺术致敬；但是致敬完了应该马上走开，去寻个树荫凉快凉快，在浓荫下一切好像都停滞下来了，非常自在，不再需要其他东西。在科丽纳的旅行并不是循着时间，按照它那种无法扭转的箭头直线向前，而是左拐右拐，破坏时间，把时间丢出去，却发现它还是会立刻回到手上，如同一个悠悠球。也许，说不定到不了坎比亚诺；从基耶里到那里只有几公里的路程，可你没有十足的把握到达那里，每条路都是漫长的，途中不乏风云突变。例如，坎比亚诺的神父在做弥撒时，常常无法打开圣龛，取出圣体饼。对他来说这真是件伤脑筋的事，他把钥匙转来转去，辅祭司双膝跪在他身后，嘴里嘟囔着："怎么回事儿嘛?"这样弥撒也会拖延很长时间。

东游西逛，死亡在撒马尔罕等着呢。可那些梦想逃离撒马尔罕的人，如果来到佩切托，就已经很不错；巴鲁菲到撒马尔罕和东方的特拉布宗旅行以后，如今更喜欢穿越科丽纳。

拐弯向坎比亚诺前进。基耶里已经被抛在身后，红色的塔楼、楼房和教堂，蒙费拉托附近的红色更鲜艳，那是皮埃蒙特战争和酒的颜色。从基耶里起程，带着唐博斯科的祝福前行。唐博斯科是个很有个性的圣人，在圣马格丽塔教堂，他被放置在靠近耶稣和圣母马利亚的显要位置，而在旁边的大教堂里，人们把他放在教皇约翰·保罗二世旁边，营造出一种《地狱机械舞》①的戏剧效果。在不远处，巨大的石刻唐博斯科用怜悯的目光睥睨着圣朱塞佩·科托伦戈，好像在说，上帝以自己的样子创造人类，这并不是一种诅咒，也不是一种鼓吹，就像科托伦戈发现的那样，不存在什么可怕的东西，在爱的信仰中，只存在一种说不出来的痛苦，像神一样伟大。

人们说，科托伦戈常常坐在椅子上睡觉，在睡梦里发出痛苦的呻吟，他还喜欢抽烟斗，这一切似乎阻碍了他封圣。当圣人可不容易，不仅需要和自己作对，也有来自世界和教会的阻力。他们也不愿封多梅尼科·萨维约为圣人，虽然圣马格丽塔教堂里供奉着他，大家知道他很怕死。在大教堂的钟楼上有一个日晷，它不仅指示当时的时间，还指示一个中间时间。人们不清楚"中间时间"指的是什么，尤其那些连夏令时都搞不清楚的人，他们不知道开始用夏令时以后，是早点上床好还是晚点好。那上面的那几个小时觉得自己特别了不起；日晷通过那几个醒目的说明，宣布那几个小时不可抗拒、不可修复，并且一去不复返，使它们更像一种猜测。然而只要一点乌云就可以让它消失，在阴影中，刻度盘空空的，这让人很高兴，那仿佛一个空空的王位，时间暂时被废黜了。

---

① *Hellzapoppin*，美国二十世纪四五十年代的一部滑稽电影，电影中想象有三部电影互相重叠，造成一种滑稽的效果。

一直以来，基耶里和阿斯蒂在争抢科丽纳的控制权，它们互相斗争，或者结为联盟，但很快又翻脸，它们把一些更为强大的势力也卷了进来，更改了边界；整个皮埃蒙特的边界沿着阿尔卑斯山，它逐渐变为一个国家，一片不属于谁的土地，变为一股离心力和向心力。坎比亚诺的阿里马人，有人不无自豪地说，他们从没有向基耶里人屈服。边界的混乱状况源自中世纪地理政治的错综复杂，造就了这些自由民的团体——坎比亚诺的阿里马人，或内沃索山的科塞兹人——他们非常抵触国家权威，更愿意崇拜一个远在天边的抽象帝国，像一颗明星一样闪亮，但也许已经死掉了。

　　那些打造了皮埃蒙特的国王——从阿梅迪奥八世①到埃马努埃莱·菲利贝托②，再到维托里奥·阿梅迪奥二世③，他们都是伟大的"同一者"：他们修整了边界，使之整齐划一。阿梅迪奥八世的宪章甚至规定了服装的统一；埃马努埃莱·菲利贝托加强了对其下属生活的控制；维托里奥·阿梅迪奥二世创造了一种开明的官僚专制主义，他颁布法令，不允许在各个地方继续实行互不相同的旧习惯老传统，但颁布了建立在"理性"之上的普遍法则。

　　科丽纳的地形呈波浪状，富有动感和多样性；它脚下的大城

---

① Amedeo VIII di Savoia（1383—1451），萨伏依大公，一四三九年当选敌对教皇，称费利克斯五世。

② Emanuele Filiberto（1528—1580），萨伏依大公。

③ Vittorio Amedeo II（1666—1732），萨伏依大公，兼西西里国王和撒丁王国国王。

市是方形的几何图案。有序和无序，哪一个更富于神秘色彩呢？至少从表面来看，科丽纳是按照精确的规则被切割和划分的，而这并没削减她的魅力。在这里没有目的随便走走，你心甘情愿迷失方向，然而，这种漫不经心的闲逛也遵守某些规则、变位和变格，可能是不规则的或特例，但也是一种规范生活的句法，把它与同行的人联结在一起，那些交织在一起的各种人生，如同定理里的各个元素，或一首歌的音符，这样它们就可以一起向前走，服从共同的法律，如同一座军营在强大的冲击下，队列散了，但随后又重整聚合在一起，尽管没有原来的队列强大。对秩序的神奇热爱，葡萄树整齐的行列，一个兄弟般的队伍走向不可避免的失败——但到达山那边之前，人们会穿越红色的小山，会在树荫下休息。

虽然一个人和另一个人的生活会规则地交叉在一起，如同铜栅栏上的箭头，但这会让我们想起攀援植物，歪歪扭扭攀爬在每个人的生活上，扰乱了经纬。这种纵横交错也是一种美，叶子卷起，枝条相缠，想怎么纠缠就怎么纠缠，还有凋落在路面之前在阳台上盛开的绚丽花儿。

皮埃蒙特是神秘的方块型，之所以神秘是因为它的形状方方正正，很精炼，如同史诗的伟大风格，把生活压缩在一起，赋予生命意义，把零零散散的事物简化，统一成一阵风，这是来自远方的、高于生命的一阵风，并不是来自过去，而是来自生命的一个未知的伟大时刻。

也许秩序会让人觉得不自在。据说是埃马努埃莱·菲利贝托创造了负责任、严谨的皮埃蒙特人，而维托里奥·阿梅迪奥二世则进一步提炼这种严肃性，把那些微妙的、空想的，还有其他享受的因素排除出去。对于亚米契斯①来说，都灵的建筑物也是"民主的、整齐划一的"。在所有这些风格里都有着士兵的忧郁，就像跟着节奏行军。从苏佩尔加山看上去，对于巴尔博来说，皮埃蒙特的阿尔卑斯山是"军事风光"，皮埃蒙特也是由工程师建造的——帕帕奇诺、贝尔托拉·德西莱斯——他们在阿尔卑斯山遍布堡垒，还有那些低矮的、很快就闲置的哨所。

纪律和秩序的诗，是层层脱落的秩序的诗，是防卫被攻破了的诗，如同在一七九六年皮埃蒙特的古老城堡被拿破仑在一次突袭中攻破，这些进攻不断搅乱生活，是抵御入侵的诗。"小灵魂很迷人，飞快地消失"，深入到黑暗中去，依靠基督教四枢德②中的勇德战胜恐惧和死亡，承担历史的责任——不管是把历史理解为救赎的周折故事，还是没有意义的毁灭——一直抓住事物的主线，尽管在混乱的战斗中这根主线经常被弄乱，被扯断。

现代皮埃蒙特已经确立下来，在意大利统一过程中被超越了，但和现代皮埃蒙特完全相左，人们保留了一种对老皮埃蒙特的怀念，这种怀念更多时候是法国的、萨伏依的，而非意大利的，且有具体的分类；有科斯塔·德·博勒加尔③的老皮埃蒙特，有卡兰

---

① Edmondo de Amicis（1846—1908），意大利作家、记者，著有《爱的教育》。
② 基督教传统神学认为，所有的伦理道德都可以归纳为四种基本道德，即智德（明智）、义德（正义）、勇德（勇敢）和节德（节制）。
③ Charles Costa de Beauregard（1835—1909），法国历史学家、政治家。

德拉①、卡洛·费利切②或索拉罗·德拉·马格丽塔③的老皮埃蒙特，他们不愿意看到萨伏依的国家融入意大利，他们鄙视对农业进行的狂热改造，例如加富尔在他的领地——格林扎内或莱里搞的技术革新，他要在农村和半岛实现现代化。

对老皮埃蒙特的怀念，在最猛烈的社会转型期得到了复苏，这种情结体现了一种诉求，就是在历史发展的过程中，最后的结果抹去了其他潜在的可能性。但迅速崛起的现代化遭到了抨击，他们以老皮埃蒙特的名义，抨击那个实现了萨伏依集权和意大利统一的皮埃蒙特——这也是老皮埃蒙特价值和传统的产物。正是老皮埃蒙特——阿尔卑斯山麓的萨伏依的大臣、设计阿尔卑斯山上碉堡的工程师，还有那些乡绅，比如一五六一年维拉尔巴塞市长带着锄头镰刀与农民一起劳动——打造了一个新的皮埃蒙特，他们传递了那些简朴的美德：履行自己的义务，不要夸大其词，耐心对待历史和生活的焦虑。就是这些朴素的品质让皮埃蒙特大区实现了提升，统一了意大利。

无论是老皮埃蒙特还是新皮埃蒙特，都是在戈贝蒂④、葛兰西所制定的伟大现代前景下构建和加固的。戈贝蒂看到十八世纪的皮埃蒙特君主国，通过加富尔、自由派的资本主义企业，还有菲亚特的工人得到了实现，这些都是对君主国的传承；葛兰西赞美

---

① Edoaro Calandra（1852—1911），意大利小说家、画家。
② Carlo Felice（1765—1831），萨伏依大公，撒丁王国国王。
③ Clemente Solaro della Margherita（1792—1869），皮埃蒙特政治家，卡洛·阿尔贝托政府的外交大臣。
④ Piero Gobetti（1901—1926），意大利记者、反法西斯主义者。

都灵，认为这里可以推行一个文明、进步的意大利，一个"现代的、大规模的"意大利，这里很容易组织运动，因为有一个无产阶级工人阶层，还有一个自由派阶层，他们愿意接受社会的进步。

今天看来，这个进步的前景至少是暂时被晦暗的"后现代"打败了。在后现代化潮流中，一切都可以和它的对立面互换，黑弥撒的胡言乱语和圣奥古斯丁的思想被放于同一个层面。后现代的胜利并非偶然，这同都灵领导作用在意大利文化中的危机同时发生，有一条主线从埃诺第开始，经过戈贝蒂、葛兰西，到诺贝托·博比奥①。面对这种纷乱的状态，更加有必要提倡一种军人的美德："脑子要有条理，要把各种东西搞清楚。"维托里奥·阿梅迪奥二世的植物学家——尊敬的卡洛·阿里约尼——因为具有这种品质而深受赞赏。

在坎比亚诺有一位出了名的老寿星就要过一百〇一岁生日了，可是最近几个月以来，他身体不适，脾气很大，自从大家给他举办了庆祝百岁生日的晚宴后，他就和之前不一样了。他当时很感动，但感动对他的身体很不利。他说应该尊重一个像他这个年纪的人，千万别想着给他庆祝一百〇一岁生日。他不愿像诺贝托·罗萨——一位方言诗人、爱国者——那样死掉，他在写长诗《长寿的秘诀》时溘然长逝。

几十年前，在老人退休后，他同一直没出嫁的女儿前往基耶

---

① Norberto Bobbio（1909—2004），意大利法官、哲学家。

里，住在一座属于他侄子的房子里。当时达成一种默契：只要他还活在人世，谁也不能把他撵走。而侄子也从来没有想过把他撵走，尽管过去了几十年光景，女儿也快成半老太婆了，她开始觉得不好意思，因为他们住在那个家里时间太长了，每当这位侄子来探望他俩，门刚一打开，她就开始道歉。这位侄子说："你们知道吗？那简直太尴尬了。我再也不能去看他们了，我不知道该怎么对她说好，我不能说：不用着急，你们就在这里住着吧。怎么说呢，我也不能让他们快点……"

坎比亚诺怀有文化方面的野心：持续几个星期的街头绘画展览，广场上的戏剧演出，街道拐角处色彩缤纷的绘画，还有附近菜摊上摆的各种西红柿也给这个小镇增色不少。在教堂对面的一所房子里，斯特法诺·贾科姆齐写出了《微风》的草稿，这部小说用一种让人难忘的表现力，讲述了生命的易逝、虚妄和伟大，四季的阳光和阴影的逼近，把慈悲和幻灭、漂泊的虔诚和流离的讽刺融合在一起，混合成一种兄弟般的情感，用史诗般的步子迈向黑暗，在"隐喻消逝的暗夜"中。

他另一部小说的主人公是一位行将就木的教皇，他认为，"倾听那些经过我们身边，但全然陌生的人的生活，是告别生命的最好方式"。此处生活的脆弱与神秘，就像对于罗特①笔下的神圣狂饮者那样，能闪烁出一种救赎的希望。讲故事的人知道，一切都

① Joseph Roth（1894—1939），奥地利小说家、著有《神圣的狂饮者的神话》。

会被抹去，一切都会消失，如同没存在过，但并不仅仅如此；正如巴拿马·阿尔布朗——《微风》的主人公，他不知道在什么地方能找到那些难以捕捉的意义："他们说，在心里，然而心里是一片混乱，并不可靠……"

一边幻灭，一边捍卫着魔的能力；意识到心灵的模糊性，会感到无奈和忧伤，能使一个人保留面对生活的畏惧和颤抖，会让人爱上那些毁灭性的错误，认识到生命平庸的重量，把所有一切都扛在自己肩膀上，让弟弟不会承担过重的负担。

斯特法诺，地上的盐。同他在一起，在面对世事的喧嚣和惊异时，你不会觉得那么孤单。当他不复存在时，对于许多人来说，生活和欢笑变得更难，尽管生活在继续，他们很难深入品味生命的每一刻。还是他在讲述，"如果你知道自己几分钟以后会死掉，你会怎么做啊？"他问一个正在玩耍的男孩子，那是他在圣路易吉·贡扎加一个虔诚而傲慢的亲戚。"我继续这样玩。"男孩子回答说。

圣彼得之于佩切托，如同阿尔巴隆加①之于罗马。当时这个地方叫科瓦焦，四十四位武士后来建立了一个新的市镇，取名为佩切托，它在很短的时间里变成了一个重要的基地。那里有一条小溪流，当时叫做卡纳佩，因为河里面的尸骨后来被更名为"瓦约尔斯河"——意思是"骨头河"，那是在一三四五年四月二十三日

———————————
① Alba Longa，意大利古代城市。

的战争中死去的人的骨骸，蒙费拉托的侯爵杀了安茹的罗伯特很多人，鲜血染红了河水。当时有一位诗人陪伴惨败的安茹军队，他吟唱了这一残酷的战事。诗歌是用法语写成的，开头并不会让人预料到后来发生的惨剧，歌词如下："天气温和，草木碧绿，林中万物茂盛。"歌谣总是这么开头，但许多结尾都不妙；小孩玩警察抓小偷的游戏，你预料不到肿瘤或一辆汽车会夺走那小孩的生命；或者夜晚温柔甜美的恋人絮语，也不会让人想到后来医生会因此做一场堕胎手术，又或者他们会为很多年前共同购买的房产吵到法庭上去。事情有时候会向好的方向发展，但结局总是一塌糊涂。

夏夜，坐在靠近芦苇的草地上，叫人心旷神怡。夜空隆成拱形，如同教堂的半圆形后殿，黑色天空看上去是蓝色的；有人的头发也黑得发蓝，眼睛不时朝天空望去，找不到一颗星星，也许星星坠入到黑暗深处，如同焰火被黑暗吞没。银河光耀天宇，河里的水黑暗，也会反射亮光；没有必要害怕掉进银河里，如同掉进海水里，一头栽进那里头，掉进那水里，即使消失了，或许也值得庆幸，如同迷失在山谷里，夜里的山谷就像海洋，大而平静的海浪在深沉有力地呼吸。

圣费利切离台阶圣母不远，那是一个很小的村庄，掩映在绿色中：葡萄树和攀援植物，寂静，秋天黄色的菊芋；再远处是老城堡褐色的塔楼。停下来，睡去，消失，然而，出发的时间总会到来。牧羊女在歌中唱道："可爱的情郎出门远行。"

在雷维利亚斯科，达则格利奥①就对他的家庭教师唐安德列斯挥舞拳头，后来，"黑衫军"四个头目之一德·维基住进了这里一栋漂亮的别墅。在唐基洛托小广场，在堂区教堂附近，一个无头天使背对着圣母马利亚，像是不大情愿向她报喜，告诉她那件会改变世界的事件。但那条和小溪相映成趣的小桥不复存在，当时的小桥也冠以唐基洛托的名字，但被进步的历程所毁。雷维利亚斯科永远是一个"看起来最完美的地方"，正像一七六〇年的"精神训练"报告中说的那样，正因为这个缘故，它经历了昌盛的发展期，因此在兴建一条宽阔的马路时把这座可怜的小桥给拆毁了，也就不足为怪了。不幸的是，历史在进入山区新别墅的过程中，为了方便通行，也漫不经心地踩过了那个写着桥的名字的石碑。

那石碑——雷维利亚斯科的木匠费利切先生，他钟情于镇子上的一草一木，他至今还记得那些铭文——像浓缩的史诗，正如一块墓碑讲述了那个名字所代表的一生。就像《匙河》里讲述的那样，碑文是一个人一生故事的简写，墓志铭包含着这人一生的意义。也许每个人都通过他生活中的作为，创作出唯一的一首诗，墓碑会把这首诗浓缩，把它写下来，然后放入那些由众多墓葬构成的、无穷无尽、厚厚的《全集》里。

雷维利亚斯科那块石碑所纪念的人真是让人羡慕，石碑上的

---

① Massimo d'Azeglio（1798—1866），意大利政治家、作家、记者。

铭文是：唐基洛托桥。生于一八五七年，卒于一九四三年，哲学家、拉丁语言学家兼酿酒学家，担任雷维利亚斯科的总司铎五十二年。这三个称呼（哲学家、拉丁语言学家、酿酒学家）是为唐基洛托竖起的一座纪念碑，非常简洁，要比他的自传和别人的纪念文章更有表现力。这些自传和纪念文章全是由他的后继者收集整理出版的，还在广为流传，如同他的性格特征还留在了山区人们的记忆里。

对于雷维利业斯科这位总司铎来说，哲学尤其是一种幽默、讽刺，是一种对定论的鄙视——也包括对自己的感受。这种感觉产生于一种无穷尽的大背景，人类的每一种经验在这个大背景下都很渺小。这种情感让世人凡事不必太认真，也让人们不要对那些假定的伟大太认真，因而可以摆脱恐惧；面对永恒，每一种事物都显得渺小，然而在这种渺小中，每一样东西都有自己的尊严；面对强权，他们照样保持这种尊严。讽刺成了疼爱的表现，坚定不移地捍卫着每种生物，那些最脆弱、最隐秘的创造物也不例外，对抗这个世界上那些席卷它们的虚妄和浮夸。

唐基洛托的趣闻轶事——唐尼古拉·古尼贝蒂收集了许多——多半讲他善良而机智的性情：他编写的小册子里采用的语言很直接，也很无礼，这让他的上司很不安；他对法西斯军官的回答尖酸刻薄；他很大方地容纳身体的卑微、善良和顽强；这位有爱心但很饶舌的本堂神父，他的仁慈首先是"对人的尊重"，宗教的偏见常常和资产阶级精神截然相反。

编写他的"趣事"的人不建议那些内心过于敏感的人读那本

书，他们一定会被他的权宜之计，还有他在卢尔德朝圣时发生的事触动神经。他说他从床上爬起来时，大腿上的神经炎突然发作，他一下倒在地板上，头上磕了两个包。

他身材瘦小，不修边幅，脸又干又瘦，仿佛皮埃蒙特的土地和葡萄酒的化身。唐基洛托很适合堂区的信徒，卡萨利斯在他的《历史地理词典》里描述过雷维利亚斯科的居民："强壮有力，身材匀称健康，长寿，有教养，很勤劳。"作为生活的诗人，当然他也是掌握了快乐这种高难度技艺的大师，雷维利亚斯科的总司铎是真正的牧师，尤其在社会发生大变迁的时代里；他像鸽子一样简朴，也像蛇一样狡猾。为了保护他的"羊群"，他就应该懂得，弱小贫困的人在这个世界上犹如羊身处狼群，因此必须善于识别狼，在适当的时机也要用棒子痛击狼。镇上的人不光记得他乐善好施，也记得他古怪的谨慎，每到收获的时节，他总要借故离开几天，方便种植教会土地的农民偷点粮食，且不会尴尬。

哲学家、拉丁语言学家兼酿酒学家：他的秘密也许就藏在这三个词里。甚至在今天，在以他的名字命名的祈祷室里，在桌子上、书架上还摆放着好几瓶皮埃蒙特产的红葡萄酒。很有可能，把三个词联合起来的纽带正是写铭文的无名氏天才般的创意，他把"拉丁语言学家"置于三个词的中间，这绝非偶然。对于这位总司铎来说，拉丁语是神学院的学究式拉丁语，是邀请信徒参与宗教仪式的语言，是在仪式终了后又把他们送回家的语言；那代表了古代经典的明确无误，尤其是一种给混乱的尘世划分等级的语言；让东西各归其位；让主体归于主格、宾语归于宾格的句法；

是一种道德和逻辑的秩序，会把所有罪过进行分类、甄别、定义和评价，把可以原谅的罪过和致命的大罪区分开来；把那些不明确的思想和坚定的意图区分开来，把行动和幻想区分开来。在这种对称中，事情各就其位，无论是揭示出来的真理还是瓶装美酒，无论是季节的更替还是风俗习惯的转换，无论是圣人感化人的功德，还是被成熟的麦粒所掩盖的史诗，无论是雪花水晶般的几何图形还是雪花消融得无影无踪，都能各得其所。

这门几个世纪前就已经死去的语言也是一种讽刺的语言，这种语言只存在于文字，它远离现实，却无缘无故地受到人们的喜爱和尊重，这让人宛然一笑。这位拉丁语言学家兼酿酒学家也许深知，拉丁语光滑的表面与巴贝拉和多姿桃①顺着玻璃壁和喉管滑下去的感觉很相似，这味道无愧于他对于生命赠礼的研究和关切，神学和酿酒学的共生在这片山丘并不少见。古代神学家阿拉西亚就曾经取得皇家特许，可以把他酿造的酒带到卡利娜广场。

另一个没有忏悔之心的皮埃蒙特人是日耳曼文化专家乔瓦尼·维托里奥·阿莫列蒂。他说，中学时他上的是斯科洛皮教父寄宿学校，学校里只准讲拉丁语，管理很严格。他有时候会逃出去，拽着一张床单从窗户跳下来，到外面去游逛。有一天晚上，他返回寄宿学校时，被看守的神父听到了；他赶紧藏在篱笆墙后面，但没用，神父反复用拉丁语叫他："孩子，出来吧!"他只好乖乖出来了。掌管学校的神父用拉丁语询问他，他语无伦次，因为

---

① 巴贝拉与多姿桃都是皮埃蒙特产的红葡萄品种，这里指使用这两种葡萄酿制的红酒。

他不记得在罗马帝国的语言里"床单"怎么说，于是他受到了一个小小的惩罚。他说，惩罚倒不是因为他偷偷跑出去，跑出去虽然也该批评，但看在他年纪小的分上，倒可以原谅。无法原谅的是他不知道"床单"的拉丁语说法，原因当然是他太淘气——祈祷也是对事物的关注，对造物的感激。

对于唐基洛托来说，拉丁语和酒的学问变成了哲学的智慧，对于我们这些大地上的过客来说，哲学作为一门艺术，可以帮助我们愉快地度过一生。他用拉丁语写了一些对仗的两行诗，赞美他的出生地——奥尔巴萨诺，还有那里的玉米糊；在拉丁语句法的框架下，现实的荒谬混入邪恶的天真里，很像一种难以描述的客观性，由很多元素构成。唐基洛托传记的作者——古尼贝蒂正是带着这种客观性，用一个引经据典的小册子记录下了雷维利亚斯科和附近的佩切托之间长久以来的矛盾。"这两个镇子之间的怨恨，"这位可敬的神父心平气和地写道，"在每年最神圣的那一天必定爆发：神圣星期五的祭祀之后，孩子们从各自的堂区教堂出发，来到加利里亚溪流的两岸，隔着溪流会发生每年一度的扔石子大战，交战的结果是双方都会有人员受伤。"

酿酒学和对拉丁语的爱会激发对别人的仁爱，也会让人意识到生存的喜剧性，信仰和觉悟汇集为一种可爱的、强有力的哲学。唐基洛托的"趣事"揭示了一个人的自由，他明白人和人之间有很大的差别，有的伟大，有的渺小，他们在智慧上也有天壤之别，他知道一个天才和一个可怜人之间的差别，可是在死亡、痛苦和战争面前，这种差别很细微，即便一个天才也不能预料和阻止失眠、贫穷和牙痛。而对生活纯粹的现实，一位天才的特殊天分，就如同一只在喜玛拉雅山前跳得很高的跳蚤。

有了这门哲学，面对死亡就没那么艰难了。唐基洛托的继任明显是个有着哈姆雷特式和巴罗克式趣味的人，喜欢训诫性的骷髅头，在祈祷室旁的花园里，在骷髅头旁边，来访者会看到一行字迹：我曾像你，你将会像我。在临死前几天，八十六岁的唐基洛托在教堂举行逝者纪念日^①时说："这回轮到我了。"然后他补充说："假如有人要抢先一步，我不生气。"

科丽纳山区最著名的镇子——佩切托，"气候温和，空气怡人，非常有利于健康，镇子很宜居，天空澄净，土地肥沃，水果种类繁多，也很美味"。根据它的歌颂者唐尼古拉·古尼贝蒂的说法，不但保证了本地人"体格强壮"，也保证了他们"思维开阔"。教授在威里奥别墅——现在的市政厅所在地——的前厅等候其他人时，在那里看到黑松露和白松露的收获时间表，教授的脑子太有逻辑性了，所以他无法想象，睡上一觉之后就能获得那种开阔的思维，这是每个知识分子都希望拥有的。有许多年他的身份证地址都是莫尼亚街五十六号的白房子，那座房子是属于镇长的。镇长听从焦利蒂的建议，在佩切托的丘陵上遍植如今这些有名的樱桃。在镇子的居民的脸上，包括那些每年只到这里住几天的人脸上，这位本地圣徒传记作者向大家保证："他们的脸上充满了快

---

① 天主教节日，在每年十一月二号举行。

142

乐和真诚的友谊。"因此睡上一晚，有希望开阔思维。

科丽纳山区的石子路和大路一直通往天尽头，然而葡萄藤架的艺术——佩切托在这方面远近闻名——赏心悦目，会吸引行人在藤架下面伫足，穿行其间。这儿的黑夜降临得很早，简直出人意料，时不时有人落在后面，很远很远，或许听到有声音在喊他，可已经太晚了，每个人的一部分和永不归来的人一起走掉了；轮到最后那个人，他自己走掉并不会很费力，他已经轻得跟羽毛一样，因为他身上的许多部分都被埋掉了。然而队列依旧保持完整，名字全保留在那儿，永远保留着，甚至还有所增加；男朋友、女朋友，当然了，在这些年里他们都在袖手旁观，但他们不会让一张面孔、一个眼神、一个有标志性的动作或者声音遗失，他们会以上帝的名义把这些传递下去，传给子孙后代。

时光一年又一年地过去，告别的礼炮越来越频繁地响起；到处擂着鼓，叫你弄不清是新年到了还是在办丧事；在佩切托，墓地也很怡人，秩序井然。而墓穴呢，神学家维托里奥·贝内代托保证说："无论是来度假的人还是外来的人，都渴望能有这样一个归宿。"

另一位本地大诗人卡佩洛上校说，早在上个世纪初，狼在佩切托就已经绝迹了；上校明确说，熊、鹿和野猪消失得更早，乳齿象就更不必说了。这里古代的居民有凯尔特-利古里亚人、陶里斯克人、巴杰尼人、斯塔铁利人、埃布里亚蒂人，几千年以来，他们在这里繁衍生息，像一层层土地。历史是一个花名册，有人和城市，有君主和造反者；葡萄酒名听起来也很辉煌，如同那些最后消失的王朝：卡斯卡洛罗、布拉佐拉塔、奎尔纳扎、莫斯托索、卡里约、曼扎内托、阿瓦纳莱、毛萨诺和卡斯塔尼亚佐。在革命时期，布兰达·卢乔尼率领"基督教群众"来这里清除雅各宾派，途经这些地方时他竖起十字架，领了圣餐，征集各种本地美味，喝得酩酊大醉。

就像巴鲁菲，马洛可也强调了那场冒险的意义："对所有人都有好处，尤其是对君主好处更大。"然而那些君主好像很少利用它的好处，或者为了利用更多好处，他们扩大事态，发动战争，制造更多死亡。有时让人奇怪的是，这种投入了极大热情和关注的死亡竟然没有留下最后的遗嘱。生命推翻了对死亡的预测和声明，一七四〇年那个神职人员写的让人满意的报告中说，在佩切托，"年轻人已经不再打情骂俏"。

给佩切托，或者普遍来说给科丽纳山区带来荣耀的首先是神父和本堂神父，然而，反教权的皮埃蒙特并没有给他们回报以热情。教士们虽然竭尽全力，但收效甚微，正如唐佩尔洛在一八七〇年遇到的那桩事。一个醉汉朝他开了几枪，神父原谅了他，而且还拥抱他；可那个醉汉呢，他走了以后一寻思，折转回来又朝他开了一枪——幸而枪法不准，十年之后，唐佩尔洛乘着轻便小马车经过墓地时，他又挨了三十颗子弹。

《萨伏依王国的建筑》是卡洛·埃马努埃莱二世让人编写的，一六八二年在阿姆斯特丹印刷。在这本书里，乔瓦尼·托马索·博尔戈尼奥绘制的插图，展示了耸立于镇子上的宏伟的佩切托城堡，然而这座城堡根本没有建造起来，图册和真实情况不一致，并没有让那个喜爱不存在事物的人——那人来自的里雅斯特，在哈布斯堡的旅行家赫尔曼·巴尔看来，那不在"任何地方"——像斯韦沃那样在疏离中找到自己的命运。然而，就像人们反复强调的那样，科丽纳山区人杰地灵，能赋予人强壮的肉体和坚定的意志，它通过一种粗犷的方式让人免于想入非非，陷入空无，它引导人们要相信现实，还有对现实的感知。人们记得，维托里奥·贝内代托神父是相面术专家，研究来这里度假的人的面相，圣塞巴斯蒂亚诺教堂的修建日期不确切，这让他十分生气，他知道任何不确切都具有传染性，可能会牵扯到这栋备受瞩目的建筑物的存在问题，他急忙去阻止这种事情发生，他写道："事实上，圣塞巴斯蒂亚诺教堂是存在的，就位于都灵的佩切托。如果把人们的外部感觉作为真实的标准，我们可以也必须得出结论说，它已经建起来了。因而，它的存在也就毋庸置疑了。人们吵得最凶的问题是这座教堂建造的具体年代……"

在皮兰德娄主义盛行的时代，强调一下真实客观性，这很好，否则可能结果不妙。银行家兼议员费利切·杰内洛，有一栋别墅就以他的名字命名，后来那个地方成了科丽纳山区一个风光秀丽的公园。费利切·杰内洛一直投机倒把，后来装疯，结果被关进了疯人院。感谢上帝，事实就是：教堂在那儿，就矗立在人们眼前，造物是真实存在的。如同别墅里茁壮成长的葡萄树，或者如同美丽的洛多维卡·帕斯塔，她的美艳让皮乔塔喷泉出名，在科丽纳山脚下，行人来到这儿，都喜欢在喷泉前驻足。

科丽纳山有一所培养味美思酿酒师和蜜饯师的大学，是一所现实的好学校。不信教的人走进圣塞巴斯蒂亚诺教堂，用手碰到大圣水池的大理石，不得不又重新归信，譬如托马索·阿波斯托洛。在褪色的油画《濯足》中有一张女人的脸，脸蛋俏丽，神秘莫测；秘密就藏在现实中，在存在的事物里，在那张令人难忘的、陌生的脸上。

从圣彼得往上到佩切托，塔卢基别墅就在左边。别墅的正门几乎被常春藤和五叶地锦所掩埋；花园里能看到棕榈树和玉兰树，还有一棵巨大的黎巴嫩雪松。啊，我的新妇，你来自黎巴嫩。王女啊，你的脚在鞋中何其美好。你的胸脯如圆杯，你的腰如一堆麦子，你的两乳好像百合花丛中吃草的一对小鹿，就是母鹿双生的……小径的幽深和年岁深处的黑暗被照亮，在深处有一张脸，这张脸在死亡面前也不会黯然失色，却如同朝霞一样升起——像月亮一样美丽，像太阳一样灿烂，像并肩作战的军队一样可怕——肩并肩，直到夜晚降临。夜晚早已降临，丝毫不能抵挡那个微笑，那微笑如同一道光照亮黑夜；黑暗非常温柔，紧抱住胸脯的手臂，带着笑意的眼睛让人沉沦……

西尔维奥·佩利科①的情况要糟得多；他病恹恹地从靠近蒙卡里耶里的巴洛罗别墅往上走，想在那棵雪松下去追求他心爱的哲

---

① Silvio Pellico（1789—1854），意大利作家、爱国者。

吉娅，但他只是枉费心机。哲吉娅陪同堂姐卡尔洛塔·马尔基奥尼来这儿度假，堂姐是"撒丁皇家剧团"的名角，主演歌剧《里米尼的弗兰契丝卡》或者《吉斯蒙达》一举成名。《我的狱中生活》的作者西尔维奥·佩利科不为自己的文学成就沾沾自喜；他认为那些诗句、悲剧和点燃爱国主义热情的书都是空洞的、没用的，就好像是别人写的。那时候他逃离盛誉，隐藏在教堂的阴影里，通过祈祷去熄灭内心的激情，他的内心如此脆弱，从教堂虚掩的门缝里吹进来一丝风就可以把他吹灭。他名声大噪，蜚声海内外，可他对声誉看得很淡，哲吉娅拒绝了他，他也无所谓；他喜欢怯生生地追求哲吉娅，但可能一句"愿意"就足以让他方寸大乱，对于他生命的蜡烛来说，这太过强劲了。当他念玫瑰经或为大总管写购物清单时，他全然忘我，心里很踏实。

有强者的悲剧，也有弱者的悲剧，诺贝托·博比奥这样写道。他以帕韦塞①为例，说明什么是弱者的悲剧。也许，还有一种悲剧，更加曲折复杂，就是那些清楚自己的软弱，意识到自己不适应历史和生活的人的悲剧；他们一直在抗争，想把自己的无能变为尊严；还有沉默、遗忘的悲剧——在经历激烈的人生之后，他们被迫或强迫自己忘记，抹去自己的存在，让生活变得黯淡无光，成为一个避难所。

佩利科生命的最后几年是非常克制、通过伪装向自己告别的几年，空虚而让人目眩。佩利科无法从"历史"还有"自我"中

---

① Cesare Pavese（1908—1950），意大利诗人、小说家、文学评论家和翻译家，著有《月亮与篝火》《美丽的夏天》等，后自杀。

抽身而出，他为创造历史做出过贡献，他要努力消除自己。也许他对哲吉娅的耐心追求，可以使他从这种可怕的工作中稍稍转移一下注意力，就像是出去散步，正如卡夫卡在写《审判》时，每写完一个章节都要活动活动腿脚。

别墅常常和闲居、爱欲联系在一起：在"皇后的葡萄园①"里发生的爱情故事，如同安妮·维万蒂②在贝尔加利别墅里一边写《暹罗眼镜蛇》，一边折磨她的秘书兼情人马尼斯卡尔基，而他心甘情愿受折磨。她的残酷，还有红衣主教毛里齐奥·迪·萨伏依的谨慎——他因为国家的原因，脱下了红衣主教的袍子——他金屋藏娇，让十三岁的外甥女，也就是他的妻子卢多维卡住在皇后别墅里。德语学者尤其喜欢科丽纳山区的别墅，例如埃列莫的巴巴拉·阿拉松别墅，费内斯特列莱公路上的阿尔杜洛·格拉夫③别墅，卡沃列托的阿尔杜洛·法里内利和莱奥内洛·温琴蒂的别墅。

这里是德国文化研究的中心，意大利的德国问题研究就诞生于这片山区和山脚下的大学。德国文化滋养了阿尔杜洛·格拉夫的诗歌和教学；保罗·拉法埃莱·特洛雅诺很关注思潮出现前的"风吹草动"，正如他所预料的，对尼采的崇拜在都灵很盛行；在世界大战前不久，年轻的葛兰西怀着极大的热情来都灵听法里内利的课，他是意大利德国研究会的创始人，后来他指责法里内利

---

① Vigna di Madama Reale，都灵的一栋别墅，又称阿贝格别墅。
② Annie Vivanti（1868—1942），意大利诗人、作家，著有《离婚的人们》。
③ Arturo Graf（1848—1913），意大利诗人、批评家。

的抒情化修辞，然而当时在葛兰西看来，他是一座热情的火山，一个新文化大陆的发现者，把弟子也拉入了他发现的领域。

法里内利是一个才华出众但品行不端的人，他有一种无法自控的活力。对于生命来说，这是一笔无法估量的财富，然而对于别人的生活，对于他本人的思想，这又是一场灾难，他认为知识是生命非本能的需求，他一直在自我否定。法里内利是意大利第一个德国文学教授，他有能力在意大利推广一种普遍文学，让人们了解到文学的普遍意义，尽管他治学不是很严谨，也过于注意自己形象的塑造，例如有一次他正式访问国外的意大利文化处，他在湖边用石子儿打水漂，假装漫不经心地把一块金表丢进水里，以便把他的奇闻轶事传给子孙后代。

像他那样的性格，当然无法抵抗法西斯的收买，然而他的门下出了几位最伟大的德国文化学者，首屈一指的要数莱奥内洛·温琴蒂，他住在科丽纳山区，在卡沃列托，离法里内利不远，可能他也没有对此感到振奋。

德国文化和文学大多是在都灵被发掘出来的，后来传播到意大利各处，这并非偶然。德国文学是诗歌和哲学的交融，它对于人在现代社会中的命运提出了最根本的问题：人是否能融入越来越复杂、越来越失去个性的社会机制，能否充分实现自我。现代社会或把人根植于历史或碾碎，或让他们看到救赎的海市蜃楼和美杜莎的阴魂。德国文学比任何别的文学都更能抓住现代化的时代特点，人和世界的深层转变，这意味着向"应许之地"的前进，或者让这个"应许之地"从视野中消失，寻求真正的生活或者背离这种生活。都灵——照葛兰西的说法，是"意大利半岛上的现代化城市"——曾经是这种现代化的中心，它创造了一种根植于政治、但不依附于政治的文化。

这种文化看到自己的命运，无论是好是坏，都与新的工业现实紧密联系在一起，还有它的无产阶级——都灵就像意大利的列宁格勒或者底特律——这个阶级从工业现实出发，顽强斗争，按照葛兰西和戈贝蒂的展望，将会成为世界性的代表阶级。

在都灵做德语文学研究意味着要跟命中注定的现代化做清算，跟那个曾经是马克思主义摇篮的德国，跟当时的历史背景和意识形态，还有那种乌托邦力量和脆弱做清算。那个读着荷尔德林的马克思的梦想，正如托马斯·曼说的，是摆脱了异化世界的散文和心灵诗篇的协调，就是德国现代文学的轴心，都灵文化深刻地体验过这个梦想。朱利奥·博拉蒂认为这种文化已经死掉——在历史演进的重压下。这种演进与人民期望的不一样——在五十年代就已经死掉了；如果这是真的，那么它的光芒还在持续放射，像是从一颗熄灭的星体上传来的光，博拉蒂本人——这位朋友的离去使我们的脚步变得更踉跄——通过他的一本书，让这种文化重新活了过来，他对这种文化进行了诊断，结果表明它不必死掉。

当然，如今的现实好像撕碎了戈贝蒂和斯拉塔佩尔[①]的希望，以及这种希望带来的真正的生活。乌托邦倒掉了，通往伊甸园的门都关上了——四处越来越多的门都关上了；许多亚当和夏娃总

---

① Scipio Slataper（1888—1915），意大利作家、领土收复主义者。

是吃到错误的苹果，他们被从人间天堂或还算过得去的地方驱逐出去了。

的里雅斯特和都灵的双份遗产，还有它们没实现的许诺负担起来也许是沉重的。然而就像弗雷德里克·莫罗说的，哪怕仅仅是妓院的前厅，那也是我们得到的最好的东西。因而无论如何，人们照样沿着这条路往前走。尽管德语学生背负的是一些沉重得像砖头一样的书，然而他们也知道如何轻松，例如乔瓦尼·维托里奥·阿莫列蒂也是这样。阿莫列蒂对很多美的东西十分敏感，他总是有些夸张，在文章里很少注意分寸；随着年岁的增长，他变得成熟睿智。他在二十年代已经是《新闻报》的撰稿人，在九十岁时同《帕尔马日报》正式开始合作，在九十六岁时住进了都灵莫利内特医院，他给一位不算年轻，但比他年轻的同僚写了一张字条："我死后，希望在《晚邮报》上登两行讣告，你觉得这是不是太厚颜无耻了？"

几天后，那几行字登在了《晚邮报》上。那封信谈到了他去世的可能性，后来他的确死了，可是他一点也没被死亡的焦虑所折磨。信的最后一句是："我们再说吧！"也许，当周围的人对那个不可避免的结局存有太多悲情，这是一句非常适宜的话——对于戈贝蒂和葛兰西梦想的结局，这句话也同样适用。我们再说吧！

皮埃蒙特人造就了意大利。然而大自然——切萨雷·巴尔博于一八五五年，即意大利统一前六年写道——"造就的意大利人非常有限"，而这些意大利人"希望、愿意、相信（……）自己是，自己必须是意大利人"。每一种身份——尤其是民族身份总是枉然期望这种身份是一成不变的——都是意愿的结果，是英勇的、人造的，如同一种道德规范。乔瓦尼·切纳说，这是"我们皮埃蒙特人的意大利使命"。

假如身份是一种意愿的产物，那也是对自我的否定，因为那是一个人想要成为明显与自己不同的人，他要改变自己的本性，和别人混合在一起。在卡洛·阿尔贝托的时代，托马索·瓦劳里提议宣扬"皮埃蒙特民族文学"，那是像意大利人提拉博斯基①这样的"外国"历史学家没有写进历史的。然而皮埃蒙特身份和意大利身份差不多，也是一种意识形态，很不稳定。每一种身份都是一个聚合体，没有必要去分解它，到达那个无法分解的原子。尽管就像图维斯②所说的，皮埃蒙特人已经对修辞免疫了，这也许是种夸大。

从阿尔菲耶里③往后，真正的皮埃蒙特人——卡洛·迪奥尼索蒂④回忆说——是那些能够"去皮埃蒙特化"的人。这种让自己深爱的根基得到传递的能力，也是历史、自由、欧洲意义的一部分，正是这种能力使皮埃蒙特成了反法西斯的堡垒，那塔利诺·萨佩尼奥⑤甚至说，皮埃蒙特就意味着反法西斯。现如今——经过对抵

① Girolamo Tiraboschi（1731—1794），意大利文学批评家，著有《意大利文学史》。
② Enrico Thovez（1869—1925），意大利诗人、批评家。他用《牧羊人、羊群和风笛》一书反对卡尔杜奇主义和邓南遮主义，提议以英国小说和莱奥帕尔迪为榜样。
③ Vittorio Alfieri（1749—1803），撒丁王国剧作家。
④ Carlo Dionisotti（1908—1998），意大利哲学家、文学史家。
⑤ Natalino Sapegno（1901—1990），意大利文学史家。

抗运动的各种颂扬之后，同时也面对一种令人怀疑的修正，这种修正既不想重新修订各种神话，还原真相，带着虔敬之心理解对手，而是模棱两可，把所有一切置于同一个平面，无论是奥斯威辛的刽子手，还是他们的受害者——我们不能不说，我们是皮埃蒙特人。科丽纳山区也是屠场，一九四四年四月二日，法西斯分子在那儿屠杀了二十七人。

巴尔迪塞罗、帕瓦罗洛、巴尔达萨诺、肖尔泽。叶子是红色和黄色的，在半闭的眼皮下朝着太阳看，会看到一片红色；红色在蔓延，变成了褐色，蝉鸣逐渐沉寂下去，远处一把镰刀发出的沙沙声，黄色和褐色的田地形成的几何图形，还在等着镰刀来收割，或者已经割倒在地，在晴朗的天空下熠熠生辉，就像一张大盾牌上的纹章。

"在这个山区，可以欣赏的地方多得数不清。"达维德·贝尔托洛蒂在一八四〇年这样写道。也可以独自一人在山里走走；以山丘为伴就足够了，那里有把伐倒的栗树层层围住的刺槐，还有栎树林、柏树林都会让人享受孤独。并非厌世的孤独，而是一种开放的心态，假如在绿叶蔽日的小径上遇到别的路人，在那种水绿色的光影里，人们也会停下来聊几句。

泛着蓝光的葡萄树，田原上褐色、铁锈色的斑点，给住在帕瓦罗洛家中的画家卡索拉蒂[①]带来了灵感，他的画中大量运用的就

---

① Felice Casorati（1886—1963），意大利画家。

是这些色彩。科丽纳山区像一场色彩的狂欢。在十八世纪，都灵科学院院士索绪尔先生①为了研究自然的语言而学习了数学。他发明了天蓝仪，以测量天空渐变的蓝色。在马达莱纳山丘上，天空瓦蓝，几乎呈紫色，再往高处，蓝色淡下来，是一种发白的天蓝色；远处，蓝色一点点褪去。巴尔迪塞罗的一位山民住在水井附近，他说，需要一个蓝色测量仪去测量眼睛的颜色，可是后来这事儿没有下文。

巴尔达萨诺很寂静，阳光也很充足。埃及草在雄伟、高贵的城堡缝隙里开着花儿，城堡上红色的斜坡看起来很寂寞。镇上差不多是空的，只有两个年老的女人从窗户里探出头来，不知道她们在说什么，她们很快又消失了。

听人说，"法官"和他妹妹就住在山中一所寂静的房子里，妹妹每天早上送他去都灵，晚上又去接他，把他带回巴尔达萨诺。"法官"——这个称呼是大伙给这个勤奋而热心的先生取的，许多年来，无论严冬酷暑，他都到都灵的街道上来回奔走，尤其是在大学的走廊里出没。他经常穿一件毛领外套，手里总拎一个鼓鼓囊囊的包，里面装满了文件——永远是忙忙碌碌、客客气气但又一意孤行的样子，他让所有人都知道"世界委员会"的活动，为了大家的福利，这个委员会旨在解决一些棘手的问题。

"法官"最频繁光顾的是各个大学和学院的教室。起初，由于

---

① Horace-Bénédict de Saussure（1740—1799），瑞士地质学家、博物学家、发明家。

人多拥挤，非常混乱，也因为他总是很有礼貌，不去打搅别人，因此人们并没有注意到他。教授到德语学院去取一本上课用的书，总会发现他坐在老师的位置上，很专注地用打字机打什么东西，但"法官"会很快站起来，恭敬地告辞，让出位子，他长期占用写字台和打字机，但一切都弄得井井有条，他从来不去动桌子上的资料。

"法官"创立了世界委员会，他坚持把委员会的工作结果通报给各位教授——至少是那些他信任的教授。他亲自主持委员会的工作，态度得体，丝毫没有独断专行的样子，这个世界的秩序和安宁取决于委员会的工作结果。他会见到约翰逊、勃列日涅夫、工会、英国首相、无政府主义者、教会、校长联合会主席、地下团体、企业管理委员会、学生代表团、部长、记者、政党、体育联合会。委员会——假设它一直存在——会解决中东危机、越南战争、核武器扩散、大学人满为患、邮电工作人员罢工、教室不足和交通混乱。

"法官"永远心平气和，委员会的日常让他感到幸福和满足；在那种完美和谐中，他从来不会嵌入另一个辛酸的现实——其他人要面对的现实，在这个现实里，这个地球上的每一个当权者见面不是为了学习，而是为了研究怎么给对方致命的一击；在那个现实里，教室缺乏，交通堵塞，人们都在遭受痛苦。而在委员会的现实里，一切都有头有尾，平坦无阻，一切问题都会得到圆满解决；大家都兄弟般地相互帮助，根本不存在罪恶。在这个和谐的现实中，"法官"长生不老，模样不会发生变化，头发乌黑乌黑的；他可能有七十岁了，可看上去只有四十五岁，他不知道什么是感冒和坐骨神经痛，也不知什么是神经官能症，这些都是困扰着普通人的疾病。

很显然，委员会拥有一支"世界警察"，但是法官说，那是多余的考虑，纯粹是出于形式，因为警察根本没必要。有课时，他打开门只露一下脸，很恭敬地对正在讲课的老师说，不管出了什么事儿，世界警察时刻待命，但老师也不用担心，因为一切都会往好的方向发展，世界警察也没有必要进行干预。他和之前的先驱不同，之前那些人总是梦想用铁腕政策来统治世界，他们觉得世界充满了邪恶的人，必须通过严厉和专制的手段来统治；而"法官"与这些人不同，在他的世界里，人人都充满善意和美好的意愿。

世界委员会只是提出一些睿智的建议，那是以父亲般的慈爱权威提出的建议，这种权威来源于经验，而绝非源自一种精神或意识形态方面的优越感；其他人可以听取意见，然后阐述他们的理由，最后决定怎么做。他常常悲伤而坚定地说，委员会反对不分青红皂白地批评年轻人——"我们都曾经是年轻人，对年轻人耐心点儿吧。"——或工会的过分要求，或者时代的不公正。而他呢，比如说在高中毕业考试时，他会视察各个学校——他可能会被当成教育部的专员——视察完之后，他会满怀热情地赞扬考官的严谨、学生的勤奋和校工的热心。

事实上，他慢慢地占据了德语学院的布告栏。在布告栏上一般会张贴老师的通知，关于考试日期、接待时间等，在这些通知旁边全是他的布告。在这些布告中，他"热情地向所有人致敬"，尤其是"向全世界的教育工作者致敬"，或者向"世界、大学和教工的密切合作"致意，他会列出受嘉奖的委员名单，作为托克维尔①的弟子，他们首先捍卫自由，或者说各种自由。事实上，在声明中会出现一大串连绵不断、谜一样的缩写，或是很多让人看不懂的拼写，他肯定了"不干预"，需要废除那些"威胁性的东西"，"要把权利、和谐共存、合法性、慷慨和防止边缘化结合起来"，要"非财政化"，"保证教职工稳定"，"保持对话的进行"和"整体的灵活性"。

这些油印的声明散布在教室和走廊里。在七十年代热火朝天的学生代表大会上，每当"法官"发表演说时，他那充满时代流行词汇（委员会、社会救助、机构化）、语气平静的发言会在几分钟时间里赢得听众的欢心，会打断学生对教授的谩骂，然而当他以柔和、坚定的口吻说出那个不可或缺的形容词"月亮般的"时，会使听众有些惶惑不安。

他不同意那些谩骂和批判，但也坚持抵制对学生过分的批评，对此他提出了自己的理由。世界是美好的，只需要一点宽容和秩序，尤其需要一个人告诉大家：一些都很好；这样，他站在街上协助疏散交通，或者在剧院的入口处要观众找好自己的位置时，首先是为了让大家心情平静，让一切相安无事。要是有人故意散布危言耸听的小道消息，他会很难过，会很严肃：比如有一份报

---

① Alexis de Tocqueville（1805—1859），法国历史学家、政治思想家。

纸提出了大学出现的危机，他会通过一封信进行反驳，他说，只有一个学院例外，那是"唯一的幸福岛"，他进一步说，"整座大学，甚至全世界都是一座幸福岛"。

那是一个沉重的年代，是鲜血染红道路的恐怖主义横行的年代。他也给"红色旅"写了一份声明，称他们为"永恒序曲的维护者"，可他并不考虑调动"世界警察"出面干预，他一直都不愿意诉诸武力。即使遭到歹徒的攻击和殴打，他也不动用武力；当有人问他还好吗，他会不耐烦地把话题转到委员会上，表现出他根本无暇顾及个人恩怨。

谁说都灵的理性会在暗中转向癫狂，都灵像棋盘一样张开的街道会促使人梦想建立全球机构？说到底，这个委员会并不比联合国或其他高级别的世界组织更不现实。当然，"法官"也有他的偏见：有一次他用遗憾的语气说，所有人都可以参加委员会：俄国人、美国人、将军、长发男人，然而如果不是非常有必要的话，我们愿意把女符号学家排除在外……

已是入夜时分了，虽然落日的余晖还笼罩着科丽纳山区，像朦胧的火焰。"他说，白昼不会死去"：这是伊马基尼菲科①的诗句。可是白昼会死，即使是辉煌的一天也会过去，这他知道得一清二楚，他什么都懂，死亡和美丽的蛊惑，诱惑和强奸的枉然。当乔瓦尼·阿涅利②参议员请求邓南遮为《张开翅膀的胜利女神》

---

① Imaginifico，意为富于想象的人，邓南遮自况语。
② Giovanni Agnelli（1866—1945），意大利企业家，菲亚特汽车公司创始人。

写一段碑文——这座雕像是阿涅利委托雕刻家创作的，矗立在马达莱纳山丘上——那个写出了无法言说的不朽诗作《乌都尔纳》[①]的诗人，马上说出一句最平庸的话：菲亚特之光[②]，正如碑文说的。他太清楚不过了，没人有胆量去揭开那层崇高的外壳，大喊一声：国王没穿衣服。有人出钱买诗，而诗向他亮出屁股。

因而，白昼是要过去的，玛丽萨一直都知道，但她一点儿也不害怕。几乎所有人都要离开，在科丽纳山区，过了肖尔泽就开始下坡了。现在得快点走了，晚餐该准备好了，假如天气不太凉的话，还可以在院子里吃饭。说不定主妇已经在大树底下摆好了桌椅，她了解教授的口味，知道他有多么喜欢那些树，好多年以来他常来这儿吃饭——好多年是什么意思？他感觉时间很短，一切才开始呢。

有人想在苏佩尔加山丘上站一会儿，因为那是科丽纳山区之行的必经之路。但要是为了看那座冷冰冰的纪念碑而耽误了吃晚饭，那就不划算了。那座华丽的纪念碑是维托里奥·阿梅迪奥二世打了胜仗，为感谢上帝专门修造的。如果一定要怀念那位国王，那就最好想象他又老又可怜，被儿子关在蒙卡里耶里城堡里的样子，他丧失了王位和生活，不再是这个山丘上的胜利者。那座为胜利而修建的大教堂，如同所有胜利一样，很容易让人想到死亡，

[①]《乌都尔纳》(Undulna) 为邓南遮一首极美的抒情诗，这里所说的无法言说，指翻译极为困难，简直不可能。

[②]《圣经·创世记》中上帝说的第一句话为"要有光"。这里为双关语，既指《圣经》的开始，也指菲亚特汽车公司在意大利工业中的重要作用。

而死的训诫太多了。毫无疑问，在苏佩尔加山坠机的那个都灵足球队会战胜任何球队。大教堂的几何图案，人们都在称赞它的线条和科丽纳山很和谐，这也是一座理性的纪念碑，人们知道，理性常常会发生令人不安的转变。巴鲁菲刚来到苏佩尔加，就建议低下头从张开的大腿间来欣赏周围的风景。建筑师、测量员阿梅迪奥·格罗西在十八世纪末这样写道：世界已经被人们熟知，但关于单独的省份却很难看到应有的描述。也许因为这个原因，巴鲁菲在为这个省份找寻不同凡响的角度；然而有时候，也要时不时从这个角度看看整个世界。

亚比西托士

彼特里纳楼建在大洛希尼镇上，尼诺总是喜欢讲述那栋楼的故事，人们已经想不起来他第一次讲是什么时候了。关于这栋楼，尤其是关于修建这栋楼的彼得罗船长，说来话长。船长用家族姓氏为这栋楼命名，因为早在威尼斯共和国的时代，这个家族就已经很有名望了。彼得罗船长为威尼斯共和国效力，在塞浦路斯水域打击阿尔及利亚海盗哈吉·贝什尔，一路追赶他——在追赶中遭受了一些小小的损失，主帆被打穿，前帆也被打破——他一直追赶到卡拉马尼亚①海岸，因此获得了圣马可骑士的头衔，也得了一枚金勋章，还有很多赏金。他用这些钱建造了这座房子，但他在房子里只睡过一个晚上。他马上又扬帆远航，仍旧驾驶那艘让他凯旋的战舰——"天赐号"——去锡利群岛那些泛着白沫、波涛汹涌的礁石间送死，结果船沉人亡。那是世界上最可怕的海域，即使最优秀的水手也很容易在那里送命；海浪把船头残余的雕饰木板送到对岸，送到了内海，送到鸢尾花、蓝紫色百合花盛开的特雷斯科岛海滩上，海水冲刷着花岗岩海岸，白色的浪花、蓝色的海水在阳光下像金子一样闪闪发光。彼得罗船长之后，故事讲到了他的孙子或重孙马可那里，他一直生活在那栋楼里，靠赈济度日，后来老死在那里。在他死后，那栋楼就归公了，成为福利院。

无论尼诺第一次讲述这个故事是在什么时候，反正他经常讲，在的里雅斯特家里也会讲起，还有每次在船上也会讲起。每当船把大奥留莱岛抛在了身后，小奥留莱岛出现在右边——岛上的土是红色的，长满了无花果树；蔚蓝色的海水在礁石上拍打出白色的浪花，就像雪花一样——大洛希尼镇进入了视线，他就用手指着岸上教堂的钟楼，还有在风中摇摆的大树，他指出那栋楼的位置，那栋房子虽然如雷贯耳，但隐藏在其他房子中间，不是特别醒目。

也许在有些时刻，尼诺讲那个故事不仅仅是想说明命运的无常，而是想具体说明好几个世纪以来生活在那些岛屿上的意大利人的命运。他们都是有船的人，习惯了在克罗地亚人面前趾高气扬，后来到了第二次世界大战末期，这些意大利人被驱逐了，他们纷纷逃离了这里。斯拉夫人通过起义和报复，从失败的意大利手里夺取了这些土地，成千上万的意大利人背井离乡——如同尼诺的遭遇，他抛弃了家园、船还有其他一切——只有少数人选择留在家里，但那里已经不是他们的家，他们受尽排挤，过着胆战心惊的日子。

---

① Caramania，古地名，旧指安纳托利亚南部海岸。

每次来到群岛上——很少乘船从海上来，经常是把汽车开到伊斯特里亚东岸，从布列斯托瓦乘轮渡，而后在茨雷斯岛的波洛齐内下渡船——每一处"历史"遗迹都是仍旧新鲜的伤痕，但一切都在消散，如同海面上或者道路两旁白色悬崖上的雾霭消失在阳光的照射之下。这是一种《荷马史诗》般的风景，在这种风景中，没有曲折的心路和懊悔的余地。历史被吸收了，如同雨水和冰雹渗透进石灰岩的缝隙里，在最强大、最不易损伤的夏日时光里，还有那些白得耀眼的石头上；历史造成的伤口不会化脓，而是会很快变干愈合，如同船刚一到海岛岸边便赤着脚下船，脚掌踩在带尖的石头上留下的伤口。

山的两侧非常陡峭，从高向低延伸，一直到克瓦内尔海湾。山坡上的金雀花开得很热闹，蓝色的鼠尾草在风中摇摆。"悬崖伸向大海，树木倒映在水面上。"这是罗马诗人卢坎①的诗句，他没有漏掉冬天布拉风的严酷，凛冽的寒风营造的氛围很适合恺撒和庞培在这片海水上展开战争。在去茨雷斯岛（这个岛取名于它的首府）的路上，一切都能看得清清楚楚：岛屿两边，一边是伊斯特里亚，另一边是维里亚岛，再远处是克罗地亚海岸。鼠尾草、爱神木和松树的气息，皮肤上的咸味，迎面吹来的干燥的风，不知疲倦地蝉鸣，像午后浅褐色的阳光一样挥之不去，这是夏日的蜜和铜——大海叫人回忆起童年，要比每个人经历过或者还没有经历过的童年更久远。在这样一个恢弘的世界里，你会感觉自己

---

① Marcus Annaeus Lucanus（39—65），古罗马诗人，史诗《法沙利亚》描述恺撒和庞培之间的战争。

是在家里，如果圣马可骑士居住在他自己修建的房子里。"如同在镜中看到那变化无穷、严酷而迷人的风光，我找到了自己。"玛丽萨·玛迪埃里[1]在小说《碧水》中描绘她在成年后第一次看到她诞生地的风景时产生的感想，她在这些地方找到的不是不复存在的过去，而是世界赋予童年的一片福地。

诺言总是被违背，而不是被否定，因为诺言总是隐藏和守护在内心深处。一个人最真实的面孔是他童年的面孔，生活还没来得及在上面留下痕迹，也没有撕去它要撕去的一切。人海的镜子让那张面孔又浮现出来，海浪的波痕，悬崖的侧影，是一张不会被腐蚀的面孔，它化解了那张精心营造、在岁月里缝缝补补的面具，本来的我重新浮现。"我一转身，就看到了她嘴唇上我的微笑。"玛丽萨·玛迪埃里接着说，那片风景像一面镜子，她在镜子里再次找到了自己，她念出了吉马良斯·罗萨[2]在《伟大的塞尔唐》中让主人公里奥巴尔多说出的话。

海水宛若一面镜子，有人在这片海水里看到了国王的儿子，他说他以前不知道真相，或者他忘记了这件事儿。宏大的夏季会带来伤痛，宽阔的地平线囊括一切，包括所有已经失去的和即将失去的一切。人们很容易忘掉自己是国王的儿子，而去异国他乡沿街乞讨——面对大海，人们不明白怎么会发生这样的事情。彼特里纳船长应该也忘掉了他就是那座房子的主人，他也许感觉自己像个闯入者，所以马上就离开了，落入那无情而苦涩的海水中。

---

① Marisa Madieri（1938—1996），意大利作家，作者的妻子。

② Guimarães Rosa（1908—1967），巴西作家。

尼诺也有过这种体验，在多年背井离乡、经历各种辛酸之后，他又回到这些岛上，他必须出示护照才能回到自己的家里，刚开始他觉得很荒谬，后来他就习惯了流亡者和外国人的身份，在故乡就已这样，更何况在异乡。回到这个海岛，有时人们想，死亡也是这种习惯性遗忘的结果，人们会死去，也许是因为他们忘记了自己是永生的。在吉卜林的故事里，黄道十二宫的金牛被套上犁耕地，身上被磨出了血，记得它对同样被奴役的狮子说的话吗？"兄弟，你要记住，我们曾经都是神呀。"这时候想起来已经晚了，摆脱枷锁已经来不及了。也许这是对的，那是对人所犯错误的一种惩罚，他们体味到了爱情和遗忘的幸福，或者只是预感到了这一切，他们曾经拥有过王国，但他们没有觉察。也许尼诺和他的同乡在外流亡，他们变成外国人，这也是一种残酷的惩罚，因为他们之前在别人面前表现得像外国人，现在他们又表现得像征服者，或者说自己家中的外国人。

茨雷斯岛是亚得里亚海东岸上千座岛屿中的一座，这是普林尼仔仔细细计算过的。早在一七七一年，福尔蒂斯神父——启蒙主义旅行家，他相信进步，但有所保留——认为茨雷斯岛和洛希尼岛，尽管中间有一条狭窄的河道在奥赛罗将它们隔开，只有这两座岛屿是开放的，适合史前人类居住。茨雷斯岛和洛希尼岛连成一条线，把克瓦内尔海湾纵向切开，成为海湾的中心：有一些小岛点缀在海湾最南边：伊洛维克岛、恩姆比的圣彼得岛，大小两个奥留莱岛。这些小岛之后就是另一片海，另一个世界。克瓦内尔是空灵的威尼斯风格和中欧大陆的厚重风格的相遇之处，这两种风格在阜姆融合，并延伸到亚得里亚海两岸的白房子上；再往前一点是一片开阔的空间，那是更加荒芜的礁石，更加宽阔的海岸，以及更加繁茂的树木，一个更生机勃勃的东方和南方，北方严峻气候的痕迹越来越少，在伊斯特里亚和克瓦内尔岛屿的阳光中，在巉岩间，依稀还有北方的痕迹。

奥赛罗的河道是一道极细的门槛，把不同的风景隔开。茨雷斯岛更加荒芜，有布拉风留下的痕迹，还有腐蚀很严重的石灰岩。岛上的花，常见的是鼠尾草和金雀花，建筑物矮小，渔民的白房子建在岸边；城里是又细又高的威尼斯风格建筑。在洛希尼岛上生长着龙舌兰、棕榈树、紫茉莉、白丝兰、橘子树、柠檬树，还有在一月份就开花的杏树，以及奥匈帝国风格的别墅和花园，比如卡洛·斯特法诺主教的花园，那是海岸的甜美风格，之前——贾科莫·斯科蒂在他飘忽不定的旅行中，已经让大家领略到了这种岛屿风格——是维纳斯冬季最喜欢居住的地方，上个世纪末成了维也纳和布达佩斯的贵族和大资本家最倾心的度假胜地。

爱神生于海中，无法想象她离开大海的情景。天空之神乌拉诺斯的生殖器被儿子克洛诺斯用镰刀割掉，落入海中，维纳斯从而诞生。人们愿意相信一种不是很考究的词源学，也就是说克洛诺斯代表的是"时间"，他把"无限的黄天"割了一片，让它落入海里，同爱情一起，成了"无限"的回声，这是对时间的挑战。词源学的考证并不合理，因为废黜父亲乌拉诺斯的神——克洛诺斯——和时间没什么关系，他只喜欢有时候把一只海螺放在耳朵

166

上，假装这个空洞发出的嗡嗡声就是大海的声音。再说，一切也并不是这么空无，只要抬起眼睛，大海就在眼前，永不枯竭，无法言说。玛丽萨从海水里出来，第一次、第一百次，每年夏天都是唯一的、不可重复的，一个夏天接一个夏天串在一起，如同念珠上的珠子。时间把这些夏天磨圆了，如同沙滩上的小圆石子，在一块石头和另一块石头之间，打开的是无限。

在茨雷斯岛，那些有钱人家——贵族或者名门望族——基本都是地主；洛希尼岛的航海学校非常有名，培养长途航行的船长，他们熟悉这个世界上的大洋和航线，普列姆达家族、格拉杜里奇家族、拉古辛家族，他们是船主中的佼佼者，科苏里奇家族和马尔蒂诺里奇家族，他们经营的货船和帆船在世界上的海港远近闻名。茨雷斯岛有着显赫、悠久的历史，曾为古罗马和威尼斯共和国的殖民地，洛希尼岛很快超越了茨雷斯岛，但它很晚才崭露头角，这个岛上除了威尼斯和克罗地亚留下的印记，还有奥匈帝国留下的痕迹，而在茨雷斯岛，这些印记并不是很明显。

在很多个世纪里，这里经历了不同的统治者，从威尼斯到奥地利，从意大利到铁托的南斯拉夫。两个岛屿一贯维持着自己独特的多重身份，一直维持着同伊斯特里亚的联系。图季曼①政权试图粉碎这种身份和联系，通过行政干预使这些岛和大陆各省联系起来，而在历史上和文化上，它们并没有太多关联，这种干预的目的在于削弱亚得里亚海岛屿的民主自治运动，因为岛民不愿服

---

① Franjo Tudjman（1922—1999），克罗地亚政治家、历史学家、军人，现代克罗地亚共和国首任总统，国父。

从克罗地亚政府，还有中央集权主义的压制。"意大利法西斯党徒都没有让我们屈服，现在这帮人当然更不行了。"伊沃说。他是克罗地亚人，年轻时给墨索里尼的黑衫军制造了很多麻烦，在苏萨克岛①或者说桑塞戈岛对面的小饭馆里，他一边给客人的杯子里斟满酒，一边说。桑塞戈岛是这片海上唯一的沙岛，也许是由波河或海底的神秘河道在几千年里冲来的软泥淤积起来的。

伊沃饮完一杯，又给客人的杯子斟满。他不时地重复这个动作，这是他唯一的职责，其余的工作——煮饭，刷盘子，打扫房间，挤羊奶，喂鸡，去洛希尼岛采购，补渔网都是他妻子做。对于图季曼，您有什么样的看法？"呵，我很想宰了他。"他平静地回答说，脸上的神情好像在思考怎么去实施这个计划。

茨雷斯、克列普萨、克列霞、凯尔西缪姆、卡列斯——这是这座岛屿的拉丁名、伊利里亚②名、斯拉夫名和意大利名。对纯粹人种的徒劳探索一直追溯到了最古老的根源；人们为字源，为拼写争吵得面红耳赤，处心积虑地想要澄清是哪一个民族先把脚印留在了白色的海滩上，那些人被地中海丛林中的荆棘划伤皮肤，好像只有这样才能取得真正的主宰权，才能真正拥有这些深绿色的水域，还有飘散在风中的芬芳。

这种追溯永远也无法到达最深处，没法到尽头和起点。稍微分析和挖掘一个意大利化了的姓氏，就能让它显现本来的斯拉夫

---

① Susak，克罗地亚岛屿，位于亚得里亚海北部。下文桑塞戈岛是它的意大利语称呼。
② Illyria，欧洲历史上的一个地区，位于今巴尔干半岛西北部。

面目，"布萨尼"原是斯拉夫姓氏"布萨尼什"，"切基尼"原是"切科"，如果继续追根溯源，有时会挖掘到一个更古老的层面，一个名字可能来自亚得里亚海对岸，或来自别的地方。那些名字从一个海岸来到另一个海岸，从一种拼写跳到另一种拼写，沧海桑田，生命之水是一片容易下陷的沼泽地。"洛森基"是克罗地亚化了的"洛希尼"，用威尼托话叫做"卢森"，也许来自"luscinius"，意思是"夜莺"，也许来自克罗地亚语"luzina"，意思是"矮树丛"，或者来自"loše"，意思是"烂地"，指长满了荆棘难以通行的地面，据另一些人说，这个名字来源于"loza"，意为"葡萄藤"。

科尔基斯人、希腊人、罗马人、伊斯特里亚人、利布尔尼亚人、伊利里亚人、哥特人、法兰克人、拜占庭人、斯拉夫人、威尼斯人、萨拉森人、克罗地亚人；内里吉恩①的战船在勒班陀战役②中立下汗马功劳；匈牙利国王贝拉③在鞑靼人入侵时逃到了这里，此地因此得名贝利。茨雷斯人民拥向广场，反对降下威尼斯共和国的旗帜④；法兰西人、奥地利人、意大利人、德国人、南斯拉夫人——这些人民就像磨坊的小麦，被历史的车轮碾磨，在当时非常痛苦，留在土地上的是斑斑血迹，等到血迹干了，土地里长出来的小麦做的面包却香味扑鼻。大海时不时掀起海浪，那是

---

① Nerezine，地名，位于洛希尼岛。
② 勒班陀战役发生于一五七二年十月七日，是以西班牙帝国、威尼斯共和国为主力的神圣同盟舰队与奥斯曼帝国海军在希腊勒班陀近海展开的一场声势浩大的海战。
③ 指贝拉四世（1235—1270 年在位）。
④ 一七九七年，当威尼斯共和国垮台时，茨雷斯人民由于热爱威尼斯政府而发动了起义。

摧毁一切的风暴，编年史记载的全是屠杀。奥赛罗岛被萨拉森人、诺曼人、乌斯科克人和热那亚人轮番洗劫。轰隆的雷声盖住了其他声音，海水涤荡着留下血污的海岸，然而有人躲在暗处，把这一切全都记录了下来，等时机一到就会拿出账单。

在这些大海的地图上，每个人都有自己的一套地名，不论是强硬的民族主义者——他们用意大利语或克罗地亚语称呼所有地名，固执地认为这个世界上只有一个种族，他们否认其他人的存在，尽管那些人也属于这个世界——还是来自意大利的编年史家，他从来不说"London①"或"Beograd②"，但是会说"里耶卡"而不是"阜姆"，因为无知，或者害怕被当成复仇主义者。那幅镶嵌画本身变化不定，每个人按照自己对于世界的经验进行组合，可以把"奥赛罗"称为"奥索尔"或者把"圣米凯莱"称为"米霍拉石卡"，这要看对于他来说，哪种文明占主体。"可是我为什么讲意大利语呢？"茨雷斯的一个女人提出这个问题，她弄不清从她嘴里说出来的这些话是从哪儿来的，对于她来说，语言和所有其他东西是一体的，她相信住在她家里的那位的里雅斯特学者——受到意大利社团邀请的研讨会发言人，兴许会给她一个满意的解释。

用不同文字书写的地名构成了一个命运的迷宫。在米霍拉石卡，一个辛提人同克罗地亚民族主义本堂神父发生争执，因为神父不愿意在教堂里听到有人用意大利语唱《看看你的人民吧》，后

---

① 伦敦，在意大利语里拼写为 Londra。
② 贝尔格莱德，在意大利语里拼写为 Belgrado。

来，他请求附近餐馆的一位顾客给他解释这首赞美诗的意思。卢贝尼泽位于高高的茨雷斯山上，长期经历着风吹雨打，在法西斯强迫本地人姓氏意大利化的年代——村长里维·奥伊萨卡·西洛维什一面翻阅一大堆旧文件，一面讲述，他用不纯正的佛罗伦萨语写报告说——其他人都改了姓名，"克拉尔"变成了"莱"；"阿梅尔德勒"变成了"奥多罗索"，有一个叫"德拉奇奇"的人不愿意改名换姓，他永远都是德拉奇奇，"他很恼怒地对我说，你们看着办吧"。

总而言之，本地人把"圣米凯莱"叫做"米霍拉石卡"，他们不会改口。每个地方都可以是世界的中心。米霍拉石卡什么都没有；也许正由于这个原因，才有人觉得那里是世界的中心。这是一个开放的世界，充满风和阳光，夜晚的地平线是紫色的，潮水慢慢涨上来，淹没了一些岛屿的轮廓。世界在只有两步远的地方，就在迷人的圣马丁镇，那里有一道海堤，旁边停泊着很多白色的游艇，马其顿的阿尔巴尼亚人每年夏季都会来这里，都会带着制作冰淇淋的设备和他们的女人。冰淇淋很受欢迎，他们的女人总是被关在房子里，顶多在一大早，外面没有人时，男人才带她们出来转一转。

米霍拉石卡的房子和居民把地平线点缀得很美丽。因为这里的居民既不傲慢地占据岛屿的中心，也没有把这个地方挤得满满的，他们四处散居着，在天空风云变幻的巨大背景下，他们只是一些黯淡的影子。一条船停泊在海堤旁边，还有一条船停留在大海中央，帆船的影子在波光中荡漾。历史经过海水的冲刷和侵蚀，夏天在海滩上翻滚而去，一年年的夏季重叠混淆在一起，磨得如同又白又光滑的鹅卵石。塔妮亚坐在一块大石头上，她在和海浪嬉戏，浪花不停地把球带到她跟前；她快长成了大姑娘了，还像狍子一样淘气。"我们都老了。"她伯父嘴里嘟囔着。父亲兄弟六个，伯父是最年长的一个，论年纪都可以当她爷爷了。一大早，伯父就喝着本地的李子酒，不再搭理巴比奇先生，他刚从卡尔洛瓦次米，也喝着李子酒，他愉快地闲扯着铁托。弗朗切斯科和保罗站在岸边，他们的童年就是和这个世界的亲昵关系。

岛上有一些人家，一到夏天就挤满了客人和亲朋好友。岛上有一家餐馆，还有一家小教堂，由岛上的居民和餐馆老板轮流开门，教堂里有一幅圣米凯莱的画像。圣米凯莱是这个镇子的保护神，他正在刺杀一条落在地上的巨龙。大天使的宝剑刺中巨龙的咽喉，上天的最终胜利好像是必然的，然而就在这时，巨龙的嘴里依然吐着火焰，天使一不小心就会被它的獠牙咬住；在大海中，许多张凶残的嘴在吞吃小鱼儿，每个人都受制于一些人或一些事，都在别人的嘴边，但巨龙从天上掉下来时，带着天堂的一片，就是这片海湾和海水掩盖着的灾难。

镇上的姓氏不外乎两三个：库契奇、萨加尼克；一位女邻居说她奶奶一共生育了十八个孩子，晚上她安顿好孩子，把他们哄睡着之后，又披星戴月地织布。几十年以后，米霍拉石卡的居民总数都没有超过十八个。一年年过去，如潮涨潮落，弗朗切斯科和保罗有好几个夏天没同我们一起来米霍拉石卡。今年夏天，他们也回来了，用岸边的石头建造他们的生活。塔妮亚的球被海浪卷走了，但多亏了李子酒和伯父，球又得救了。可是塔妮亚的女儿芭芭拉对气球不感兴趣，她喜欢蚂蚱，那是她从海水里救出来的。她把蚂蚱握在手心里，蚂蚱断了一条翅膀，可她照样很喜欢。她对古萨尔说，这是我的，它只认我。古萨尔没有家，他住在一艘破船上，在海湾这儿睡上几夜，那儿睡上几宿，他驾着那艘破船去捕墨斗鱼，或带游客出海。一阵风吹来，吹走芭芭拉手里的蚂蚱，蚂蚱被风吹到海里消失了。小女孩哭闹起来，大声嚷着，那蚂蚱是她的，她只要那只，不要其他的。

我的蚂蚱，我的海浪。正是那道泛起白色泡沫、奔腾着的海浪，正是那个弧度。应该有一道永远不会散开的浪，一张永远不会从海水里消失的面孔，好像一直映在这片海水里，从遥远得无法回忆、像夏天一样消散的时光开始，包含着所有在一起的日子。巴比奇夫人的女儿跑向大海，美丽的姑娘欢笑着，露出洁白的牙齿，她们跳进水里溅起的白色水花如同洁白的海鸥，浪花散开，女孩儿的哭声已经被海浪掩盖，塔妮亚在呼唤女儿回家吃饭。

不，好像不对，夏天很容易混淆，夏天的太阳总是一样的；刚才应该是巴比奇夫人的侄女，因为纳迪亚——塔妮亚的妹妹——过十六岁生日时，她爸喝得有点醉，错打了一个男孩子耳光，挨打的不是那个追他女儿的男孩子，而是另一个不相干的人。桑树后面的那栋房子当时也没有，每年树上都结满了桑葚，岛上的孩子采下来吃，桑葚血红色的液汁染红了他们的脸和胳膊。现在她女儿在那个房间里，同其他女伴还有从克拉伊纳战争回来的男朋友一起聚会。母亲、女儿或侄女，这并不重要，重要的是女人就应该有个样儿，尤雷说。几年前他就和芭芭拉结婚了，他用手比划出大胸脯、细腰，其他都是……他"吧唧"了一下嘴，用手背在下巴上蹭了蹭，而他的邻居通科看到那天晚上有烤羊，也急急忙忙来了，他抗议说，屁股也不应被忽视呀。

玛丽亚——格里哈夫人的妈妈，五月份同丈夫、儿子从萨格勒布来到这儿，收拾好他们过夏天的房子。直到几个月以前，她还从来没有离开过圣伊万镇，小镇离这儿没有几步远，而现在呢，她刚从纽约看了儿子回来。您喜欢纽约吗？是的，因为她耳背，在别人反复追问下，她很随和地回答着。是的，美国很漂亮，可是有点旧，那些马车、马、电话也太少了。你走在街上想打个电话，不知往哪儿走，可是在圣伊万就方便多了，电话就在附近的铺子里，走两步就到了。可是美国的城市很美，她郑重地反复强调，就是建筑有点儿旧。然后她又陷入沉默，谁也不理睬，眼睛盯着某个地方。天色已经很晚了。

圣伊万镇有一处公墓，公墓里葬的也有其他两个镇子——米霍拉石卡和圣马丁——的逝者。墓碑里有一块是小提琴教师维莱米尔·杜基纳的墓碑，他死时才二十九岁。照片上的小伙子长着一张英俊、开朗、热情的脸。维莱米尔热爱这片土地，一有空闲就来这儿。他谱写出非常美丽动听的歌，其中一曲歌颂了米霍拉石卡的蓝色海水。他从一次远行归来——他去另一片大陆探望母亲，母亲很早之前离开他们，生活在很远的地方，探望归来后，他就在一座大城市的旅馆里自杀了。他留下了遗言说，不要把他葬在他生活的城市的里雅斯特，而要葬在圣伊万。人们问玛丽亚是不是认识这个小伙子，老妇人神情木然地回答，认识。

天色已晚，夜幕降临，多少个夜晚交织在一起。在夏天的炎热里，在有些沧桑的面孔上，这些夜晚一样也不一样。羊肉在炭火上烤着，巴比奇先生一边转动着烤肉扦子，往上面淋油，一边还赞扬着克罗地亚政府在波斯尼亚战争中推行的政策；饭馆老板托尼瞟了他一眼，什么也没有说，眼神有些恍惚，就像那条叫"马克斯"的狗看着那些它不能下嘴的母鸡。"我们这些妇道人家，对政治搞不大懂。"格里哈夫人说，极力改变话题。酒颜色很深，劲儿很大，羊肉烤得外焦里嫩。"可怜的妈妈，"格里哈夫人又说，"不知道为什么，烤羊肉她不喜欢放迷迭香。妈妈，不放迷迭香怎么吃啊？我总是对她这么说，而她坚持不放，真是没办法。"尤雷和通科哼着歌儿："遥远，遥远的海岸……"后来他们不唱了。特奥多洛从路那边的菜园子里走了过来，戴一顶头盔，上面又套了一顶殖民地时期的头盔，手里拿根棍子，肩上扛把镰刀。有时候一连好几个月，他谁都不认，往教堂的墙上撒尿。他并没有什么恶意，尤雷解释说，他不会想那么多。"好日子结束了！"特奥多洛从暗处走出来喊道，火光把他的镰刀映得闪闪发光。这样一来，米霍拉石卡便什么都有了，包括说真话的傻子。

加尼多莱岛的保罗也有他的光辉岁月，这些记忆保存在岛民的心中，他的故事口口相传，总是同样的话。加尼多莱在克罗地亚语中为"斯拉卡内岛"，是一个长满芦苇的小岛，位于洛希尼岛以西几公里远的地方，现在越来越荒芜了。十几年前，岛上尚有一百五十余人，在短短几年内锐减为十二人，几乎全是些老人；每逢夏天，在南斯拉夫的残酷战争还没有威胁到克瓦内尔湾时，那些移民到大陆或美国的人会回这里，每年住上一两个星期，探望亲朋好友。还有那些来度假的人的游艇，也会系缆在岛上停留几个小时。

加尼多莱岛周围的岛屿，有的荒无人烟，有的人口密集，自古以来，他们的生活中就只有大海、浪花和潮汐，每年夏季，从五月到九月，他们经营咖啡馆和旅馆。还有一些岛上没人居住，或一年中只有几个月有人住，或全年都有人居住，这些人像其他人一样，被嵌入世界这本浩瀚的书里。加尼多莱岛置身事外，人们过着一成不变的古老生活，这种生活也在逐渐消失。那儿没有宾馆、酒吧和度假的人；十几年前修建的学校已经废弃了，在教室墙上还能看到有人用意大利语和克罗地亚语写的脏话，还有当时学生写的求爱表白。在加尼多莱岛上长着许多芦苇和无花果树，散养着几只山羊，种着一些葡萄树，刚够少数居民吃喝的。到了冬天，当克瓦内尔湾上的布拉风刮得强劲时，岛上的居民便和他们的物资来源——大岛洛希尼——失去联系，他们有两三个星期只能眼巴巴等着天气转晴，等待着新鲜面包送过来。

加尼多莱和洛希尼岛之间的距离很近，但要比从洛希尼到慕尼黑或纽约的上百或上千公里的距离还要遥远，因为那是时间上的间隔而不是空间上的阻隔，很快，这种时差会伴随着岛上居民的消失而消失，比如附近的小加尼多莱岛已经成为一个无人岛了。死亡会把加尼多莱变得和其他岛屿一样，海水呈现一种难以名状、让人赞叹的颜色，这个岛屿会成为游客停留几个小时的地方，世界组织已经把这个地方列入夏日旅游目的地。

那还是在南斯拉夫时期，有一年七月，一个特别健谈、爱用格言警句的船夫在驾船前往野兔岛时，讲到了保罗的故事。野兔岛位于米霍拉石卡岛对面，岛上生活着很多野兔，但不容易看到。保罗的故事是这样的，二十世纪五十年代初期，这些岛屿的所有权刚从意大利转移到了南斯拉夫社会主义联邦共和国，南斯拉夫要求保罗去服兵役。保罗认为在二战期间，尽管他是守寡的母亲唯一的依靠，为了墨索里尼和帝国颇有争议的光荣，他在前线度过了四年，这已经是一种浪费。更何况这些行动让他生活的岛付出了改旗换帜的代价。他拒绝到南斯拉夫部队去报到，只想留在家里照顾年迈的母亲。警察到他家里来捉他，扑了个空，他藏了起来；一支部队在岛上登陆，呈扇形包围了这个只有一点二平方公里的小岛，也徒劳无获。在十二月份，保罗躲在海上的礁石中间，只露出一对眼睛，看着他们徒劳地搜寻。

面对警察的搜寻，镇上的人都不吭声，他们对搜寻者的仇恨就像猎物对猎人的仇恨；一位小学教员受到了审讯，他回答说他不能既当老师又当警察。他这个回答至今仍在岛上流传，一字不差。部队长官回到营地，报告说保罗不在加尼多莱岛上，保罗却托人传口信说，他在岛上。可是到了这儿，故事就有点儿乱了，南斯拉夫军官表现出了仁慈的智慧，通过一位中尉的斡旋，来到了这里，同这个抵抗者达成一致，保罗同意服一段时间兵役。

保罗骗过了警察和军队，那是一支把德国人置于困境的军队。听到他的故事后，很自然想去寻找他。几天后，一行人坐上了去加尼多莱岛的船。到了岛上，听不到平日里生活的嘈杂、儿童的喧闹、劳动的声响。房子不是断壁残垣，就是用砖石堵住了门窗，看上去像一座座坟茔。一位老者呆坐在一张椅子上，手里拿着一朵花；满是皱纹的脸上，眼睛眯成一条细缝，就好像他在长年的日光照射下一直眯着眼睛，后来便成了这副样子。一位残疾人，看不清性别，在墙角的阴凉处席地而坐，看着人海，偶尔有船只经过，别人跟他打招呼，他叽咕一声算是回答。他挥舞着两条变形的胳膊，口里流着涎水，脸上露出的微笑热情而阳光。岛上的人沉静而神秘，如同岛上的石头，与平庸的观光客相比，他们很高大。观光客穿着尴尬的泳装，显得很优越，也很无聊和空虚。

岛上的房子和人都很少，没有人穿军装，但要找到保罗并不难。他老了，显得比实际年龄更老，胡子乱七八糟，身子有些颤巍巍；镜片后面只有一只眼睛，他不住地用颤抖的手擦拭那个空荡荡的眼眶里的眼屎。他很热情，也很高兴，又有些满不在乎。他讲述的故事跟船夫讲的一模一样，还包括老师那句著名的声明，就好像老师是从他那儿学来的，背诵下来的。

面朝永不平息的大海，一个人被遥远的光晕罩住，他会相信自己依然是神，是永生的。这位加尼多莱岛的英雄，他颤颤巍巍地说，他把一只玻璃眼珠子丢在了芦苇丛中，另一只眼睛的视力也越来越弱了。教授问他有没有糖尿病，他用一种满怀信心，对于诊断非常确信的语气说："说对了，我就是得了糖尿病，你们说对了。"他又讲到无花果树，讲到树根破坏了蓄水池，因而他不得不把树砍掉。

这位加尼多莱英雄在等待死亡，他视力模糊，在死亡来临之前可能会变瞎，因为岛上没有人能给他注射胰岛素。一种无以名状的、缓慢而安全的安乐死在向这个昔日的英雄靠近。眼前这位老者，他曾经胆敢挑战一支军队，现今连胡子都刮不动了，他明白：忘掉自己曾经是神，这是不可避免的。

然而，在他浑浑噩噩走向毁灭的过程中，有某种尊贵的东西，那就是平静。他妻子带着羞怯的神情送来一壶清凉的水，她站在一边，几乎有些害怕，从她的脸上只能看到古老的忍辱负重，对生活的逆来顺受，受挫的热情，那是一个从来都没辉煌过、生活一片空无的人的神情。那张脸与完美和谐的天空和大海形成强烈的反衬。

她讲了一个夭折的儿子的故事；她用一丝骄傲的语气补充说，她有兄弟姐妹在美国，他们不定期寄些美元来。她的神情里带着抱歉，好像请求别人原谅她的存在。来访的人中有一个和她交谈，向她投去了热情而尊敬的目光，她变得开朗一些，也许由于这个原因，在末日审判的那一天，这个态度和蔼的人的很多罪过都会得到原谅。她在她的男人旁边枯萎，那个被生活击败、形同槁木的脆弱的英雄，即使正在腐朽也充满了英雄气概。也许真正的皇冠悄悄地戴在一个没名字、没故事的女人头上，因为她所负载的重量比一支军队的追赶还要沉重，她脸上依然保留着一种尊贵，要比保罗——加尼多莱英雄——更尊贵。

179

茨雷斯、洛希尼及周围的群岛被称为"亚比西托士"，这是美狄亚的弟弟的名字。美狄亚爱慕伊阿宋，她通过阴谋把弟弟吸引到这片水域来。他的尸体被剁成碎片，投入海水中，于是生出了这些神圣的岛屿。阿耳戈号上的英雄带着偷来的金羊毛，要逃离科尔喀斯，他们的船经过了多瑙河、萨瓦河和其他河流，从一条河走到另一条河时，他们就把船扛在肩上。他们一直来到亚得里亚海，来到克瓦内尔海湾，追赶的科尔喀斯舰队在海湾等着他们，为首的是亚比西托士，在奥赛罗岛，他落入陷阱，后来被杀死。

大海是陷阱，是死亡的地方。在海上又一次是欺骗、罪恶以及一个女人的帮助拯救了伊阿宋，这个盗贼、诱惑者，这个默不作声、不可靠的英雄，人们知道，他不如阿耳戈号上的其他英雄英勇，他投掷标枪不如麦莱亚戈，箭法不如法勒洛，然而他善于制造声势，组织英雄创立伟业，惯于卖弄虚名，更擅长勾引女性。他带着玩弄和利用的心态，和那些坠入爱河的女人在一起，她们为他作出了各种牺牲，解决他的燃眉之急；而他总是带着一个乖男孩的忧郁神情，无情无义地抛弃她们，还佯装根本不明白为什么会发生这种事情，他只是屈从生活和内心的矛盾。

神话总是带着一层彩色镜片，会折射出很多故事，也需要牺牲品。伊阿宋很快做出了决定，女人可以牺牲；他对美狄亚的利用简直到了敲骨吸髓的地步，包括在这片海的海岸上。传说，阿耳戈号经过不同的大海，从地中海到达克罗尼奥海，也就是白海，到达大洋西部的水域，在那儿，金羊毛在夜色中闪闪发光，然而研究神话的人推断他们到达的是克瓦内尔海湾，来到了这些岛屿是比较可信的，这里的风景绝对亲切，也有一种让人难以承受的陌生，特别像每次远行归来的感觉。

罗伯特·格雷夫斯①把喀耳刻岛也归为这个地方："如今这座岛叫洛希尼。"桂树的树荫遮盖了神居所前的紫色大海，狗和猪在树丛中拱食；蝉的鸣叫震动着松针间的空气；光束在松枝间闪烁；女神编织着她不朽的网子。格雷夫斯喜欢置身于喀耳刻的权力之下，喀耳刻性格反复无常，喜欢把男人变成任她骑的牲口，喜欢对他们召之即来挥之即去。也许格雷夫斯把女巫居住的艾尤岛定位到洛希尼岛，这是因为伪西拉克斯在公元前四世纪写的《伯里浦鲁斯游记》。根据他的描述，在洛希尼岛上，女人随心所欲地统治着男人，她们同奴隶交媾，同她们过夜的男人也被变成奴隶。爱欲之神厄洛斯带着甜腥的野性，喀耳刻的床释放了情人动物般的激情，下到海里，就像上到女神的床上。

神话让多瑙河流入到亚得里亚海，表达出一种将恐惧、执着、羞怯和防备融化的决心——河道流经的大陆带来的全是这些东西——在松弛、让人沉醉的海洋中，一定存在一些自在的生命，它们不会为某个目标消耗自己，不会焦急地去忙碌，为那些做过的事情，经历过的事情费心，而是沉浸在一种漫无目的、无忧无虑的幸福之中，总是处于一种逍遥自在的状态。大海在血管里奔流，海水是物种和生命的源头，一个人在生命的最初阶段，他要

---

① Robert Graves（1895—1985），英国诗人。

学会像鱼那样呼吸，在走路之前要学会游泳。也许正是生命的这种亲水性，使海滨的文明更淳朴，更热情，对异乡人和不同的人更开放，在岛上居民的眼睛里，在他们的脸上，很容易看到这种清澈和坦诚。

　　米洛从阿尔贝岛上返回了，他刚用船把几位游客送到那里，他在穿着扦子的烤羊旁边讲了一件事儿。这件事每年都会被提到，只是含有细微的差别。在第二次世界大战期间，阿尔贝岛上建立了一座集中营，这座集中营距离坎波尔海湾不远，是在德国军官的监督下、由意大利的罗阿塔将军指挥建造的，许多斯拉夫人、犹太人还有儿童都死在了这个集中营。最近几年，人们传言看到集中营的看守回到这里。

　　每年夏天在阿尔贝都有旅游者——几乎总是德国人——被认出来是当时的监工，一些人赞同这种看法，另一些人不赞同，一段时间过后，这些暗中的侦察和交头接耳都烟消云散。时间是乔装打扮的行家里手，时间会改变人们的面部线条和表情，许多年以后，很难辨认出一张曾经高高在上的脸，他的权威已经被抹去了。一般说来，杀人犯的外貌与常人无异，和很多普通人都很像。

　　今年格外引人注意的是一对德国情侣，他们住在米洛的两个朋友开的一家旅馆里。晚上，米洛常常带着游客在岛上游览，经常对这对情侣指指点点。她是一个年轻女子，脸上没有什么表情，皮肤浅红，在阳光的曝晒下很容易开裂蜕皮，总是赤着脚；而男人是一个六十开外的老头子，后颈的头发剪得短短的，蓝色的眼睛总是眯着，好像半闭着。他们两个待在沙滩上，或者走在树林里；那是个烈日炎炎的夏天，空气沉闷，蝉在嘶叫。大家都说他时不时到阵亡战士陵园去踱步。陵园建在集中营所在地；可以肯定的是，他喜欢去那儿活动活动筋骨。

听人说，有一次他在超市买香烟，在付款台，斯米尔卡太太——她曾经眼睁睁地看着丈夫被带到集中营的木棚子里，后来再也没有活着出来——在找零钱时，死死地盯着他那双细眯眼。"就像头上的两条细缝。"埃卜内尔教授评论说，他是戈里齐亚人，住在旅馆里，那时候他也在超市。斯米尔卡太太顿时产生一种奇异的感觉，她直直地盯着他。与此同时，他也面无表情地望着她，只是脸上的肌肉有些抽搐，活像一只埋伏在那里准备进攻的猫咪——她当时觉得这个男人看起来很眼熟，而且有些奇怪。然而，围绕着她的一切都怪怪的，包括那些红色和粉色的夹竹桃，因为一点儿风也没有，它们在大太阳下纹丝不动，那些巨大、多肉、淫秽的陌生花儿也很怪异。她摇了摇头，她不喜欢稀奇古怪的想法，她给那个男人找了零钱，他默默地从超市出去了，嘴里吸着香烟。

那个男人和姑娘在一起时，他很少说话，她经常笑，他用手抚摸她赤裸的脚，把手伸进她的衣服里，毫不介意旁边有人。他常常站起来，示意她一起回房间，以至于管理旅馆的米拉夫人对丈夫开玩笑说，应该好好向这位客人学习学习，他那么老了，还那么活跃。可是据说，埃卜内尔教授观察到，他们在沙滩上缠绵时，男人从不吻姑娘的嘴唇。

两年后，一行人又来到加尼多莱，他们又找到了保罗。在这期间，第一次同保罗见面的情景在《晚邮报》副刊上发表了。保罗几天前才回到家，之前他在洛希尼岛住了很长时间的医院。他更苍老了，身体更虚弱，他见到了一株偶然长出来的大麦，被鸟儿啄食，被石头压住了，如同福音书中的寓言。忽然间他很骄傲地说，他"上了报纸"。很显然，有游客读了《晚邮报》上的那篇随笔，觉得很新奇，就去找他了，把剪报带给他看。"一个很精彩的故事，很精彩。"保罗很满足地说，又把那个著名的故事讲了一遍，然而这次他用的是从《晚邮报》上读来的语言，是报上的语式。专栏作者听着他讲这个故事，听出了自己的语言习惯，对模糊的副词的钟爱，还有太多的连接词。"真是一个精彩的故事。"保罗不断赞扬那篇文章，到了后来，那位专栏作者受到虚荣心的驱使，对他说，文章是他写的。"太棒，太棒了。"保罗回答说，神情并没什么变化，接着讲他的故事。文章的作者就在他面前，他没有受到任何触动，就好像这个人不是作者，而只是一个编辑。故事是他的，因为在世界上，在现实中，是他用生命写下了那篇文章，由谁执笔这并不重要。尤利西斯在阿尔基诺斯的饭桌上听到行吟诗人唱他的丰功伟绩，他哭了，因为那些业绩再也不属于他了。保罗倒是很高兴，因为在加尼多莱，一份旧《晚邮报》也很荣耀，他不担心那张皱巴巴的报纸会偷走他的故事、他的生命。

直到一八〇六年，奥赛罗一直是这两个岛的首府，从石器时代起就已经有居民居住，这个地方发现的新石器时代的器皿，还有新石器时代末期的朱砂纹饰陶器可以佐证，但后来这个地方荒芜了，现在只有一百来个居民，但它曾经是一个大都市，在古罗马时代居民多达二万五千人。在青铜器时代，那里的运河是运输琥珀和锡的通道，琥珀和锡贸易的兴旺也推动了交通的发展，促进了财富的增长，在神话里，来往的旅客化身阿耳戈英雄。琥珀从波罗的海出发，沿着维斯托拉、奥德尔、多瑙河，一直运抵亚得里亚海，经过阿奎莱亚，穿过奥赛罗，前往爱琴海和地中海，传说琥珀可以医治发烧和耳疾，用作饰品会带来幸运。

在很小的一块空间，在狭窄的道路两旁，白色和粉色的夹竹桃正开得灿烂。这里层层叠叠，可以看到宏伟的古代城市遗迹，敞亮的广场曾经是古罗马集市，广场上矗立着一座白色大理石大教堂，大教堂由三个中殿组成，提香绘制的圣母旁是城市的守护神圣高登齐奥，有小帕尔马①绘制的《圣母领报》，有出自贝尔尼尼之手的神龛，还有藏宝室，里面收藏着祭服、带插图的手抄本、圣体显供台、几个世纪里游行时用的十字架。旁边是中世纪修建的市政大厅，一七九七年六月一日，在那里召开了最后一次威尼斯共和国市政议会，里面保存着墓碑、铭文、水缸、钱币和雕像。

在这个小镇子里，游客会想着只是望望大海，吹吹清新而干燥的海风，然而在优美的环境下隐藏着很多古老的遗迹。这里有大小二十余座教堂的遗址，还有十五世纪的主教宫，基督教初期的洗礼堂，有七个中殿，那是六世纪时的世界奇迹，从这座洗礼堂的废墟中诞生了天使圣母马利亚教堂，有很多废弃的修道院，

---

① Palma il Giovane（约 1548—1628），意大利风格主义画家。

各个门派都有；有一座城堡的遗址、大公宫殿、古罗马剧院遗址，罗马古道的交叉点，罗马式大教堂的断壁残垣下面是基督教初期教堂的遗址，再下面是异教徒时代的神庙——废墟生长于废墟之上，如同常春藤生长在墙壁上。夹竹桃盛开不衰，灿烂得如同焰火，向时间表达它们的敬意。

这个镇子到处是残壁：巨石风格、利布尔尼亚风格、古罗马风格、威尼斯风格。威尼斯的圣马可狮子放在西门附近，另一头狮子放在东门。从这些断壁残垣中能看出，历史和生活首先是一种防御，这些城墙最后会被毁灭，因为它们正是被这种防御的顽念所耗尽和吸收。防御工事和壁垒建立起来，就是为了被摧毁、被攻击或者被腐蚀；当出于防卫需要修建城墙时，已经为时太晚，也就是说，威胁已经太大，无法遏制了。

奥赛罗的城墙既没有让这个城市躲过疟疾和鼠疫，也没有使它免遭萨拉森人、热那亚人、乌斯科克人的侵扰，这些人分别在一五四四年、一五七三年、一五七五年和一六〇六年入侵了这里，据说敌人洗劫城市时——至少亚得里亚海沿岸的人是这么说的——他们用剥下的人皮做衣服，用受害者的血蘸面包吃。例如，在莫尔拉卡山下，入侵者在女人的高声欢呼中，砍下克里斯托福罗·威涅洛的脑袋。

奥赛罗镇很小，但非常活跃，而奥赛罗作为城市则已经死去——也许任何大都市都是一座大墓穴，来往的船只、教堂、广场、宫殿、商人和士兵都构成了死亡的象征，如同吉卜林的故事中，在密林深处地下墓穴的宝库中，一条白眼镜蛇回忆并幻想着一百头大象。死亡矗立于每一座城市之上，末日骑士骑着马出现在云端。奥赛罗的辉煌正如布莱希特讴歌过的大都市，过往的辉煌现在只剩下从狭窄的街道上刮来的风。然而从海上刮过来的风就像夹竹桃一样新鲜而年轻。瘟疫、战争、屠杀、死亡和历史一旦成为过去，就不再让人痛苦。微风轻拂，奥赛罗依然在那里，在两座岛屿的衔接处，就如同一件轻盈的白色镂空艺术品，背后是夏日浅蓝色的天空和大海。

　　一天晚上，马可在捕鱼时讲了他打仗的经历。那个白天，他在海上慢悠悠地行了一天的船，帆挂起一点点，因为有一丝西北风，吹在脸上很舒适，但很难吹动沉重的渔船。渔船从洛希尼岛"碧谷"的海湾出发，他漫不经心地在海上漂泊，并没有一个明确的航线，先向奥赛罗方向驶去，然后转向"十字角"，那是茨雷斯终端的一座礁石，中午时分，他在一个光线刺眼的海湾里抛下锚。那儿水的颜色让人惊心：靠海岸的是一道长长的翡翠，然后是长在沙地上的绿松石色草地，白色卵石里有星星点点的靛青和紫色；到了深海是一片蔚蓝，还有一道道像微笑一样的白色海浪。阳光在水中颤抖，如同被折断的弓箭。希腊人说，众神为了消遣，亮出了长矛和盾牌，人们会看到他们比武时的兵器发出的寒光。
　　船折转回来往南行驶，马可·拉多西什是一个很有经验的渔夫，他很清楚应该在哪儿撒下那两张大渔网。他特意从小奥留莱岛前经过，岛上的土壤是红色的，长着无花果树、橄榄树，还有那些巨大的金褐色的蜘蛛，它们用庞大细密的蛛网把岛上的树统

187

统网住，就像把整座岛屿囚禁在静止的魔法里。直到几年以前，每逢夏天，年老的约瓦尼先生都会坐在小奥留莱岛唯一的房子前，他就像希腊神话里的森林之神西勒努斯，身体健硕，面带微笑，吃着甜美多汁的无花果，喝着桑塞戈产的酸葡萄酒，眼睛瞅着来岛上的年轻女人打发日子。时不时会有女人乘船来这儿，她们脱了衣服在阳光下晒几个小时。约瓦尼先生的时间是由这些船的靠岸和起程来切分的，来的女人脱掉衣服跳入水中，然后又回到船上，消失在远处，这组成了他钟表上的小指针；他坐在那里看着她们到来，又目送她们离开，用手擦擦嘴巴上流淌下来的无花果汁。他好吃，爱享福，首先他不受外界干扰，就像他面前的大海一样，对于海水的流淌无动于衷。"无花果好吃吗?"他看到有人从房子后冒出来，那里有一棵大树，那人若无其事地问他。那一年无花果熟得早，又软又甜，入口即化。

马可·拉多西什也上了岁数，快七十五岁了，可出海对于他来说不是悠闲消遣，而是工作，他一直留心风向和水流，目光并没有看向虚空，而是看着海水，小心翼翼地避过暗礁和浅滩，选择合适的地点停船和撒网。他须发皆白，浅色的眼睛非常祥和，一副知足常乐、与世无争的神态。他毫不费劲就能提起沉重的铁锚，而别人挪动一下铁锚都很艰难。一个波斯尼亚水手帮助他，小伙子听不懂从威尼托语翻译过来的克罗地亚语海上作业术语。马可小心地撒下网，那网会沉到水底，要到半夜才会被提起来。

时间一个小时一个小时地过去，极其缓慢、空洞；时间只是星辰的升起落下，是太阳在天上的轨迹，改变着下午和晚上的天光。海鸥绕着船只盘旋，时而凌空而下，如同一阵狂风吹裂了水面。鱼鹰在水中游弋，高举着黑脖颈，如同潜水艇上的望远镜，船快开到跟前时，鱼鹰会一个猛子扎进水里，在很远的地方浮出水面。还有海燕，黑色的脑袋上有雪花一样的斑点；海燕的数量比往年要多些，有人想回忆哪个夏天海燕多些，哪个夏天少些，因为人们可以通过毕业、疾病、死亡或动物家族的多少来区分年份。马可想要到一个小岛上去逗留一会儿，那是一座又圆又矮的小岛，只露出水面一点点，由石头、土和芦苇组成一道小小的屏障，看上去像一个环礁，上面零星地长着爱神木、小丛林，还有一丛丛艾蒿和野蒜。野蒜味道强烈，很适合咀嚼，它的辛香很刺激，嚼完了一瓣还想再嚼。大海像空气般透明，能看到明净的海底，它诱惑你跳入海里，张着嘴游泳，想要一口把海水吞下肚。

他们回到船上，等待时机把渔网拉上来，脚板下的木头仍热乎乎的，那种接触很舒服。切开一个西瓜，红色的西瓜汁流在船舷上；马可用威尼托方言闲聊着，连他也弄不清那是意大利化的克罗地亚语，还是克罗地亚化的意大利语，但他知道他父亲是克罗地亚爱国主义者，可是第二次世界大战后，父亲被批判，成为人民公敌，因为他是一个小工厂的老板。这个岛被划分给南斯拉夫，他决定离开这个岛，他选择了意大利。为了定居意大利，他必须声明他的母语是意大利语，他和一些邻居一起远走他乡。自那以后，他再也弄不清在这个世界上到底哪里是他的归宿。马可却留了下来，尽管他对意大利有着非常美好的回忆，他作为意大利海军在地中海打过仗。他并不害怕战争，也不害怕地雷、鱼雷和死亡，他只害怕一件事，在他的讲述中，他害怕的东西就像歌中的副歌部分反复出现，那就是：饥饿。

战争爆发了，马可应征入伍，他想尽办法不去当海军，他不愿意像羊羔一样成为英国雷达的牺牲品。因而一到热那亚，他便称自己是个地道的农民，从来没有看见过大海；又说，作为农民，他习惯每天吃鸡蛋、牛奶、肉、奶酪和水果。说了也白搭，他还是被划分到了海军部队。在一次划船比赛中，他故意用错误的方式划船，把浆给折断了，那是为了让上级相信他具的不适合当海军。可这都是白费心机，他被关了几天禁闭，只给面包和水，尽管他抗议说他只习惯吃鸡蛋、肉、刚挤出的鲜牛奶和奶酪。后来，他被派到一艘驱逐舰上面，在西西里和非洲之间巡回。在他的讲述中，空袭、海战都降到了次要位置，那些事没有给他留下什么特别的记忆，最叫他受不了的是食物，尽管一位善解人意的西西里指挥官经常给他双份食物。

有一天，驱逐舰上的弹药库被一枚鱼雷击中了。马可说他已经记不得是怎么爆炸的；他只知道他落入海里，他是三个幸存者之一，他死死抓住一张木桌子。他旁边是一位腿部受伤的同伴，正在痛苦地挣扎。"他的腿没有了，不是那时候炸没的，而是后来在医院里锯掉的，我的故事还没讲到那里，等会儿我再讲。"他说，他得把故事发生的时间还有讲述的时间这些史诗要面对的严肃问题整理出个头绪。马可一把抓住同伴，同他一起共用一张木板，他整整一天都紧紧抓住这个同伴，顾不上去想鲨鱼。最后，一艘意大利船把他们救了上来。在巴勒莫医院，马可毫发无损，这叫他大为失望，他必须回到前线。他佯装一条腿剧烈疼痛，呻吟不止。但当他看见护士手里拿着大针管，要给他注射镇静剂时，这叫他非常害怕，比炸弹沉船更叫他害怕，他马上改口说他完全康复了。

动荡和战争结束以后，马可回到洛希尼岛，那时候洛希尼岛已经属于南斯拉夫。一位在外流放的同乡托他捎一封信给家人，因为这封信的缘故，他被警察当成间谍抓了起来。这时候，马可讲到了可怕的年代里那可怕的几个月，他遭到了威胁和殴打，后来他甚至以为他会被拖出去枪毙，于是他用手乱画十字，他又因为迷信挨了一记耳光，他赶紧咒天骂地，以便洗刷自己。最叫人害怕的是饥饿："没有鸡蛋、牛奶、肉，连奶酪也没有。"有一天警察放他走了，释放之前警告他说，他必须竖起耳朵，听到什么对制度不满的话，都要向他们汇报。"他娘的！这种事情我可做不出来。"可是为了自由……他找到了解决办法：每个星期六他偷偷去警察局，装出谨小慎微的样子，讲出一些人的名字，说谁亵渎神了，谁抱怨上天下雨太多呀，或抱怨鱼少呀，谁同婆婆吵架呀，谁抱怨日子过得不好，糟糕透顶呀。打了几个星期的小报告后，警察对这位不中用的情报员失去了兴趣，马可又可以去忙他的生计，捕他的鱼。

他东扯西拉，讲述的事情零散混乱、丢三落四，有时候时间跳跃性极大，翻来覆去讲好几遍。天黑了，黄昏时分又大又红的月亮早就变成了白色，有船驶过，在海面上留下深银色的痕迹。马可发出收网的指令，绞盘机与波浪的哗哗声混合在一起。不一会儿，第一批网露出了水面，一大网黑青色的鱼儿被倒在了甲板上，蹦蹦跳跳的，在湿漉漉的甲板上堆成一堆，黏乎乎的，几十条鳕鱼，无数的海螯虾小心翼翼地活动着钳爪，突然像抽搐一样，头晃动两三下，就一动不动了。甲板上的灯晃动着，灯光照在鱼和其他海鲜上，闪耀着玻璃般七彩的光，涌动的鱼虾看起来像美杜莎的脑袋。

许多鱼已经死了，眼睛鼓鼓的，凸了出来。几只螃蟹爬向船边，但它们在到达船边之前就死掉了。马可和他的助手一面收网，一面不停用脚把那些企图溜走的鱼往中央踢。有几次，穿皮靴子的脚不知不觉踩死一条鱼或一只螃蟹，有时候会踩个稀巴烂，那些鱼虾曾经是一条生命，一下子变成了一块糊状物，看起来很悲惨、很恶心，如同那些忍受痛苦、最终死掉的肉身，这些肉会腐烂，但也刺激着人们的味蕾，让人渴望把这些肉放在嘴里撕咬和吞噬，那是生殖、饮食和死亡的黏液。鱼由深渊里打捞上来，那是对世界的邪恶，对杀戮和死亡的罪恶和痛苦的控诉，然而很奇怪，它们很快变得熟悉起来。鱼儿被抓在了手里，它们的鳞片和紧紧抓住它们的手指上的皮肤很类似，咸咸的海水侵蚀着手上的皮肤，又带来清凉的感觉。用手抓住鱼，触摸着鱼，会让人带着羞愧回忆起驱走一只落在胳膊上的小虫子时内心激起的强烈憎恨。

忙碌了几个小时以后，渔船朝洛希尼岛驶去，要赶快去市场把鱼卖掉。马可拿出帕戈岛产的羊奶酪和葡萄酒，又开始讲他的故事，他要把打仗的故事讲完。几年后，南斯拉夫军队又征召他去参加一次行军，从小洛希尼镇走到离那儿十几公里远的小镇孔斯基。马可记得那次简短的行军是在八月份，比打仗还让人难受。他不相信军营的伙食，吩咐妻子准备一些奶酪煎饼，趁热放在保温杯里，午饭时送给他用。他出发之后，他妻子也开始了急行军，沿着营队走过的路线一路小跑，正午时分刚好赶上，把热腾腾的奶酪煎饼送给他。这时候集合号吹响了，政治教育开始了。为了不辜负妻子的一番劳苦，他还是决定先享用热煎饼，迟迟才去集合。他受到了小小的处罚。"那天的奶酪煎饼太好吃了。"他说，这时候已经看得见码头，"热乎乎的，再说，奶酪也是以前的土奶酪，不是现在的奶酪。"

"眼是人大海，彼色为涛波，若能堪忍色涛波者，得度眼大海，竟于涛波，洄澓诸水、恶虫、罗刹女鬼。耳、鼻、舌、身、意是人大海，声、香、味、触、法为涛波，若堪忍彼法涛波，得度于意海，竟于涛波，洄澓恶虫……"

佛陀是这样告诫弟子的。假如生活的欲望是罪恶和痛苦的缘由，那么大海是非常具有破坏力的，因为它增强了生命的愉悦和渴求，诱惑着你无休止地重生。在大海的光线中，可见之物获得了极大的密度，对于感官来说，这种密度太大了，成为一种无法忍受的幻觉，就像活剥了玛息阿①的阿波罗。不是大海的深渊或深渊中的怪兽，而是大海的表面会浮现出幻灭，海面的虚无和澄清，那种让人眼花缭乱的反射光，需要一点阴影，一点平庸的中和。

---

① Marsyas，希腊神话中的山林之神，喜欢吹笛子。他和太阳神阿波罗比赛，他吹笛子，阿波罗弹竖琴。弥达斯判玛息阿胜。阿波罗恼羞成怒，活剥了玛息阿，又使弥达斯的头上长出一对驴子耳朵。

佛陀在另一段教导中说，色界是灼人的火焰，大海就是纯粹的色界。在米霍拉石卡对面的野兔岛，夏天突然停了下来，凝然不动，在某些时刻，夏天是一片荆棘丛生的荒地。

大海是对灵魂的考验；穆齐尔的《没有个性的人》中有一对恋人，他们在亚得里亚海滨进行"天堂之旅"，到后来，他们承受不了那种压力，受不了那种让人疼痛的幸福。大海不停地消耗、腐蚀和摧毁。"大海战胜了我们。"在《马拉沃亚一家》中，安东尼在风暴中这样说。然而，波澜壮阔的大海教导人承认自己的失败，尽管人们已经进行了抗争，但他们有认命的自由。大海把人从渴望成功和胜利的狂热中解救出来，而对成功的执着证明了人们的无力。有时过于强烈的光也是一种诱惑，让你放弃，让你睡去；这片汪洋会熄灭你的渴望，让你懂得，海浪抹去你留在海滩上的脚印，那并不是什么悲剧。对大海和死亡的爱，这难道不是托马斯·曼想要表达的？无论如何，在大海的浪涛中，你会认识到自己无足轻重，这就有助于你"堪忍色涛波"，就像佛陀教诲的那样。

旅游指南建议人们到戈利奥托克去看看，"这是一座和平之岛，四周是澄净透明的海水，一尘不染，宁静安详，一个绝对自由的岛"。戈利奥托克的意思是"裸岛"，靠近阿尔贝岛，一些被历史抛弃的人几经波折，曾经在这里停留。第二次世界大战后，将近三十万意大利人抛弃了被南斯拉夫占领的伊斯特里亚、里耶卡和达尔马提亚；与此同时，有大约两千名来自蒙法尔科内、伊松提诺和弗留利的一些市镇的意大利工人，他们决定举家迁移到南斯拉夫，为社会主义建设贡献一份力量。这个国家刚刚从纳粹法西斯手中解放出来，是共产主义即将来临的范例。共产主义的来临标志着剥削、非正义、压迫的终结。这些工人中有很多曾经是反法西斯战士，西班牙战场上的士兵，以及德国集中营的囚犯，他们联合起来建设社会主义，这要比他们建设一个国家或者民族更重要，他们离开自己的故土，去面对重重困难；为了社会主义事业，为了人类的事业，值得牺牲个人的情感。

南斯拉夫饱受战争的折磨，而且继承了之前落后的专制制度，加上制定新的经济政策时犯的错误，这些蒙法尔科内人带着热情和高度的职业素养来到这里，他们是造船厂和其他工业领域的工人和技术员。他们大部分人去里耶卡工作，其余的人去了阿森纳造船厂和普拉的船坞，或者南斯拉夫中部的各个地方。他们和所有人，包括他们的同事都不一样，他们工作不是为了糊口，他们生活的目的是为了建设一个新世界。

在阿尔萨矿区或在里耶卡船厂，蒙法尔科内人在工作上不遗余力，从来不惧艰苦。一九四八年，在铁托与苏联关系破裂之后，他们对苏联和斯大林，对党和国家保持忠诚，因为它们代表着最正统的信仰，正是这种信仰让他们毫无畏惧地去对抗法西斯和纳粹，让他们可以忍受德国集中营的监牢和拷打，让他们放弃一切，选择推行共产主义的南斯拉夫。现在在他们的眼中，南斯拉夫背叛了世界无产阶级革命，而在南斯拉夫政权看来，他们是外国叛徒。

总之，这些人总是在错误的时间选择错误的立场，无论是在历史上还是在政治上，他们都不合时宜，他们带着无法抹去的尊严和勇气进行战斗，但如果他们赢了，他们会看到这个世界上冒出更多的劳动集中营，专门对付像他们这样的自由人。从忘川中撕下世界历史这条带血的脚注，这就意味着挽救这种道德价值，它代表着力量和牺牲精神，它支撑着蒙法尔科内人和他们蒙难的同伴抵抗对人的歼灭，尽管他们信仰的人要比迫害他们的人更糟糕。那些和他们旗帜不同的人也应该继承这种道德遗产，假如信仰消失了，人性的光辉也会消失，比如无私的信仰、忠诚和勇气，信仰会打造这些美德。没有人再唱"铁托就是党！"在斯洛文尼亚或波斯尼亚的战场上退伍的军人，他们会讲述比"裸岛"更加残酷的事，而旅游指南继续张贴出来，就像伤口上的胶带，贴在世界的表面。

卢贝尼泽村矗立在海边的悬崖上，经常受强劲的布拉风的吹拂，现在几乎无人居住；在那些有人居住的房子周围尽是倒塌的房子留下的断壁残垣，能看到的人中多为老年妇女。罗莎利亚住在一座小而干净的房子里，周围是一片废墟。她一个人住，她妹妹不时从茨雷斯给她捎些东西来，以补贴她少得可怜的退休金。墙上挂了许多她父亲的照片，他前些年去世了，年龄也很大了，父亲不出海时和罗莎利亚生活在一起，父亲、镇子上的神父名字和任职时间，这是她生活、记忆中的唯一内容。

罗莎利亚感到骄傲的是卢贝尼泽这个小村子出了很多神

父——一共有三位——她高高兴兴去照料教堂，给花换水，点燃蜡烛。让她感到骄傲的是每到圣诞节，来过岛上的某些游客每年给她寄的明信片。在她满是皱纹的脸上，一对近视眼笑盈盈的，非常灵活。她身体轻盈而敏捷，矮小轻灵，没有任何生活的重力拉着她。等时候到了，只需一阵清风，她就会像羽毛一样轻盈地飞向天堂。

在卢贝尼泽村有葡萄酒、奶酪、编成串的大蒜和羊皮出售。每扇门上都挂着金羊毛，穿黑衣服的女人身上也带着金羊毛，她们在小广场上向游客献上金羊毛。一位老年的妇女，她的披肩、裙子和袜子都是黑色的，她胳膊下夹着一张厚厚的金色羊皮，消失在破败的回廊里。孤独而年老的美狄亚，默默沉浸在自己的痛苦里，几个世纪以来，伊阿宋的男性的傲慢一直把她排除在千里之外。

直到生命的最后，加尼多莱的保罗都在支持铁托的南斯拉夫。有一年夏天，保罗的身体每况愈下，他很沮丧；他依然为自己的立场感到自豪，但他好像也很害怕。他犹豫了好一阵，好像羞于说出自己的困境，后来他才开口说，在冬天的几个星期里，当这个岛屿和其他地方失去联系，一个邻居——那是一个比他年轻、强壮的男人，经常以殴打他和他妻子来取乐，常常威胁他，狠狠地揍他。他的妻子丽娜在一旁一声不吭，看得出她很害怕，也许有些夸张了，然而对她来说，那是可怕的真实。一座美丽得如同伊甸园的孤岛，对于没有能力自我防卫的人来说，可能会变成一个集中营。

听到这件事的人问保罗，能否帮他做些什么：是去找那个施暴者当面说，还是让萨格勒布的某个重要人物给他写一封警告信。保罗双手抱着头，考虑了半天，后来还是权威和文字的魅力占了上风，他回答说："不，还是写封信吧。"

于是，这封信写出来了，信中详细列举了保罗遭受的殴打，并写明了挨打的具体日期和时间，语气里还流露出一种隐约的威胁，说天网恢恢，即使在帝国最偏僻的角落里发生的违法事件，这个权威也了如指掌，会毫不客气地给予严惩。这封写给残暴邻居的信——在信中奉劝他不要再施暴，若要人不知除非己莫为，假如他不想遭受惩罚的话，那他就应该弃恶从善——被译成克罗地亚语，寄给萨格勒布的一位朋友，他是一位作家和教授。

保罗已经到了暮年，思想越来越开放，然而党还在，铁托的肖像还挂在每个机关单位、商店和咖啡馆，监督着南斯拉夫的统一和秩序。萨格勒布的朋友在信上盖上了各种印章，党徽还有官方的签章，把那信变为官方函件，签上名之后，通过挂号信的方式发给了保罗的邻居，那个凶恶的施虐者。那封信是在一个冬天的下午收到的，在这个小岛上，这是一件不同寻常的事件，带来了戏剧性效果。那个冬天好像是保罗度过的最后一个冬天，对于他和丽娜来说也是最平静的一个冬天。他们受到了许多年以前他们拒不服从的那个权威的保护，尽管那个权威对此也一无所知。

保罗几年前离开了人世。之后的几个夏天，自从克罗地亚和塞尔维亚之间爆发了战争，就再也没有丽娜的消息，兴许她去了美国的妹妹那儿。

尼诺的奶妈欧菲米亚老死在大洛希尼镇上的福利院里。一年前的三八妇女节，她向院长致欢迎词，她提到圣安东尼奥，岛上一座教堂就以这位圣人的名字命名，她呼吁给予福利院的人及时的救治，医生能尽快干预。她指着同她一起住在福利院的人说："上帝看着这些人呢，不愿看到他们受苦。"她很慷慨地把自己排除在需要救助的人之外。

后来，尼诺为了参加她的葬礼，又一次踏进他祖先的房子，他想，经过了那么多事情，几个世纪前家道中落，但说到底一切都没怎么变，因为欧菲米亚死在这房子里，假如那房子还属于他们家，也会是同样的结果。看着那些明亮的房间，窗前的夹竹桃和桂树，还有那些老头儿和老太太，虽然一个个有些呆滞，但他们挺安详的。在经历了长时间波折的流浪之后，他头一回有了回家的感觉，他脑中闪现一个念头，这房子归公也许是件好事。然而这个念头只是一闪而过，在葬礼上他有些生气，因为一个熟人对他讲，在岛上某个地方，他们又拆了一座圣马可的狮子雕像，破坏了一所意大利学校。

不管怎么说，那栋房子干净明亮，维护得很好，死去似乎并不是一件让人悲伤的事情。再见了，老人家！再见了，亲人！一路平安！在茨雷斯，当灵柩经过小巷时，人们这样致敬。尼诺不是一个虔诚的教徒，对于生长在海上的人来说，每次出行不仅仅是悲伤的告别，也会让人联想到回程。洛希尼岛上的居民深切地知道这一点，他们把那里最漂亮的海湾称为"奇加莱湾"，这个词的意思是等待，等待乘坐木船或轮船的亲人返回。

奇加莱是向大海敞开的胸怀，同时又包容着大海，是摊开又抱住的双臂，是地平线的圆弧，是消失又出现的音乐，是充满日落和回归的歌词，戈特弗里德·贝恩在诗歌中这样写道：人生如寄，而世界永存，时代和千年的时光在语言里，在海边的鹅卵石上浮现。沙滩上的石头很光滑，磨掉石子的棱角并不需要多长时间，也许只有十几代人。巨石文明和利布尔尼业文明消失了，就像海水慢慢淹没时光，浪花拍击的沙子里夹杂着古代的尸骨。一只年轻的脚踩在贝壳上，贝壳破了，脚被尖锐的碎片割了一道口子；那是生命的血："爱情就像一颗核桃，不敲碎核桃壳，就吃不到核桃仁。"这些岛上流传的一首歌儿这样唱道。贝壳留在海滩上，打开了；海水冲刷着贝壳，抹去那只脚留下的痕迹，世纪如同潮水，潮涨潮落，碎片变圆滑了，被踩在另一只脚下。一条船驶回海湾，被拖上了岸；有人回到了家。

在野兔岛上，爱神木、迷迭香和缠绕在一起的荆棘挡住了去路；岸边，黄色罂粟在夕阳的照射下熠熠生辉。背景是蓝色的。海滩上，在石块屏障后面，在刮风和大浪的日子里，海水涌到了屏障的另一边，形成了一些热乎乎的泥潭，水里长满了各种微生物，脚陷进去很畅快。五月份，沙石间的窝里，海鸥破壳而出了，浅灰色的小生物朝着水蹒跚而去，或者隐身于海边的矮丛林里。海鸥在窝上盘旋，不停地尖叫着，在晴空之下，那叫声仿佛被放大了，参观者刚一走近海鸥窝，海鸥便急急飞过来，眼里露出严厉而凶恶的光。

一只小海鸥倒在地上，它拍打着翅膀试图站起来，最后气力耗尽，又跌倒在地。一只病鸟被捧在手中，它瑟瑟发抖，柔软又脆弱。西蒙娜·韦伊①写道，在世界的美中，残暴也是一种必要，也是爱的表现；天体引力形成的浪涛虽然会吞噬船和落水者，但也存在这一种美，服从律法的美。在野兔岛，美是无可挑剔的，然而在这里，你只想要摆脱任何重力束缚，想要幸福和自由，渴望吹散炎热的微风。这种绝对的美是一种符合律法的和谐，还是一种破坏律法的优美？海鸥漂浮在水面上，马上就恢复了作为海鸟的体面和尊严，它高傲地浮在水面上，扬起脖颈，头抬得高高的，眼睛盯紧宽阔的大海，听凭海浪把它送到远离海岸的地方。几分钟以后，它已经离得很远了，混在其他浮在水面上的海鸥中间，分辨不出是哪一只了。

———————————

① Simone Weil（1909—1943），法国哲学家、思想家。

安特霍尔茨[*]

要对给你放牌的人手下留情。这并不是有约束力的规则，而是牌风问题，必需的绅士派头，这是一个玩科特乔牌的人应有的修养。但这种修养并不表现在歼灭对手时，而是在拿了一手烂牌时，他本可以打出一张小牌，但他却选择打出一张大牌，为了不让对手大获全胜，让其他人一分也得不到，虽然这样会让自己的处境更不利，他牺牲自己成全大家，因为如果让对手抓住机会的话，其他人都会输。

在安特霍尔茨赫尔贝尔霍夫宾馆的小客厅里，一般来说，那些面孔如硬木雕刻的顾客有其他玩法，他们的游戏比较符合德国人的气质。在查理五世时，整个蒂罗尔都属于德国。多年以来，每年这个时候，汉斯都会和其他人坐在靠近壁炉的桌子前，小心翼翼地建议大家玩一局瓦登牌。这也并非心血来潮。他们身旁的壁炉是陶瓷的，黄褐色的底色上面有绿色的造型；在他们的桌子后面，镶了一层软木的墙壁上画着耶稣十二门徒，神龛里放着一瓶德国的雷司令，所有这一切都证明他的请求合情合理。在这家宾馆的小客厅里，玩德国牌可能要比玩意大利牌更合适，因为从最早开始，在几个世纪里，这家宾馆经过了几次扩建，但它一直保留着最初的风格，也就是德国风格。虽然大家都知道风水轮流转，手上的牌一直在变，大家深知历史的不忠，但在这种德国的氛围里，玩的里雅斯特或奥德尔佐纸牌显得很不合时宜。

　　但汉斯身边的那些朋友只是在圣诞节到元旦期间从维也纳过来玩儿，他们是少数人，可以不用考虑。但不能排除这些打牌的人知道：在狡猾的历史推动下，十几年来他们都在那张桌子上玩意大利科特乔牌——在留着胡子、已故的店主麦尔贡特先生的画像下面。店主生了七个子女，在几十年里，他们都像行星一样摆脱赫尔贝尔霍夫宾馆的吸引力，运行在一个更广阔的世界里——虽然这事微不足道，其实他们在不知不觉中使南蒂罗尔这个地方意大利化了。或者说得更明白一些，这些玩意大利科特乔牌的人在那张桌子上愉快地老去——至少是在圣诞节到主显节那几天，手上拿着牌，在宾馆小客厅里打发的那些时光——在他们不知道的情况下，他们充当了那个跛脚帝国主义的后卫部队，意大利从那些山谷撤退时，他们也要跟着撤退，但他们要避免被包抄，在必要时他们还要进攻。

　　另外，在打科特乔牌时，最后谁得分最多，谁手上的牌最多，谁就输了。正因为这个原因，托尼说这个游戏是在模仿生活，绞

---

* Rasen-Antholz，意大利北部南蒂罗尔省的一个市镇，临近奥地利边境。

尽脑汁捞取尽可能多的东西，比如代表金钱的方块，还有大于一切的王牌，它们看起来那么轻盈，但迟早会变得很沉重，会把你压垮。除非你每次都赢，你手上有所有需要的牌，让别人没任何出牌的机会，你把一切都算计到了，你能算计到上帝脑子里的蜘蛛网，或者时空曲度，每一局牌都叫别人输个精光。

比如，托尼就能赢个大满贯，概率和险恶处境都拿他没办法，他是一块硬骨头。在他出牌之前，你都能从他的眼神里看出他会赢，他眼里有 种难以觉察的、转瞬即逝的笑意，他眯着眼睛睥睨着其他玩家的脸，也扫过墙上的耶稣门徒、散落在桌上的牌，扫过盛着特尔拉诺或佛尔酒的酒杯——金色的白葡萄酒就像沙漏里沙砾的颜色。当牌亮出来时，他会看向宾馆小客厅窗外，外面是黑漆漆、空荡荡的夜晚，他把目光收回来，落在丽莎脸上。丽莎倚靠在门上，等着有人再点一瓶酒喝。那张木雕似的干巴巴的脸看不出年龄，可能三十岁，也可能五十岁，那张脸上也是一片苍茫夜色。当托尼的眼睛落到那张阴暗中的脸上，有那么一瞬间，就像在一间空荡荡的教堂里点燃了一根蜡烛，丽莎笑了一下，但不知为何，她脸上虽然有很多皱纹，但嘴唇很年轻，她点燃了一根烟，根本不在意那个醉汉靠在柜台前说什么。她站在父亲的画像前面，麦尔贡特先生除了是她和六位兄弟姐妹的父亲，也是前妻生的两个孩子的父亲。

但伊西多尔·塔勒已经习惯了这种怠慢，他一点儿也不生气；虽然他很难站稳，但他还是充满敬意地向丽莎弯腰行了一个礼。酒精每年都会在他脸上增添一些红色瘢痕，那像是一棵树的年轮，但一点儿也没改变那张脸上的高贵气质，他醉醺醺、踉踉跄跄的步子也不影响他的气度。他早就学会了被人无视，无论是在人群中还是在自己空荡荡的家里，他住在山谷低处，那座房子在下安特塞尔瓦河谷中较低的地方，差不多是在里埃彭里弗特的滑雪吊缆对面，那是一幢三层楼的漂亮房子，小阳台阳光充足，家里还有一幅壁画，画的是摩西出埃及的故事，这是众多家业中仅剩的东西，其他都落到别人手里了。夏天他在积水盆地里干活，冬天他靠吃救济过活，但生活都一样孤单，这样其实也行，被人无视也是一种运气。麦尔贡特太太在柜台另一边，她的头发梳理得像一个银色的花环，她戴着一副看起来很严肃的眼镜，她也没留心那个醉汉在说什么，而是出于客气微笑着，眼睛看着丽莎。

雅各布——家里的小儿子，他进来在丽莎耳边说了些什么，麦尔贡特太太的眼睛看向了另一边，她苍白而且纤细的手在柜台上有些神经质地敲击着，然后向伊西多尔·塔勒做了一个告别的动作。他也做了告辞的手势，然后消失在黑夜里，虽然他走路摇摇晃晃，但依然客气而温柔。这时候，玩科特乔牌的桌子上大家打了个平局，玛丽萨重新发牌。她的手很温柔，也很沉着，就像她的微笑一样。外面很冷，不仅是夜晚来临之时的寒意。她给每个人都发了牌，就像在家里给每个人的盘子里都盛了汤，大家可以放心。

芭芭拉刚把伊蕾内和安琪拉哄上床睡觉，两个小家伙困得哼哼唧唧，她答应她们说，明天带她们去湖上滑冰，她们实在太小了，没法去滑雪。她一拿到牌就嚷道："重新发牌。"因为如果一开始就拿到很糟糕的牌，是可以提议重新发牌的。但要小心，因为她如果不是说"重新发牌"而是说"我想重新发牌，你们呢?"，语气就不一样了，可能是在试探别人手上的牌是好是坏，无论如何这都是允许的，在听到其他人的反应后，她可能会说："我决定不重新发牌了。"

这个小客厅是赫尔贝尔霍夫宾馆的中心，赫尔贝尔霍夫是中安特霍尔茨的中心，而这里又是整个安特塞尔瓦河谷的中心。河谷与外面的世界完全隔离，它的北边是里森费尔纳山脉和斯塔莱山口，冬天里这个山口是不能通行的，东边和西边也被陡峭的山峰堵塞，只有南部有一个很小的入口，通过它才能进入山谷，那就像一个城堡的入口，几座金色的高墙之间有好几道关卡。在这里会看到"霍尔兹霍夫 SAS/KG"的字样，你马上就会想到那一道道木墙是一家木材公司的仓库。一根根木头码得非常整齐，那原木色的方阵在冰冷的空气中很醒目；干木头的味道很好闻，像雪一样干净，有时候一阵风吹来，扬起一阵金色的粉末，那是刚刚锯下来的木屑。

这些木材之间的路，如果是从布鲁尼科过来，进入之后就要向左转，如果是从多比亚科过来，那就要向右转——无论如何他们已经进入了普斯特里亚，安特霍尔泽塔尔还有它的村子一直向上绵延，通往湖泊和山口，尼德拉森、奥贝拉森、萨洛蒙斯布鲁嫩、安特霍尔茨、尼德塔尔、米特尔塔尔、奥贝塔尔，这些村庄都分布在河谷的一侧，地方不是很宽阔，但村庄很密集。普斯特里亚以前的名字是普斯特里萨，这是一个斯拉夫地名，但是这个地方，尤其是和意大利冲突最激烈的那些年，这个地方的人非常顽强，他们要捍卫蒂罗尔地区的德国身份，他们捍卫深山里受到玷污的"家园"。这地方古老的姓氏能追溯到他们的民族身份，他们可以要求拥有这个地区的部分土地，但也只能是荒无人烟的土地，人们带着怨气想到和斯拉夫人作战带来的破坏，后者是在阿瓦尔人的追赶下来到这片土地的。

这个地方很封闭，各民族混居，边界也经常被跨越。让蒂罗尔引以为豪的是，这里的居民人种比较纯，首先因为这个地方非常闭塞，四面环山，居民内部通婚，就像是封存在珠宝盒里的日耳曼珍珠，但这地方也是一个关口和过渡地段，是德国和拉丁世界之间的桥梁。有一条罗马大道就是经过这儿一直通往阿奎莱亚，然后到达伯伦纳山口；后来在中世纪，这条路成为一条日耳曼大道，商人来来往往。小学老师胡贝特·米勒是安特霍尔茨的历史学家和宇宙史学家，他也是赫尔贝尔霍夫宾馆的常客，按照他的说法，在宇宙大洪水之前，曾经有一条路把那些山的峰顶连接了起来。

史前喜欢山峰，历史则喜欢深谷，那是数不清的岁月在冰川消失后挖掘出来的山谷。现在我们待在下面，最多会爬到"黑石"那里，那其实是一块普通石头，但那些一起玩牌的朋友中有一个人，有一天给这块石头起了这个名字，那块石头在安特霍尔泽·斯夏尔特的雪地里，颜色分外惹人瞩目。自那以后，石头的命名者开始痴迷于它，每年在圣诞节到元旦期间，他都会来这里看看。即使是一脚踩下去，雪都埋到了膝盖那里，也无法阻止他，后来这个名字甚至赫然记录到当地的地名志里。人类在那下面已经待了很长时间，都在山谷最下面；在安特霍尔茨河的右岸，在内乌拉森城堡废墟附近发现了握着石斧的史前人，或者说一九六一年，在尼德拉森的一处古墓里发现的铁器时代的杯子和刀子，那些史前人看这个世界，差不多和我们的高度一样，也是从下往上看。

河流冲刷着河床，历史消磨着岩石，向越来越深的地方挖掘，像一把刀一样雕刻着这个在宇宙里旋转、上面全是褶皱的球体。会有那么一天，这把刀切到地球的中心，地球就会像西瓜一样被切成很多块，每一块都四散而去。时间的残渣会在河谷和草地上沉积，使土地肥沃。在草地上，牧羊人会带着羊群来这里生活几个月，古老的骨头会混入腐殖土，它们属于古斯拉夫人、巴伐利亚公爵塔西洛、法兰克人、伦巴第人，以及更远古的人，利古里亚人、伊利里亚人、切尔蒂人、列蒂奇人、还有另外的人，尽管就只剩下名字：维诺斯蒂人、萨埃旺特斯人、拉扬其人，这些名字也许指的是同样一批人，他们交战混合、毁灭然后消失。在拉森，米勒老师在专题论文《安特霍尔茨乡村书简》中谈到了这个地方的每处农舍，还考证了每家每户的家谱，这里的种族是德意志、罗马和斯拉夫人的混合，但安特霍尔茨是纯粹德国人聚居的地方。

四处都是边界，人们甚至在不知不觉中就已经穿越了边界：是拉埃提亚和诺里库姆之间的古老边界，也是巴伐利亚人和阿勒曼尼人之间、德国人和拉丁人之间的边界。整个蒂罗尔就是一个边界，把不同世界分开又连接在一起；伯伦纳山口把两个国家隔开，这两个国家统一时，它又成了这片土地的中心地段。那些地名也会改变身份，南蒂罗尔这个名字是在一八三九年出现的，指的是特伦蒂诺，蒂罗尔当时是一个国家，包含德意志、意大利和拉迪纳这三个民族，多民族让他们引以为豪。然而按照地理概念，伯伦纳山口是亚得里亚海和黑海之间的分水岭，那些和阿迪杰河水一起流向海洋的水，那些经由德拉瓦河的流水会汇入多瑙河。亚得里亚海和多瑙河，海洋和中欧大陆，两种不同的风景相互补充，边界把它们分开，在郊游时会不知不觉越过这些边界，这是一个很小的黑洞，可以从一个宇宙穿越到另一个宇宙。

开车到安特霍尔茨无论如何都要进入这个河谷，因为每年在圣诞节之后那几天，他总是会开车从多比亚科过来，每年都是同样的日子。向右转，车子前轮在拐弯时，会挨到路边上人们从山上滑下来时留下的雪橇印子，在茫茫的雪地上，这印子清晰可见，车子会一路打滑向前开。

这些年在安特霍尔茨度过的那些星期加起来，也有相当长一段时间了。只是十二月份和一月份的几天，这些日子都集合在一起，成为一个不间断的时期，包含了整个冬天的所有面孔，冰天雪地，大雪飞扬，山上的雪崩，还有刮西洛可风时，屋檐上垂下来的锐利冰柱往下滴水的情景。整个山谷都在冬季，这是一个过冬的地方，生命沉入深深的睡眠，平日里的顾忌和工于心计的警惕现在都放松下来了，人们会休养生息。在蒂罗尔，连一生戎马的马克西米利安皇帝——他的皇位就是马鞍——都说这地方就像一件军大衣，粗糙，可是很保暖。身体伸展在柔软得像羽绒一样的雪花下，半闭着眼睛，看向太阳，新鲜的雪会落在脸颊上，心事宛若一群田野上的鸟儿一样四散了，都被笑声吓走了。在宾馆的客厅里，大家的笑声轮番响起，就像葡萄酒一样在流动；性欲也忽然被唤醒，强烈而自在，在那些斜屋顶的房间里，那些又厚又重的毛衣和裤子比西装领带更好脱下来。

在大雪下面，过去的那些年月都压缩在一起，成为了现在，大雪会把它们都封存起来，待冰雪消融之后，这些记忆都会重新浮出水面。时间已经结晶，成为一个永恒的雪原，经年的积雪落下来，互相挤压，层层叠叠地堆积在一起。在赫尔贝尔霍夫宾馆后面，在一个斜坡上，玛丽萨开始滑雪，她的头发黑黝黝的，在湖边的宾馆——维尔德加尔，这个名字来源于旁边的一座山，宾馆就在山脚下——的露台上，玛丽萨黑色的头发中间夹杂的缕缕白发，那不是雪，那是一个名画家给她加上去的新颜色，展示了他高超的技艺。

在积雪之下认识一个山谷和一种生活，这是很有意思的事儿，在一个温暖的好天气里，积雪融化了，能看到一簇簇湿漉漉的枯草，旁边是牛粪和泥浆。结冰的湖面上的水纹，那是湖泊在冷风中的哆嗦，湖水的颜色在变化，有时候绿一点，有时候蓝一点，这和湖水的深度、风向还有阳光的照射有关，这是多年科学观察的结果，就像维尔德加尔山的影子，在午后不久，已经迅速地在湖面上拉长，它会把炫目的天蓝色湖水变成紫蓝色，或者如同切开湖面的滑雪道的倒影，这是夜晚冰冷的刺绣。夏天时，水是翡翠色的，至少在酒吧里出售的明信片上是这个颜色。安琪拉正在给一个留在城里的男生写情书，弗朗切斯科和保罗，还有玛丽亚娜一起来到了门口，他们都在催促安琪拉快点写，因为他们要一起去文化之家参加消防队员舞会。这个文化之家叫做"安特霍尔茨的霍厄德"，为的是纪念中世纪一位本地的行吟诗人。

进入河谷之后，看到的第一个镇子就是尼德拉森，意思是"下面的拉森"，在这个地方，方言会有所不同，所有导游书和旅游指南都会强调这里在语言上的细微差别，尤其是和距离这里十二公里远的安特霍尔茨，在发音方面有明显的差别。车子驶离这个镇子时，看到镇子边上有一座朴素的纪念碑，会把人们带入一个熟悉的时空。那是一座小教堂，上面有圣洛克和圣塞巴斯提亚诺的画像，会让人想到一六三六年的鼠疫，多瑙河世界从这个分水岭开始，到处矗立着鼠疫后留下的柱子，它们是在鼠疫横行时为了彰显三位一体的光荣和人类的悲惨遭遇而修建的。这些柱子从维也纳格拉本大街向外辐射，在整个欧洲到处可见，甚至到了东欧和南欧，给这些地方打上了统一的戳印。

在遍布圆柱的地方修建一座小教堂，看起来不是很舒服，就像午餐仪式的改变会让哲学家康德受到干扰一样，但瘟疫和反宗教改革之间的联系，无论如何都是对一种期待、一种墨守成规的安稳的确认。但中欧是天主教和犹太教的世界，两者缺一不可，否则就会失衡。在德国的蒂罗尔山区里没有犹太因素，那种漂泊的忧伤和无法抑制的生命力相互融合，给帝国和世界的尊贵增添了一丝奇异的色彩，让人在帝国华丽肃穆的熏香里嗅到胡同里散发的酸臭味。

没有犹太人的德国，就像缺乏必要营养元素的人的身体，犹太人独立存在，但在每个犹太人身上都带有德国特点。每个纯粹的民族都会走向佝偻病和甲状腺肿大。纳粹主义就像其他野蛮行径，是一种自我毁灭的愚蠢行为，他们在灭掉成千上万犹太人的同时，也让德国文明变得残缺，也许永远破坏了中欧文明。

"完了。"他在空中画了一个十字，对着剩下的赌注说。现在这个赌注也没有了，他出局了。贝皮诺站起来，拿起风衣和皮帽，准备出去散散步。雅各布从牲口棚里走了出来，脸上露出狡猾的笑，眼里闪烁着贪婪的光。牲口棚就是他的王国，正如夏天的牧场。按照家里的劳动分工，他负责照料牲口，其他人负责照顾客人。他要挤奶，给马梳毛，叉起草料，倒掉冒着热气的马粪。以前在冬天，乡下孩子都想找一堆热气腾腾的马粪，赤脚踩进去暖一暖冰冷的脚。他还有一个任务，就是当小牛长得差不多时，就送它们去屠宰场；他会抚摸小牛的耳朵，喂它们吃一些潮湿、有滋味的草料，他会牵着缰绳向前走，高高兴兴地吹着口哨。

雅各布消失在厨房里，去吃他剩下的汤。丽莎在抽烟，眼睛望着黑漆漆路上的路灯。在去厨房之前，雅各布笑嘻嘻地凑到她跟前说了几句什么，可她没什么反应。刚刚十点钟，时间真的很难熬。丽莎对正要离开的贝皮诺说，一切都在变，您看到约瑟夫盖起了一家旅馆了吧，他是什么时候攒的钱呢？有一点变化是好的，但变化太大就不好了。我去法国生活过，妈妈送我去了奥兰格火车站，我们在那里等了好几个小时的火车，至少那儿，在那个火车站里，什么也没有变，我很高兴同妈妈一起等火车。我在巴黎住了两个月，回来时妈妈也去奥兰格火车站接我，火车停了，下来了很多人，太多人。丽莎瞅着贝皮诺，她的眼里燃起了黑色的火。在街上，为什么所有人要奔跑尖叫呢？外面一个人也没有，夜晚空荡荡的。楼上的某个房间里，传来一个新生儿的啼哭。丽莎沿楼梯走了上去，而在客厅里，那个在湖上开雪车的人嘿嘿笑着，可能是因为有点醉了，也可能是困了。

贝皮诺走了出去，仰望天空，他认出了猎户座。"完了！"托尼说起来多轻松啊，他的手很高兴地在别人的赌注上画十字，但他从来都不输。当马蒂亚男爵向托尼挑战，把各自的房子和餐厅作赌注玩一局科特乔牌时，第二天，托尼就找了一辆卡车去男爵的别墅，把所有东西都装走了。"在巴尼奥洛路的一座小房子里，在一张浅绿色的沙发上，马蒂亚男爵手里握着鸟，看起来忧伤嗷嗷。"托尼编了一个顺口溜，然后被村子里一个开朗的"行吟诗人"传播开来了，这个人经常来酒馆看人家打牌。

星星挂在黑黢黢的天空上，就像圣诞树上的雪花，星星又大又亮，闪闪发光，特别像在茂密的树枝间点亮的彩灯和蜡烛。抬起头来，首先看到的是一张黑色的幕布，上面散布着星星点点的亮光，这些亮光越来越多，像黑暗中的微尘在盛开，那是夜晚的窗户上开的冰花。一辆汽车沿路边开着，然后开过去了，消失在黑暗中，它可能落入银河了，已经在银河的黑水和它白色的浪花中间了。

猎户座的参宿四在十二月二十一日半夜经过子午线，它的半径随着它的亮度在变化。在上面或在下面，角度、距离、轨道已经严格规定好了，不能改变，也不能换游戏。不知道让托尼出局的癌症是不是也是那些不可违背的律法的一部分，"完了"，就像在玩牌时戈尔纳神父出牌的方式，抓一张牌，打出来的也是那张牌，后面的人必须回应这张牌，得分最多的永远是别人。和托尼打牌，这一招非常灵验，神父也真是会玩，他会随时扔下牌走人。欢笑就是一切，笑一笑现在变得更难了，幸运的是，在这家宾馆的客厅里，那些年大家都欢声笑语，这份财富还在带来利息，大家想起他时还会笑起来。

　　路左面的那座军营已经关闭了，带刺的铁丝网不会拦住任何人进入。有很长时间了，南蒂罗尔的炸弹不再炸响，再也没有建筑、纪念碑和人为了解放蒂罗尔而被炸到半空。安特霍尔茨总是那么安静，但在一九六四年的审问和搜查中，有些参加了人民党的人没能避免宪兵的殴打。再往前一点，还是在路左边，暮色也不能掩盖隐藏在山里的掩体，那是所谓的"我不信任线"，那是墨索里尼为了提防让人担忧的德国盟友而修建的。

　　那些纸糊的掩体是一场喜剧的幕布，上演着法西斯和纳粹之间的误解和爱恨情仇，法西斯先是很狂傲，后来又变得低三下四。在上阿迪杰地区，这种闹剧达到了不可理喻的地步。法西斯企图同化德意志民族，让他们失去民族身份，采取的策略就是服务于要统治世界的"德意志"；南蒂罗尔人大部分心甘情愿成为法西斯分子，他们很高兴法西斯可以杜绝布尔什维克，那里的居民是德

214

国人，要是意大利民族主义者没压榨他们，他们也不会变成亲纳粹分子，因为他们传统的天主教教义使他们对希特勒具有煽动性的讲话不感兴趣。即使在轴心国时期，克劳斯·加特雷尔回忆说，在南蒂罗尔，孩子们会玩德国人和意大利人打仗的游戏，在埃塞俄比亚战役中，他们会支持尼格斯[①]。

希特勒是德国人民的元首，也是德国民族性的保障，但在希特勒和墨索里尼结盟时，牺牲的却是这些德国人的利益。一九三九年，墨索里尼和希特勒让他们做出选择，那些南蒂罗尔人非常不愿意离开自己生活的土地和亲人，但他们必须接受这种残酷的撕裂：要么选择留在这片土地上，成为意大利人，要么背井离乡迁到德国去，或者依照某些方案，移居到遥远的地方，也就是并入到帝国的地方，甚至是克里米亚。第二次世界大战之后，这一悲剧得到了补救，那些离乡背井的人本来数目也不多，他们当然得以重返故里，如今那里的意大利人是少数派，倒是应该得到照顾。那些被遗弃的掩体还在那儿，这是世界上演的那场荒谬戏剧的舞台布景。

又向前走几米，路两边那些让人难过又碍眼的老古董被抛在了身后。我们来到一棵松树跟前，松树在河谷左边，是中安特塞尔瓦的一条象征性边界。每天晚上上床睡觉前，大家都外出散散步，去拥抱一下那棵松树。最初几年树干较细，很容易抱住；而现在一个人已经抱不住了，胳膊不够长了。脸挨着粗糙的树皮，

---

① Negus，埃塞俄比亚王的称号。

感到很舒服。在路的尽头有声音传过来，一个熟悉的高亢笑声，隐约看见一个单薄无畏的影子，黑暗中还有一个人跟在后面。在其他人到那里之前，贝皮诺赶紧扣好裤子，往雪地上吐了一块含在嘴里的树皮，那么迅捷，他们的幽会结束了。

从安特霍尔茨到布鲁尼科岔道口的十二公里非常漫长，就像穿越时空一样；汽车开在这条路上，就好像要刺穿一道道看不见的时间墙。尼德拉森是一个不同民族混居的镇子，它的历史痕迹也被统一的旅游风格所掩盖，然而在奥贝拉森，也就是"上拉森"，旅游风格几乎消失了，被这个地方漫长而缓慢的时光所吸收。这里房屋干净整洁；教堂重建于一八二二年，但它的历史可以追溯到一千年以前，教堂里是巴罗克风格的肉色大理石，还有镂空的实木凳子，这些都是值得称赞的地方。在教堂入口处，绘制着一位身披蓝色披肩的女圣人，她在无情地抽打自己；她对面有一位圣人正在祈祷，他的神情狂热而痴迷，但没受鞭打之苦。即使是在祈祷时，男人的处境也要好一些。在祭坛旁边摆着一棵圣诞树，深绿色的叶子间点缀着一些小小的红苹果，还有浅色麦秸编成的星星，那是密林中农舍的光，在这片密林里，人们像走失的孩子。

教堂前面是神父的住所，房子上插着一个风向标，在陶恩的风中起舞。从十七世纪起，这个地方曾经是法院所在地，此前法院是在阿尔特拉森城堡里，后来城堡倒塌了。它的司法管辖领地同安特霍尔茨的相毗邻，在十一世纪时，普斯特里亚伯爵把这个地方的司法权交给了布里克森的主教，一八〇三年司法权世俗化之前，情况一直是这样。在这片土地上，古老的司法领地的边界相互交叉，就像雪橇留在地上的痕迹，把这个小小的、封闭山谷的地理政治分子分割成很多游离的原子，在每个宏观和微观的封建世界里，呈现出各种样貌。

在雪地上行走的脚步，还有沿着山谷向上攀爬的汽车，其路线和当年雅各宾派向前推进的路线一样，就像在一八〇九年布鲁尼科战役后，布鲁斯将军追击蒂罗尔爱国者的路线；来自城市或者平原的人到这里滑雪，他们带上滑雪用的东西，他们还会在别人不知的情况下，随身带一部《拿破仑法典》。脚步会深陷在雪里，汽车轮子会打滑；在山坡上修建的农舍里，继承遗产是按照其他法律进行的，那是基于几个世纪以来保留的地方特色，还有中世纪的传统，和这个大区的其他地方并不一样。就像一句本地的老话说的：我们并没在这个世界，我们在蒂罗尔。本地人很自豪，因为即使世界背叛了我们，这里的土地、村庄依然会坚实存在。

就像这里的农舍和河谷，蒂罗尔也需要这种封闭，"我们"这个坚实的身份会排除其他所有人。"维也纳人、捷克人和其他犹太人。"克劳斯·加特雷尔神父用鄙夷的语气列举了那些不可信任的外人，还有哈布斯堡人、国际金融集团、匈牙利人、所有斯拉夫人、除了河谷里的神父之外的神职人员、意大利警察，等等。种族纯粹如同任何一种纯粹的东西，是通过排除法进行提纯的，从严格意义上来说，真正的纯粹是零，是彻底排除杂质之后获得的绝对的零。

蒂罗尔的独立身份是在一二五四年首次确定的，后来在一九一九年的独立国家方案中再次出现，这种独立通常建立在排他的基础上。对于蒂罗尔来说，那些致命的日子都是它的独立性一次次被摧毁的日子：一三六三年，蒂罗尔在玛格丽特·毛尔塔奇①之后变为哈布斯堡王朝的领土，从而永远地丧失了成为另一个瑞士的可能；一八○六年，巴伐利亚人占领了这个地方；一八○九年，法国入侵，一九一八年，南蒂罗尔被分裂出去，并入意大利。一九三九年，墨索里尼让本地人做出选择，要么留下来做意大利人，要么移居德国，这给蒂罗尔人带来分裂，让他们失去自己的身份。

在国家政治层面，蒂罗尔的独立是无法实现的，但这种独立通过一些地方特权和特殊性得到了保留。在"历史"深层，这些组织没有表面那么活跃，就像一个地质层，即使是上面的泥土被清除了，还能保留原样。蒂罗尔人的根本法律——一五一一年马克西米利安皇帝颁布的《民兵法》，就是运用本地兵力，"后备兵"和"民兵"，是蒂罗尔而不是更高级别的兵力。这是地方兵力，不是国家部队；是民族的军队，不是民族国家的军队。

直到几年前，那些穿着军装戴着有羽毛的帽子举着旗子的士兵，看起来就像是挂在墙上的鸟儿或者麋鹿的标本，让人觉得又老旧又不合时宜。而现在，这些民兵插着羽毛的帽子下面露出的脖颈，还有皮革缝制的裤子下面露出的充满活力的小腿，都是地

① Margaret，Countess of Tyrol（1318—1369），蒂罗尔最后一位女伯爵。

道、纯粹的民族身份标记。在这个推崇本位主义和地方沙文主义的欧洲，这些纯民族的东西得到了推崇。历史掉转了船头，粉碎了庞大的帝国，把城镇推向了舞台；这些封闭的农舍在拿破仑的行政长官治下，在国际共产主义里存活了下来，它们代表着现在，也代表着将来。市镇民族主义在整个欧洲狂热膨胀，对于"不同身份"的崇拜，不仅仅表现在人类普遍具体的表达，而是成为了一种绝对价值，每一种身份都疯狂地对其他身份进行对抗。

"重新发牌！"启蒙主义者可能要这么说，因为他知道会接着重新洗牌，政治的普遍性被这种"后现代中世纪"放在了暗处，迟早都会回来，会从全局上进行调整。可能有人要问，一九一〇年发生了什么，要是弗朗切斯科·斐迪南在经过河谷时，受惊的马要了他的命，那会带来什么结果呢？萨拉热窝事件就能避免吗？不知道还有什么事情可以避免。这位善于玩科特乔牌的启蒙主义者深知世事难料，生活中充满了各种意外，各种波折已经让他陷入了困境，除此之外，他还知道相信进步是一种草率的态度，在历史上，在这个世界上，这已经造成了很多恶果和灾难。对于手里的牌，他一点儿热情也没有，他也不确信下次洗牌时他能得到更好的牌，所以他让其他人决定，那些自负、充满激情的人，让他们决定是不是重新洗牌，他自己只是按照科特乔牌的规则表个态，说一句"无所谓"。

大姐黑尔佳用手指着在桌子底下爬来爬去、拉扯客人裤管的康拉德，对丽莎说："待会儿客人该生气了。"丽莎看了看儿子，脸上没有笑，但薄薄的嘴唇上好像有什么东西融化了，好像被人亲吻过。康拉德头发卷卷的，眼神柔和，看起来很聪明，他在椅子下爬时，总能从抓他的人手里溜走，他笑得很甜美，让人无法抵抗。有一年圣诞节，人们听到有个小孩在哭；麦尔贡特夫人直摇头，玛丽萨对她说，把孩子抱出来看看，让他和大家在一起。孩子诞生了，父母是谁有什么要紧的，孩子才是最重要的，那些牧羊人和东方博士都要来祝贺，他们什么也不问，就是马厩里的牛啊，驴啊，也在对着躺在稻草里的新生儿哈气，让他暖和一点，他们才不管约瑟和马利亚是谁。

康拉德停了下来，他看着猫躺在窗边。猫是灰色的，爪子上有些白色斑点，窗外的雪也是白色的。玻璃上也有一只猫，它长着胡须，康拉德的两位叔叔也有胡须。咪，咪，弗朗切斯科要教他"咪，咪"，康拉德只是笑。他会讲意大利语，跟猫用河谷的方言交谈。跟羊也是这样，"咩咩，咩咩"，羊的叫法有很多，有小羊的母羊叫"戈列"，公羊是"图勒"，阉过的羊叫"格斯特拉恩"，年轻的母羊叫"基尔波莱"，康拉德笑了，他打了个滚，对着窗户做了一个飞吻的动作，丽莎脸上浮起了一个微笑。

雅各布舅舅给了孩子一块糖，抚摩他的头，丽莎站起身来把孩子抱在怀里。雅各布在喝酒，一个坐在客厅的人说了句俏皮话，他笑了起来，他胳膊上搭条被子，准备去睡觉。他有自己的房间，可他喜欢走哪睡哪儿，他在洗衣房的长板凳上也能睡安稳。洗衣房在地窖旁边，那里总是很暖和。冬天真好，他用有点含糊的声音说，圣诞节之前和之后的一段时间也很好，这里没什么人，只有镇上的醉汉会来。长夜漫漫，也没什么可做的。即便我们几个兄弟姐妹常常吵架，尤其酒喝多了的时候，但我们其实关系很好。你们不要觉得丽莎没礼貌，其实丽莎心地很善良。他讲得眼泪都要流出来了，但嘴里还在嬉笑。

　　每年汽车开到这个山谷，只有一次会向左转，那是从布鲁尼科方向来，或者说得更精确一点，是从舍恩胡贝尔商店的方向来。每年圣诞节前后，他们都要去采购一些梅森瓷器①。梅森瓷器，至少是它的洋葱系列，是白色和钴蓝色的。那种蓝色就像教堂玻璃窗的颜色，高高地安在教堂顶部和后殿上；人们在那里做弥撒，跪下祈祷，渐渐变老，头顶好像有天空和大海，但那种蓝色比大海更深，比天空更远。天堂是蓝色的，也因为它很遥远。那些盘子、汤盆、杯子和沙拉盆的颜色比大海和天空都要柔和一点。

　　每次从安特塞尔瓦回来，他们总会添置一些东西，可能是一个盛点心用的小铲子，一个装豆子的盘子，等等。周年纪念、耶稣的诞辰或皮雅奶奶的生日；在桌子上摆好盘子，那是应许之地的证明，红酒缓缓倒入杯子里，此时，玛丽萨把一个大汤勺放入汤碗，那些钴蓝色的花朵会被汤掩盖。第二年她会重复同样的动作，非常简单，但深不可测；桌上添了一个新的四方形瓦砵，还有盛调味干酪粉的容器，有人已经彻底离开了这张桌子，作为补偿，一个新来的成员正躺在某个阿姨的怀抱里。

———————

① Meissen，欧洲第一名瓷，被誉为"瓷器界的劳斯莱斯"。

梅森的盘子就像年历，或者年份记录者。从那些垫盘、深盘和浅盘开始，那是保罗在上幼儿园时买的；然后又买了十二套餐具，也有上菜的盘子，就是那些最基本的，两个尺寸的圆盘子和椭圆形的盘子，盛开胃菜的三角形盘子；孩子举行坚信礼，上高中拉丁语一次不及格，那期间添置了十二套咖啡杯，带一个盛牛奶的杯子和一个糖罐；小伙子开始带女朋友回家了，添置了调味瓶，还没有添置够十六个人使用的餐具，苏联这时候解体了。在添置放开胃菜的盘子，还有那个可以放三根蜡烛的烛台期间，有一两次音乐调子不对，那些错误的拍子反复出现，有时候会破坏节日的心情。

丰盛的午餐，还有从科拉布里戈或阿斯蒂岛订购的葡萄酒，并非对麦尔贡特家摆在桌子上的达罗湖产的酒不满意，食物和酒是盖在现实上的那层罩子，让现实变得模糊，这是好事儿。这不会让人看不到现实，也不会掩盖人的惊愕，但会给人一点缓冲，就像雪里的声音，这样就可以让人继续讲一些故事，甚至还有一些段子。那些叽叽喳喳还有笑声不会让时间放慢脚步，但会让那些忽然出现的不和谐音变得顺耳一些：所有人都对我说/你这个金发女郎/但我不是金发女郎/我长着黑色头发/黑发和你做爱。午饭结束了，盘子收了起来，那些梅森瓷器会被放在毕德麦雅时期的碗柜里，饭堂、婚床和坟墓。

汽车回到安特霍尔茨，带回从舍恩胡贝尔买的水果盏。夜幕降临，道路两旁的积雪反射出剑光和瓷器上蓝石榴图案的颜色。在一个拐弯处，在一棵倒在地上的树旁边，多娜泰拉的雪橇早上留下的痕迹经过寒冷的雕刻，变得更加清晰可辨，那时候她怕一头撞在树干上，就在这个地方突然转向，在雪地上留下了一道深深的沟壑。在奥贝拉森，弗朗切斯科和伊蕾内肩上扛着雪橇正等公共汽车，他们要回安特霍尔茨吃晚饭。也许贝皮诺说的对，伊蕾内不应该出去滑雪，她怀孕四个月了，她已经决定给肚子里的孩子起名斯泰拉·茱利亚。芭芭拉是一个天不怕地不怕的人，她说那个坡很缓，要在上面摔倒的话，那得像贝皮诺一样笨，而且他脚上还穿着二十年前的那种滑雪板。

在右边，在奥贝拉森附近耸立着霍伊夫勒尔城堡，因为四边都是斜屋顶，所以看起来不像一个城堡，每个角都有一个塔楼，窗户上有铁栅栏。这座城堡建于一五八〇年，现在改造成宾馆，酒吧安置在一个昏暗的大房间里，那儿原是做火腿的地方。经过几个世纪的烟熏火燎，天花板和墙壁变黑了，房间里弥漫着一股浓烈的火腿味。在二楼的小客厅里是文艺复兴风格的六边形天花板，下面有一些精雕细刻的神龛，柱子上千疮百孔，简直像蜂房一样，房间里有一座非常漂亮的绿色陶瓷壁炉，让人惊叹，上面的纹章装饰画在整个房间里蔓延开来。屋子里的家具保存得完好无损，但还是能看到虫蛀过的痕迹。"只有安拉是胜利者"，阿尔汗布拉宫的墙壁上这样写着，只有安拉，只有他是不毁不灭的，他甚至可以指使蛀虫啃咬珍贵的木头，让它消失在那黑漆漆、曲里拐弯的隧道里，那是时间经过时留下的空洞河床。

霍伊夫勒尔城堡是蒂罗尔生了锈的影像，会让人回忆起那些古代的徽章、比武和庄园，那些充满梦幻色彩的想象和德国文明特有的沉重笨拙融合在一起，通过蒂罗尔向拉丁世界挺进。霍伊夫勒尔城堡是有棱有角的蒂罗尔；它是人造的，它过于真实，因而看上去像是假的；其实这座城堡，他已经在某个动画片里看到过了，有好几年都在他眼前反复出现，但并没有引起他的注意，他以为那是一个很媚俗的复制品。当他得知那座城堡是真的，就想去看一看，看看这座城堡的历史和简介。也许，蛀虫永无休止地啃咬着复制品时，不会让人产生悲戚之感。

在萨洛莫内温泉有茂密挺拔、结满松果的松树，把万福马利亚小教堂还有几个温泉包围起来。几个世纪以来，这里的温泉以其神奇的疗效远近闻名，尤其是能医治妇女不孕症。清泉在雪地和柔软的苔藓之间轻轻地流淌着，这是克利通诺河的德国微缩版。就是在这里的滑雪场，托尼第一次把玛伊塔带来，滑雪教练英格教会了她滑雪。几年后，英格又教会玛丽安娜滑雪，因为托尼的那次来访造就了一段天作之合的婚姻。一年来，她又教斯泰拉·朱利亚滑雪。在稍高的地方就是安特霍尔茨·尼德塔尔，矗立着奥贝迈尔农场，它有一个日照充足的阳台。这里发生过一段传奇故事，简直就像塞利纳笔下的情节。一九四五年五月，有五个法国人藏在那里，他们是贝当的追随者，当时被判了死刑；一个是作家兼记者，一个是元帅的保镖，一个是维希政府宣传部的高级官员，一个是女性，还有一个年仅十八岁的小伙子，后来小伙子不小心被发现，被枪毙了。他们东躲西藏，隐姓埋名，一个藏在奥贝迈尔，其他人躲在附近的农场：翁特拉乌特尔、帕虎贝尔，他们用珠宝换取食品。他们像狗一样遭人追逐，其实他们选择这个山谷藏身本是一个不错的主意，这里的人相信帝国会胜利，有不少德国国防军和党卫队的志愿军。如果说贝当政府逃到西格马林根的超现实城堡里，那么这几个人就像进入到一个微型的西格马林根，那里没有古代的金银，只有一堆堆干草饲料和烧火用的柴。

逃犯中的一个为了消愁解闷，写了一本关于安特霍尔茨山谷的书，谈到了这里的风俗习惯。写作也有这个用处，它可以让人暂时忘记死亡。牧场、山丘和斜坡上，农庄和农场星罗棋布；即使是那些散布在两侧山冈上的树木，它们也有明察秋毫的史官记录，他们对抗时间，记录下了所有细节，就连那些慢慢腐朽的小茅屋也不会漏掉。洛伦兹·列伊特杰伯神父是一个领土收复主义者，他在一九〇九年出版的巨著《我的家乡》中详细记载了河谷在那些年里发生的所有事情，近些年，胡贝特·米勒重新追溯和记载了每个农场的历史，还有过去的联姻，农场的继承或者转手史。他还谈到了本地的酒馆还有酒馆老板的家谱，比如说溪水上老布吕格威特家族的历史，还有索嫩威特的家史，他们把麦霍夫的一部分卖给了梅斯内威特家。还有酒馆老板留下的寡妇的故事，她们都活到令人敬仰的年龄——劳特尔-米特尔勒因活到了九十八岁，泽莱斯-巴尔贝莱活到九十七岁高龄——还有一些从来都没有破解的案子，可能错判的案子，例如因勒死别人而于一八八〇年被判死刑的约瑟夫·施泰勒，他是因内尔塞斯霍夫农庄的主人，

225

按照当地人的说法，他是被冤枉了。他被判定为凶手，在减刑之后，死于波希米亚狱中。

米勒的《安特霍尔茨乡村书简》是一部世界史，但集中讲述了发生在一个小河谷里的故事。也许化解人生痛苦最有效的办法就是记录他人的生活，这样就可以忘记自己的生活。胡贝特·米勒最常出没的地方，就是赫尔贝尔霍夫宾馆的客厅和离那儿不远的本堂神父图书馆。他找到了自己的路，这是时间赋予他的轨迹。在这位研究者耐心的目光注视下，这个逼仄的空间膨胀了，原子在分裂和增长，成为一个储存了名字和事件的万花筒：一九四五年，三位在逃的德国人把一个藏满钞票的箱子扔进湖里；一匹马在冬天掉进湖里，因为它太重而压断了冰层；一二二〇年，这里有了第一位神父；一八三二年有了第一名教师约翰·梅斯内尔，除了教书，他还是钟表匠、制伞匠、扫把匠、江湖牙医、车工、木匠和邮递员。

胡贝特·米勒就这样度过了他的一生，他将真实的姓名和发生的事情写在纸上。尽管有时候出于礼节，要对现实进行调整，但每个讲故事的人都知道，要放弃那些名字有多难。讲故事是对遗忘的对抗，也是对遗忘的默许；如果不存在死亡，那谁也不会想要讲故事。故事的主角越卑微，身体越接近土地腐殖层，就越能让人感到他和死亡的关系。无论是名人还是那些默默无闻的人，人生在世都会像四季一样更迭，雨水和雪水也会融入到动物和植物的生命里，还有那些顽强和破旧的物件里。

安特霍尔茨的编年史是一部大历史，因为它讲述的是人类的历史，而不是个人或民族的历史，而人类的历史中也包括他们的生活场景。编年史谈到死于尼德塔尔的俄国囚犯，第二次世界大战的退伍军人，还谈到天气变化前的一些征兆；一七九〇年在河谷被杀死的最后一头熊；一八一二年被打死的最后一条狼；也许是一八二四年猎到的最后一只猞猁；湖中捞到的二十五公斤重的鳟鱼；一七一二年八月二日，教堂钟楼被雷击毁，还劈死了一个姑娘；一八二八年的冰雹；一八七九年的洪水；一九〇八年五月十三日，令人尊敬的加莱尔在整个镇子收集到了数量可观的鸡蛋，他把鸡蛋打碎，搅拌均匀，用来医治烧炭工康拉德·德·科利的烧伤；一九一九年意大利军队开了进来，同年的一场大雪也被记录了下来。

历史缓慢地渗透到了地里，在地上留下沟壑和痕迹。风景也会慢慢破裂脱落，一场轻微的地震让舞台侧幕错位了，下面几层向后退了一段，那些纪念碑摇晃起来，其他东西也会浮现，向前推进：农具、挂在废弃的夏季牧棚里的上衣和出现在族徽上的花环。

地理时间和历史时间一样，也是直线的，因为高山和大海也有生死，然而它们太大了，大到发生了弯曲，如同地球表面画出的一道直线，和空间建立联系；这些地方是时间的线团，写作就是解开线团，如同珀涅罗珀①解开历史织成的布匹。在赫尔贝尔霍

---

① Penelope，希腊神话中奥德修斯的妻子。奥德修斯远征时，她拒绝了无数的求婚者，终于等到丈夫归来。为了赢得时间、她对求婚者们说，要等她的布织完了方可应允他们，然而她的布总也织不完。

夫的小客厅里写东西也许并非全无益处。丽莎一副不理解的表情，但可能她说的一番话也自有道理，她说："啊？您又在这里写东西啊？总是写呀写……这不好，写一点可以，太多了就不好了。还是要多思考，少写东西才好。"

一九一六年四月十五日，第一架飞机经过安特霍尔茨河谷，本地农民还以为那是一只巨大的鸢鸟或者鹭鸟。在这样的穷乡僻壤，还出了两个政界人物：一个是革命者，一个是反叛者。其中彼得·帕斯勒是一五二五年农民革命首领之一，生长于中安特塞尔瓦的阿尔腾菲舍尔农庄里，他父亲因为抱有宗教和社会改良思想被逐出家乡。彼得作为首领，集结了一支农民队伍，响应了米切尔·盖斯曼的运动，米切尔是蒂罗尔响当当的革命家，他因为长期伏案成了驼背，两位革命者于一五二六年在安特霍尔茨会晤。帕斯勒率领他的队伍反对王侯、主教和高级教士，他要推倒宗教势力，摧毁每座城市的城墙，城市应该变为村庄，他宣传手工产品的集体化生产，主张控制物价，进行宗教改革。

帕斯勒被关入大牢，后来被他的追随者营救了出来，在这些河谷里，他继续展开激烈的战斗，用于收割的镰刀也适应于战争，直到有一天，他逃到威尼斯共和国的领地，由于一位追随者叛变，他被杀害了。叛徒割下了他的人头，送给了因斯布鲁克政府，作为交换，那位叛徒获得了赦免，并且得到了一笔赏金。盖斯曼也遭到杀害，被人用匕首捅了四十二刀，他从斐迪南大公手里抢到不少领土，但革命刚一失势，大公便收回了这些丧失的土地。

本地农民，即使在革命期间，依然坚信王权的统治，把贪赃枉法的现象归因于某些大臣。盖斯曼和帕斯勒揭竿而起，想建立一个新政权，这两个人物并不是地方上的小人物，他们是欧洲和德国历史上的悲剧性人物，代表了现代化带来的矛盾。现代化彻底改变了世界，催生了更强烈的变革诉求——彻底实现一个理想的社会，但同时，现代化势不可挡的发展也抑制了社会救赎的实现。这次失败的农民运动出现在充满生命力的、激烈的现代化变革之前，体现了现代化的两面性。政治不成熟会催生许多灾难，宗教自由和社会解放的分离，对德国尤其危害严重，是"德国祸患"产生的原因。在十六世纪的德国，浮士德是新人的象征，但他不是一个政治英雄，他远离农民革命的个人造反精神是现代化造成的撕裂的体现。

农民运动的失败和斐迪南二世①的复辟，这使蒂罗尔在几个世纪里都是一个愚忠而保守的地方，变成一个捍卫传统——传统所捍卫的习俗和特权——的桥头堡，他们反对现代化，反对一七八九年法国大革命提出的口号，反对《拿破仑法典》，反对自由主义和社会主义。蒂罗尔为了顺应这条路线，它一直对哈布斯堡——一六六五年起蒂罗尔受哈布斯堡直接管辖——非常忠诚，他们反对玛丽亚·特蕾西亚和约瑟夫二世的启蒙主义改革，捍卫各个阶层的自由和社会的等级，反对由奥地利一些王公贵族推崇的现代化，阻碍他们试图通过深层改革来改变封建落后的状况，从而避

---

① Ferdinand Ⅱ（1578—1637），神圣罗马帝国皇帝，波希米亚和匈牙利国王。

免革命。

距离阿尔腾菲舍尔农庄几步远的地方，是威格霍夫旅馆，有一段时间约瑟夫·莱特格布住在那里。约瑟夫是个反叛者，和安德烈亚斯·霍费尔一样，他也是一个殉难者。一八〇九年，法国人和巴伐利亚人入侵蒂罗尔，他参加了抵抗斗争，于一八一〇年一月八日在河谷入口处被枪决，那个地方现在有一个小小的十字架纪念他。莱特格布和安德烈亚斯·霍费尔、彼得·迈尔以及其他爱国者一样——和盖斯曼或帕斯勒不一样——他不是一个破坏旧法律试图建立新法律的革命者，而是一个反叛者，反对入侵者的同时，也希望恢复古老的秩序。他是一个为捍卫传统而牺牲的殉难者，理性的普及破坏着传统，民族国家破坏着民族，而他要捍卫过去的一切。

就像所有真正的反叛者一样，蒂罗尔的这些反叛者也被他们为之战斗的君主所背叛，他们为了国家利益而牺牲；比如说兹诺伊莫停战协议是哈布斯堡皇帝弗朗茨一世在瓦格拉姆战役失败后签订的，他把已经失去了合法性的游击队员霍费尔交到了法国人和巴伐利亚人手上。伟大的政治让蒂罗尔遭遇灾难，然而霍费尔和莱特格布不是为奥地利皇室而死，他们是为蒂罗尔献身。或者说得更准确一点，他们是为了蒂罗尔的一部分、也就是德国部分而牺牲，他们把威尔希蒂罗尔，也就是南蒂罗尔排除在外，南蒂罗尔这个名字也是近代才产生的。蒂罗尔自由斗士肯定了历史上蒂罗尔的分裂和一二五四年实现的统一，它的文化中心一直到十五世纪都是在南部，后来才迁移到因斯布鲁克。一八〇九年的爱国者让蒂罗尔分裂，把它的德国部分和拉丁部分割裂开来，他们也被德国、奥地利或巴伐利亚的政权所抛弃或消灭。六十年代南蒂罗尔的恐怖主义也和这种矛盾密不可分，一方面是要求独立的民族主义，一方面他们无法理清同奥地利和德国的关系。

莱特格布为旧时的自由，也为获取古老的特权和奴役的权利而斗争，他反对人人平等，反对社会流动，因为这会给个人提供自我解放的机会。拿破仑的现代化随着布鲁西埃将军的军队进入安特霍尔茨河谷，这种现代化排除异己，以一种残暴的方式消灭不同。霍费尔和莱特格布的"旺代叛乱"后来成为了蒂罗尔愤怒而保守的意识形态的象征，尽管他们的抗争也包含对真实自由的捍卫，因为这些自由受到独裁计划的威胁。莱特格布是现代历史的产物，他对抗斯库拉①和卡律布狄斯②：一种是趋同、一刀切的暴力，一种是地方主义的暴力，这个没有解开的结现在还在折磨欧洲，可以解释很多可怕的、广泛推行的现代化和一些野蛮的倒退。

莱特格布死时，启蒙主义者提出的、玛丽亚·特蕾西亚和约瑟夫二世支持的专制主义现代化路线已经失败。这是实现现代化的第三条道路：尽管它推崇统一，但也尊重多样化；尽管推动革新，但也尊重传统；这第三条路是为了避免资本主义原始积累的恐怖和野蛮。然而，蒂罗尔拒绝了玛丽亚·特蕾西亚和约瑟夫二世，选择了弗朗茨皇帝——就是那个抛弃了安德烈亚斯·霍费尔，

---

① Skylla，希腊神话中吞吃水手的女海妖。
② Charybdis，希腊神话中的大漩涡怪，会吞噬所有经过的东西，包括船只。

任他自生自灭的皇帝。蒂罗尔人支持哈布斯堡的复辟，反对特蕾西亚的革新，这就造成了蒂罗尔地区政治发展的滞后。拿破仑入侵时，他通过直觉感受到了这个地方的特殊性，他想建立一个蒂罗尔-赫尔维西亚联邦，或者把蒂罗尔并入意大利王国的版图，并赋予它广泛的自主权。他当年划分的边界，虽然时间很短，但影响深远。

莱特格布也是进入中安特霍尔茨之后一家锯木厂的名字，距离格鲁贝尔·斯托克尔小教堂不远，那是一栋浅绿色的小教堂，会让人想到大海。教堂的墙上画的是耶稣受难之路，是一些古典刻板的形象，和曾经在的里雅斯特圣心教堂看到过的一样。木刻的基督被钉在十字架上，他就像这些河谷的男人，从体形上能看出世代贫困以及内部通婚留下的痕迹。在安特塞尔瓦度过的日子，通常是从到达小教堂的夜晚开始的，那座黑漆漆、空荡荡的教堂里竖着一个十字架；我们在年底来到这里，过去那一年会从我们的肩头卸下，如同一个背包，或者一束花，被安放在这座木质十字架脚下。

在这家锯木厂后面，路开始陡峭；从高处可以看见为圣乔治修建的教堂，也能看到整座村庄和村里的房子，以那位中世纪行吟诗人命名的文化之家位于村子中心。这个村子很小，在夜里散步时，村子好像在黑暗中膨胀了，变大了，就好像进入了一个有弹性的空间。不仅仅是空间，时间也是有弹性的，随着其所包含的东西变大或者缩小，因为那是凝固了的时间，如同人的生活。

村里有两家商店，一家叫做莱特格布，另一家是村庄尽头的汉德龙格，在这两家商店之间的积雪下保存着岁月、事件和一层层的时光。假如出去做直线旅行，有明确的目的地，那旅程会很短，从米兰到的里雅斯特也就是几个小时的火车，或者从米兰到纽约也只是几个小时的飞机。晚间出去走走，没有特定的目标，很容易迷失方向，会被埋在积雪下面的东西绊倒，或者走入一个没有人迹的小径。那种迷失就像看到一张面孔，被她眼里的湖泊淹没，沉迷于她的口唇而无法自拔。根据一些颇有争议的词源学研究，安特霍尔茨的意思是"树林那边"，密林那边的地方。夜里那些黑暗荒凉的路，就在森林那边，人们穿过密林，会把自己的一部分留在枝叶之间，留在那些带刺的灌木丛和腐烂的树干之间。

在距离格鲁贝尔小教堂不远的地方，洛伦兹·莱特格布于一八五六年出生在一座如今只剩下废墟的房子里，他是河谷中的"希罗多德"。作为神职人员，他要去很远的地方传教。在奥地利的修道院里，还有他出去传教的无数次旅行中，莱特格布神父心里一直在怀念安特霍尔茨，而上司却把他派往别处。有一天，他终于能够重归故里，那得益于安特霍尔茨一位神父的催眠式布道。一天晚上，那位神父布道时，一位老乡睡着了，他醒来时发现教堂大门紧闭，上了锁。要想出去，他只能爬上钟楼，拽着一根绳子溜下来，但无意中把钟楼的钟弄停了。于是，教区的信徒要求派一位至少能让听众睡不着的牧师，于是莱特格布神父被选上了，他的雄辩远近闻名，在布道台上他总是慷慨陈词，非常有感染力，他借此返回了家乡。

赫尔贝尔霍夫正在办一场丧宴，河谷的一位经营牲口的富商死了。他有十个孩子，还有数不清的远亲近邻。厨房里正在准备宴席，是按照通常办丧事时的菜单操办的：牛肉汤、香肠、葡萄酒和水。大厅里正在摆桌子上菜，雅各布端坐在桌子前，他才是宾馆的主人，他一直是宾馆的主人，尽管他在牲口棚里干活，手里拎着牛粪桶，但他也能牢牢地控制住几个兄弟姐妹。两三个兄弟已经远走高飞了，在赫尔贝尔霍夫再也见不到他们了。时机成熟了，他走出牲口棚，端坐在保留给他的主桌上。

现在他心情好很多，他可以公开行使权力，而不是暗地里操作。他经常面带微笑，显得和蔼可亲，这是一个旅馆老板应有的好心情，他的行为举止也更加端庄稳重。他从耳朵上取下铅笔，很快地算账。他现在睡在一个很漂亮的房间里，和一个罗马尼亚女人一起住。丽莎默不作声，雅各布跟她说话，她只是耸耸肩膀。康拉德要离家去服兵役，雅各布多给了他一些钱，在他肩上拍了几下，但不像从前那样了，现在他很小心，一切都必须井井有条，尤其是到了旅游旺季。有些夜晚，哥哥姐姐们都回房间睡觉了，他独自一人坐在柜台后面，手里端着一杯酒，眼睛里湿湿的。罗马尼亚女人迟早都要离开，黑尔佳说，要么娶她，否则一个外国女人是不能永远待在这里的，她不是意大利人，警察不允许她待下去。也许会允许她待着？不管怎么说，她也不应该一直在这里。

教堂敲响了丧钟，灵柩是用一辆马车从尼德塔尔拉过来的，棺木上覆盖着一层杉树枝，前面是蓝色和金色的旗幡。许多人前来送葬，死者生前地位显要，死亡也不能改变其社会地位。三位神父唱着："用您的大慈大悲，抹去我的罪孽吧。"敲钟人的尖脸从钟楼上露了出来，活像从勃鲁盖尔①或博斯②的画中走出来的男孩，在钟楼上面，在他的身后，还有两三张木雕般的面孔贪婪地望着人群。蒂罗尔人短头畸形非常严重，这是哈布斯堡的鲁道夫大公资助的一部带插图的旧百科全书上记载的。鲁道夫大公甲状腺肿大，有蜀黍红斑，那也是一种家族病。

在钟楼窗户外面，阳光照射在山顶的积雪上，如同金色和蓝色的火舌。敲钟人的头往前伸了一点，向下弯曲着，很像一只猛禽钩状的喙：在他身下，钟楼上巨大的指针的影子投向墙壁，就像日晷一样；指针慢慢地移动，指针顶端稍微有些弯曲，像小镰刀。灵柩穿过教堂周围的公墓，坟墓是铸铁打造的，在许多德国姓氏中只有三个意大利姓氏：斯坎索、贝纳托和阿梅利奥。墓地里也埋葬着一些小孩：阿洛伊斯·尼德科弗勒只活了几个小时，或者几分钟，出生的同一天就夭折了。阿洛伊西亚，他的小妹妹，于一九五一年六月九日掉进河里淹死了。

教堂里回荡着唱赞美诗和祈祷的声音。在天花板上的壁画里，恶龙被圣乔治刺穿了，它仰面朝天，大口喘着粗气，舌头吐了出来，活像热天里的狗。威格霍夫宾馆就在教堂旁边，老板姓尼德科弗勒。威格酒馆把教堂和宾馆连接起来了，现在要进入那家酒馆有些困难，

---

① Pieter Bruegel（约 1525—1569），尼德兰画家，欧洲美术史上第一位农民画家。

② Hieronymus Bosch（1450—1516），尼德兰画家。

台阶摇摇晃晃的，台阶下面是烧火用的柴堆。一六九五年，安德烈亚斯·格鲁贝尔请人在墙上画上《死神舞》，画里有皇帝、农民、士兵、神父、教皇、女招待、律师和死神，每个人都在说着俏皮话：我统治你们；我喂养你们；我为你们战斗；我为你们祈祷；我赦免你们；我引诱你们；我捍卫你们；我把你们都带走。

房间里塞满了旧物件：长柄锅、破锯子、锈镰刀、木牛轭。墙上还写着一句话：谁也不知这个贼何时来。即使在这种老生常谈的重复中，也反映出巴罗克的伟大，它对崇高庄严的客观认识，对人世赤裸裸的揭示，反映出一种普遍性，之后的欧洲文化被搅得乱七八糟，陷入到爱虚荣的"小我"悲悲戚戚的心理感情里。在这幅《死神舞》中显露出命运的谦卑和荣耀，出生、活着和死亡；那个姑娘公然宣称"我引诱你们"，道出了欲望的绝对和虚无，完全无视资产阶级的焦虑不安，这是性爱方面的马基雅弗利主义，放荡的犬儒主义和感情的修辞学。在不同时代或不同的社会等级，失去这种绝对信念的人只能费尽心机，自己想办法补救。

在这幅朴素的《死神舞》里，有巴罗克音乐的基调和回声。我们肩上扛着雪橇，或者胳膊下夹着书本从这幅画面前经过时，我们也成为那个场景里的人物，我们也应该按照自己的方式放声歌唱，按照自己的意识或心情，展示我们心灵的特别之处。对于巴罗克来说，世界就是舞台，我们上台演戏是为了消遣，为了赚些吃喝。布洛赫[①]认为，资产阶级用剧院代替了教堂，糟糕的是剧

---

① Hermann Broch（1886—1951），奥地利作家，著有《梦游者》等。

院也代替了酒馆，这让他很不满。或者说教堂和酒馆是一回事儿，酒馆里也提供面包和葡萄酒。

再往前走几米，朝着奥贝塔尔的方向，在莱特格布商店附近有一间木雕工坊。门外横着一根粗树干，上面全是疤瘤，后面是耶稣诞生的马厩木雕，有圣母马利亚、圣约瑟，还有各种动物，这个木雕艺术很谦卑，木头上的疤痕显得很亲切。木雕艺术在十六世纪达到鼎盛时期，那是蒂罗尔特有的雕刻艺术，雕刻家、雕刻师傅和技师之间并无严格的界限，艺术只是做出好活的手。

在丧宴上，同桌吃饭的人很多；大家都从河谷的不同地方赶来，有的多年没见了，久别重逢，大家都在寒暄，相互问候，说着家里的事情，谁走了，谁回来了，谁又生病住院了，一旦有什么商机，也不失时机地见缝插针。死亡不是解开绳子，撒手而去，而是把绳子绑得更紧了，葬礼是增加社会凝聚力的仪式，是一种向心力。死掉的人是一颗衰竭的小星星，它会获得密度和重量，把社会上的其他个体吸引到自己身边。在这些饭桌上，能看到这个河谷数世纪以来的典型面孔，因为长期饮酒而红扑扑的脸、缺牙的嘴，但也能看到一种包容和多样化的面孔，不再是在河谷的祭坛前讥笑基督的脸，而是代表着文明和进步的脸。

伊西多尔·塔勒在桌子间穿行，轻灵得如同一只猫豹；他喝醉了，讲不了话，然而脸上挂着笑，热情有礼地鞠着躬，在人群中穿梭但不会碰到别人，手里颤颤巍巍地端着杯子酒也不会洒出来。整个村子的人全来了，还有河谷其他村庄的人。鲁迪和他健硕的妻子伊丽莎白也来了。鲁迪是个邮差，长得像个吉卜赛人，头发是黑色的，人很瘦很精神，他是河谷的美男子；他身上南方人的诱人气质让斯拉夫姑娘，还有脸蛋红扑扑的德国姑娘心旌摇动，只是他过于严肃，不爱说话，这既增添他的魅力，也让他无法施展这种魅力，他成为安特霍尔茨的小浮士德，给这个山谷的众多玛甘泪带来欢乐和痛苦。

鲁迪几年前结了婚，人越来越消瘦，而他的妻子伊丽莎白却越来越丰满，双下巴长出来了，那张总是闷闷不乐的嘴也变得更大更宽了，但看起来很满足，在粉红色的像苹果一样让人想咬一口的脸颊上，眼睛变小了，胸脯也变大了，有些松松垮垮，那双胖乎乎的手在指使鲁迪给她拿一杯红酒，帮她拿忘在车上的围巾或载她回家时，看起来也趾高气扬。鲁迪什么也不说，一一按照妻子的要求去做，那是一种虚弱空洞的沉默，与之前的沉默不同。他愣愣地看着自己的前面，很快喝完杯中的酒，也不在意别人说什么，就起身随着妻子出去了。

在柜台那里，面包师傅胡贝尔血液里的酒精显然已经超标了，他很有礼貌地向薇薇安娜欠了欠身子，说到明年安特霍尔茨就不属于意大利了。归属奥地利吗？不，属于巴伐利亚。玛丽亚很不客气地插了一句，他没在意这句挑衅的话。玛丽亚就问他，是不是需要挖一条隧道，从奥地利地下穿过。那些对反意大利的南蒂罗尔人很看重巴伐利亚，尽管在河谷里到处上演的民间喜剧里，那些佯装爱上农庄漂亮的寡妇，以便从她手里骗取农庄的人通常都是从慕尼黑来的。当然这种事情在尼德拉森村也会发生，这些大都市人心不古，最后骗子的真实嘴脸会被一个忠诚伙计揭穿，伙计才是真心实意爱漂亮寡妇的人，会娶她为妻，爱情和金钱完美结合，尤其是把农庄从罪恶的金融投机中拯救了出来。

蒂罗尔和巴伐利亚之间的关系向来充满了矛盾和纠结。在六世纪到七世纪之间，巴伐利亚人在同斯拉夫人的斗争中最终捍卫了蒂罗尔的德国性——尽管在西部，日耳曼成分占了优势——塔西洛三世是蒂罗尔的第一位领主。尽管如此，蒂罗尔的迈因哈德伯爵想尽一切办法反对巴伐利亚人，他依靠哈布斯堡王朝的支持，蒂罗尔现在的特殊性都是源于迈因哈德伯爵当时的做法。在玛格丽特·毛尔塔奇的时代，这种冲突反复出现，斗争以奥地利人的胜利告终，也标志着蒂罗尔独立的终结。

一般而言，本地人都认为巴伐利亚人是外国人，他们会与之进行斗争：一七〇四年，蒂罗尔农民起义反对巴伐利亚军队入侵，受到贵族的欢迎和支持，他们最后打败了巴伐利亚人。安德烈亚斯·霍费尔也反对法国人和巴伐利亚人，农民又一次拿起武器捍卫蒂罗尔，这次成了日耳曼世界的"旺代叛乱"。

一八〇八年，《巴伐利亚宪法》被引入蒂罗尔，这是蒙特哲拉伯爵为了加强国家的统治在慕尼黑制定的宪法。蒙特哲拉是一位受到启蒙思想影响的专制主义者，他试图推动整个社会的现代化，减少社会矛盾，消除中世纪的世袭制度。蒂罗尔的两位革命者：霍费尔和莱特格布，他们捍卫"原有的法律"，反对普遍的理性，反对推行法国思想的巴伐利亚。在随后的几十年里，事情逐渐发生了变化，专制主义现代化和巴伐利亚民间传统逐渐融为一体，这种相互妥协促进了巴伐利亚政治风格的形成。本地人不再把巴伐利亚人看作入侵者，而是蒂罗尔的支持者，也是极端主义和暗杀者的支持者，例如，布尔格尔博士因搞恐怖主义在意大利被判终生监禁，一九七〇年在慕尼黑法庭却被判无罪释放。无论如何，德国的吸引力首先在于马克。这些年，在宾馆的小客厅里，朱利亚诺再也不能对那些蒂罗尔民族主义分子说：如果他们真想要并入德国，那就并入东德好了。

有一条保持了二十多年的"老规矩"：即使所有地方都被办丧事的宴席包了，这里还是会保留一张桌子用来打斯特斯牌。塞尔焦说他要打到最后，他很担心特劳德阻止他一赢到底。他连着出了四张牌都没人拦着他，他就有权杀得别人片甲不留，但他还是有输掉的危险；他也可以选择放弃，但这一局就不作数了。坚持打到最后，并不一定是胆小、畏惧风险，而是和时间展开的一场游击战，一种为了延长比赛，使比赛的最后结果晚一点出现的拖延战术，然而不管怎么说，那也是一种结果。哈布斯堡的文明总是要坚持到最后，它苟延残喘着拖延期限。慢慢地，宴会进入了尾声，人们开始退席离开，很多人在那里互相告辞，闲聊，喝完最后一杯。整个场景井井有条，大家循规蹈矩，一点儿也不混乱。"这一点儿也不好，不好。"丽莎说，"以前的日子多好，葬礼之后大家都高高兴兴，有说有笑，大声喧哗，有人唱歌，还有人讲笑话。红白喜事，真是欢愉的场面，比新年还要愉快；可现在呢，一点儿也乐不起来，我弄不明白，人们究竟是怎么啦……"

海因茨·S喝下最后一杯和死者告别的酒，他也离开了宴会。

他是一九三九年十一月二十五日前往德国的二十五个小伙子当中的一个，他当时选择了离开，就像河谷的绝大多数居民一样，他剪断了和故土之间的脐带。他于一九四一年回到家乡，其他人是一九四八年或者一九五六年回来的。归根结底，走的人是少数，大多数人都回来了。然而在那时候，选择留下的人放弃了德国国籍，那就像背负着一个心理阴影，他们觉得自己是外国人。文学世界并没有无视这次历史选择，但文学对于这种古老而又非常现代的撕裂记载得不很详尽，这是我们这个世纪对边界进行的人为的强制移动。皮尔切和里德曼在两个剧本中讲述过在这里发生的事情，许多年前，在一九四一年至一九四二年之间，约瑟夫·拉菲纳注定命运多舛，他经历过那种选择和撕裂，他面对一个非常棘手的选择，要么成为南蒂罗尔人民党的政治家，要么成为官方的代言人。

同海因茨谈谈这段历史也许会很有意思，然而他总是保持沉默，这也符合他受创的心理。他是一个真正意义上被牵制、被卡在那里的人，就像作家诺贝尔·C. 卡塞尔，在作品里，他主动把自己放入这样的境遇，陷入这样的羁绊。蒂罗尔最生动、最鲜活的文学就是这种自我剖析，把这段历史作为真实经历来讲述，同时它又是一种带嘲弄和攻击性的自我彰显。蒂罗尔作家有着让人羡慕的造化，或者说，他们的政治文化非常狭隘，他们一直在彰显"家乡"的美德，赞美它朴实不变的传统。每当蒂罗尔背离了这种模式，即使是最普通的事，他们也会不由自主地地赋予它非凡的意义。南蒂罗尔的官方文化非常顽固、保守，那些备受思想家抨击的作家很容易在这里获得认可。在别的文化背景下，如果按照那个模式写作，会显得太幼稚或太煽情，在上阿迪杰，他们还维护着一个绝对价值。

这种迟到最明显的症状，就是卡泽尔的死后封圣：卡泽尔是一个敏感、充满叛逆精神的年轻人，他没有正当职业，而且酗酒，他是嘉布遣会修士，也是一个共产主义战士。他是一个痛苦的抨击者，死得非常早，他拒绝写任何著作，只是写了一些零散的篇章和对《圣经》的注解；他是一个值得尊敬的作者，只是他成了一个传奇人物，一个真正的圣徒，他完全是"家乡文学"的另一面，这当然抹去了他真正的遭遇。

蒂罗尔的作家都执着于边境，这源于他们跨越边境的困难和必要性。他们还执着于身份，他们通过否认本地权威极力推崇的身份来获得自己的身份。他们采用"边境作家"常用的那些陈旧、简易的手法，比如说的里雅斯特作家常用的策略：他们觉得自己是生活在德国人中的意大利人，或是生活在意大利人中的德国人。他们常常站在另一边，他们觉得痛苦但也很享受，他们对自己家乡的记忆非常痴迷，这样他们就可以真诚地说他们很痛苦，因为他们不知道自己属于哪个世界。

所有这些都是文学，而且往往是好的文学。如果说"家乡"是一个重要的文学主题，那就应该存在像卡泽尔一样的诗人，建议把"蒂罗尔之鹰"烤了吃。可以确信的是，这些诗人都是"蒂罗尔之鹰"的真正后代，因为蒂罗尔文学——不用追溯到中世纪那些伟大作家，比如说，奥斯瓦尔德·冯·沃肯斯坦因——一直百花齐放，不只有一种声音，一直存在对逼仄世界的狭隘观念进行无情批判的声音，比如说，批判斯霍胡伯尔或克兰内维特村民粗鄙而封闭的生活。现在是时候了，到了把"蒂罗尔之鹰"烤着吃，消化掉的时候了，甚至不用把骨头吐出来，一了百了。是时候放下对边境的执着，不再认为边境是蒂罗尔或的里雅斯特的特征。也应该意识到：米兰人和住在安特霍尔茨或者喀斯特高原的居民一样，也都关注这个问题。很多蒂罗尔作家在辛辣的讽刺中流露的情感过于善良，他们高举自由的旗帜，进行抗议，提出"无主之地"，试图摆脱地域化。这都是值得称赞的情感和理想，这和攻击他们的人不一样，但这成不了诗歌。一个像弗朗茨·图勒这样的大作家，真不应该有这样不堪的经历：他年轻时加入纳粹，后来他醒悟过来了——很明显，那是因为纳粹被超越了——这让他更深了解到南蒂罗尔：边界和吞并，两者之间的可怕联系。

南蒂罗尔作家应该不那么"南蒂罗尔"了（只有一点点），也就是说，忘记自己的脐带，不那么反南蒂罗尔。一些新的杂志——《阿伦达》《学校旅行》《迪斯特尔》《俯瞰》——改变了本地的风气，但安德烈亚斯·霍费尔的照片剪辑，他赤身裸体出现在《俯瞰》杂志封面上，这依然是蒂罗尔的尿布。当然也不能告诉人们应该怎么做，并开出一些药方来。也许，克劳斯·梅纳帕切的自杀也是因为蒂罗尔带来的痛苦，他的诗歌里充满了生活的痛苦，也不乏忽然闪现的迷人情景，他的诗句会把那些具体风景——大雪和树林——变成灵魂的风景，冬天的场景会让人想起他的诗句，同时忘记这些意象产生的地方。"这死亡比任何言语都强烈。"超越了任何俄狄浦斯情结。

中安特霍尔茨，正如它的名字，是这个河谷的中心，也是最后一个真正的村庄。奥贝塔尔不是村子，只有几户人家在那里散居着，没有形成一个整体，也没有一个中心；事实上，这里没有教堂和旅馆。河谷，就像流向大海的河流，也像每一种个人的或集体的生活，在靠近终点的地方，都会失去它原来的身份。有一些农舍，几堆干草，堆柴，靠近桥的地方隐藏着一个小神龛，有痛苦的圣母马利亚，还有很多人还愿的东西，深色的溪流闪着光。

向上走，走到湖边，到山口再下来。这时候听到滑雪运动员训练时的枪声，他们在为世界越野滑雪射击锦标赛备战，枪声在森林里回荡，和前一年的记忆重叠在一起，枪声消失了，又是一年。这次伊蕾内没来，孩子出了水痘，弗朗切斯科许诺说，在圣西尔维斯特罗节时再来，这话说了两年了。伊莎贝拉箭一般从维尔德加尔滑了下来，金发飘散在风中，像雪中的晨曦。雪橇在雪地上滑过，黑色的污泥向上翻涌，岁月顺着斜坡滚滚而下。

这片湖属于恩里科·马泰伊①，是他最喜欢的休闲之处。一有机会他就坐私人飞机过来，飞机在多比亚哥降落，他悄悄来到湖边，长时间地垂钓，沿湖边散步，观望湖上波光粼粼的水面。他垂钓的地点是帕斯勒和布里克森的主教争论的话题。当地居民喜

———————————
① Enrico Mattei（1906—1962），意大利企业家，石油巨头。

欢马泰伊，至今还带着敬意和好感提到他。伊西多尔·塔勒在早上十点钟就已经醉醺醺了，他在维尔德加尔滑雪缆车站工作时，非常准时精确，不知道是什么促使他去和这位意大利巨头喝一杯的。马泰伊是一个正直的人，为了达到目的，他也会利用贿赂的策略，他要和这个世界上的强权人物齐头并进，要让战后家庭作坊式的意大利快速发展起来，让它成为这个世界上的经济和政治强国；但另一方面，他也损害了意大利的道德，使之变得渺小。工于心计的马泰伊和伊西多尔·塔勒能坐在一起喝酒，可能是因为这位很快成为犯罪分子谋杀对象的现代化领袖，以及这个安德烈亚斯·霍费尔的崇拜者，他们都痛恨资本主义。

他以前的房子在一座小桥的旁边，现在那里修建了一家旅馆。这座小桥是日本风格的，高高地架在小溪上，桥下还有冻住的灯芯草，像一幅充满想象力的刺绣。有一幅教化画记载着发生在湖里的一件不幸事件，一条船翻了，船上的人都淹死了，这时候天上的圣母和圣人目睹了这一惨剧，他们悲痛万分却无力救助，正如跑到岸上来的人一样，眼睁睁地看着他们沉了下去。画上有一行字在问行人："朋友，你去哪儿?"这很难回答，就如同写在一座房子上的另一行：我活着，可我不知道能活多久，我会死，可我不知道死于何时何地，我走着，可我不知道去往何方，我奇怪自己为什么这么快活。

湖像是一个色谱。雪是洁白的，有时又闪着金光，当风把雪扬起来，吹拂到冰冻的湖面上，雪又变成了银色的尘埃。有阴影的地方，雪是蓝色的。在峭壁上，雪呈现象牙色、玫瑰色和灰珍珠色；夜里，蓝色变成了酒红色。因为颜色的缘故，歌德非常痛恨牛顿，因为牛顿说，白色是所有颜色混合的结果，这就意味着所有颜色都消失在白色里，差别都没有了，过去这些年混合在一起，混入了雪中，这仅仅是一种缓和的结束。假如白色是最初的颜色，就像歌德相信的那样，那其他颜色应该更鲜艳；就会有天边的蓝色，一朵花和一张嘴的红色，一道目光的蜂蜜色。

　　湖泊会让颜色发生变化，树的苍翠变为黑色，白色变为金黄——一种暗沉的金色，忽然间又变成了深蓝。界限很快被抹去，变得清晰了；放眼望去，雪是白的，湖的边缘是浅蓝的，松树是深绿色的，世界坚实不虚地存在着，就在那儿，就像露琪娜扔向汉斯的雪球。歌德、牛顿、叔本华、斯坦纳①和维特根斯坦都写过有关颜色的文章；诗和哲学也是普通色彩的分枝，是阳光下闪烁着光泽的科学，是落雪擦过发烫的脸颊，是黑发，然后是白发。

　　贝皮诺对色彩疗法很着迷，那是一个带阳台的疗养院，病人一连几个小时待在阳台上，注视着色调和色彩的变化，严格遵守医嘱。有的人需要注视蓝色，有的人需要注视灰色，有的人需要注视鲜艳的颜色，有的人需要看着颜色渐渐褪去，有的人要一连几个小时注视强烈的反射光，有的人则要十分留心折射光。正午阳光下波光粼粼的大海可以使一个人内心产生忧郁，或者使他产生一种强烈的幸福感，以至于变得忧伤，因而需要注意剂量。好几年来，色彩疗法成为一种时髦，书上报上都在讲，但所有人都

――――――――――

① Rudolf Steiner（1861—1925），奥地利哲学家、人智学创始人。

可以证明：贝皮诺早已是色彩疗法的专家权威了，早在他领到第一个证书之前。证书每十年发一次，在赫尔贝尔霍夫领取，由拉森市长颁发。

我们上到了斯塔莱山口。按照地图的指示，这个地方是地中海气候和中欧气候的交界处，这是从天气角度来说的。天气很冷，高原的风从东边吹过来，冷得刺骨，四处都是白茫茫一片；整个世界变得空荡荡的，天空像一口玻璃钟，世界上只有天空和积雪，一种发蓝的白色无边无际，把一切都吞入虚空。风很强劲，只能低下头、弓着腰顶风前行。然而风更猛烈了，摧枯拉朽，席卷一切，又把一切迅速地抛在后面。现在回头已经太晚了，只能一口气走到底了，第二年又去山口，从那里看，整个湖泊就像一个熊熊燃烧的火把，但在火把点燃之前，湖泊是灰色的。天空很高，像玻璃球中的穹顶，摇一摇就看到雪落下来；雪花纷飞，飘落下来，他们走下河谷，在那段时光里，他们跌跌撞撞地步入黑暗。太阳落山很快，然而天色尚早，也许来得及赶到安特霍尔茨，开车去布鲁尼科的舍恩胡贝尔商店。"我们再买四个咖啡杯和一个奶罐吧。"玛丽萨说，"这样十六个人用的咖啡杯就齐备了，包括配件，以后弗朗切斯科和保罗可以平分，每人八套，蛮不错的主意。"

公园

　　"禁止遛狗，禁止骑自行车穿行，严禁践踏草坪。"以前，穿过的里雅斯特公园，或者在公园里面散步也会有禁忌。公园大门那里有一道铁栅栏，上面的黑色箭头伸入到枝叶间，几乎和树荫一样黑。园子里长着高大的七叶树、法国梧桐和冷杉；树荫如同黑色的水，上面漂浮着树枝和叶子，鸟儿消失在枝叶中间，如同石子儿沉入水中。

　　公园枝繁叶茂，遮天蔽日，夜晚总是提前到来。黑夜来得早，且从不会彻底离开，它零零散散隐藏在稠密的叶子中间。走出圣马可咖啡馆向左拐，沿着巴蒂斯蒂路和马可尼街往上走，或者穿越马可尼街旁边的公园去圣心教堂，就会看到公园入口处的多梅尼科·罗塞蒂雕像，他披着一件披风，手放在胸前，鸽子总是停在他头顶，在他脸上留下痕迹，看上去像一道道高贵的泪水。三位身体结实、穿着希腊长袍、表情庄重的女性绕着雕像的底座，在空中呈螺旋式上升，她们从下到上，依次高举着火炬、古老的律法和橡树枝。

罗塞蒂是语言学家、历史学家、古董收藏家，也是一个爱国者和喜欢怀旧的贵族，他怀念之前的的里雅斯特小城邦，并不喜欢因为港口而变得喧闹、人口混杂的新城。"在罗塞蒂的祖国，人们只讲意大利语。"领土收复主义者高唱着，他们以此向这位十九世纪的大学者致敬，因为他时时刻刻心系祖国，他是意大利民族精神的捍卫者，这种精神是在哈布斯堡王朝长达一个世纪的统治下滋生和成长起来的，尽管他也曾用热情洋溢的诗句赞美过奥地利，为拯救了的的里雅斯特的君主们歌功颂德，并且希望他的子孙尽其可能地为奥地利祝福。

就像有些年纪的女性，罗塞蒂的雕像从背后看更优美，也就是走过雕像进入公园后再回头看一眼；雕像的背面好像更禁得起时间的考验。这座雕像没有什么动人之处，除了一只脚从底座探了出来。这只半裸的脚也许过于结实，但它很漂亮，有些霸气地伸出来，传递着不容置疑的信息，就像在公园入口处用粉笔写的字："艾利莎，我爱你！"这些字胡乱地写在"禁止遛狗，严禁践踏草坪"中间。

一个小男孩走进公园，手里端着一个鱼缸，里面有一条金鱼在挣扎，他沿着通往小湖的小径走着，虽然那只是一个小水塘，规模也很小，但也被称作湖，因为湖上有小桥相通，有天鹅、长满苔藓的小岩洞，还有隐藏在睡莲中的小岛。小男孩顾不上看自己的脚踩在什么地方，也没有注意公园里那些警示性的文字，他用焦虑的眼神看着鱼缸里的鱼，从他的神态来看，那条不断挣扎的鱼身上一定有什么不对劲儿的地方，他没心思考虑别的。他也有些古怪，他走在小径分岔的花园里，进入到竖立着警示牌的秋海棠、三色堇和雏菊丛中。

人们去公园是为了散散心，根据不同的季节，他们会选择晒晒太阳或在阴凉处待着，总之是为了休闲。有时候，他们只是为了避开马路上的车辆，比如从圣马可咖啡馆去隆卡路上的圣心教堂时，人们会从这里穿过。进入公园，人们的脚步会变得轻松，就像脚着滑雪板下坡。在一些长椅上，有些退休老人在读报纸，在另一些长椅上，上演着一场场感情大戏，更远处有几位母亲推着婴儿车，一些小孩在小径和树林中互相追逐，消失在密林里，藏身在一棵空心的树干里；他们在"北方的森林"里或"干旱的热带草原"上设下埋伏；他们荡秋千；透过树林可以看见公共汽车经过朱利亚路，然而树林无穷无尽。秋千向高处荡了上去，世界仿佛掉进一口无底的水井里，就像脸上的血色瞬间退去；秋千落下来时，什么都没有了，一切都被吹散，被卷入一个漩涡。刚刚从树干上脱落的七叶树叶子从高处飘下，也消失在明晃晃但有些黏稠的空间里。

秋千的摆动遵循着钟摆的运动规律，对于儿童来说，公园是所有律法及其附加条款的启蒙之地，也是爱欲的开始，也包含许可、禁止和违背。在公园里野蛮的盛开中，在气喘吁吁的奔跑中，在黑暗里的窃窃私语中，隐藏着明确的规则和段落。玩耍就要服从；不能违反规则，如同公园外面的世界：汽车奔驰着，人们肆无忌惮地斗争着，一切都是允许的，都是类似的。

在公园里玩捉迷藏和在别处不一样，必须数到六十或三十，眼睛必须闭紧。画有科彼①或安杜兰②画像的蜡封瓶盖，要顺着画在地上的"环意自行车跑道"滚动，如果从跑道里滚出来，就必须回到起点重新开始；玩跳格子时，只能一条腿从一个格子跳到另一个格子；玩偷旗游戏时，只有当对手触到手绢时才能开始跑。穿制服的守门人可以躲过，也可以欺骗，但他的权威和命令不容置疑。有一对恋人在喷泉边卿卿我我，要不要去搅扰他们，那是领头的孩子说了算的。在公园深处有一个小广场，那里有一个出租自行车的铺子，还有一家咖啡馆，在小广场上，夏天的每个晚上都放电影，那是另一个帮派的地盘，是不能闯入的，不能越过那棵发黑的柏树。

公园的阴影地带，很小的范围里包含了各种多样性，揭示了世间的律法，还有这种律法和神秘事物的密切联系。包括让鱼缸里的鱼鳞片脱落、痛苦挣扎也是遵从严格的律法，在这种律法里有一种神秘的东西，一道古老的伤口；没有任何人——不只是几天前在隆卡路上圣心教堂的抽奖活动中赢得了这条鱼的小男孩——能真正明白，为什么这条鱼不好好地在水里活着，吃着面包屑，却还要生病，也许还要死去。

在公园里，到处都揭示着一种必然性。事物存在，这毋庸置疑。艾利莎，我爱你，这与艾利莎的品行和学习成绩并不相干。

---

① Angelo Fausto Coppi（1919—1960），意大利全能自行车手，两次环法自行车赛冠军，五次环意自行车赛冠军。
② Miguel Induráin（1964—   ），西班牙自行车手，曾连续五次获得环法自行车赛冠军。

栗果从七叶树上掉了下来，带刺的栗果壳发出一声沉闷的爆裂声。四季更迭，就像战争中的鼓点一样有序；一棵苍老的古树倚靠在另一棵树干上，如同受伤的战士站着就义。包括安东尼奥，他总是带着同样的微笑，依偎在母亲的怀里，他也宣布了一条谜一样不可抗拒的规律。孩子们很快就领会了这一点，一代又一代的孩子走出课堂，到林荫路上玩耍，他们看着安东尼奥，好像他也是个警卫——尽管没有他妈妈，他都找不到公园出口在哪儿，不知怎么回家，也数不清买一瓶饮料后找回的零钱   然而，他就像一支特种部队的警卫，会承担别人所不知道的任务。

当然，新来的孩子一开始并不知道这一点，会在背后嘲笑他，有时候还对他扔石子，要是他妈妈走开一会儿或稍不留神，他们就去抢他拿在手上的小花束。后来呢，别的犯过同样错误的孩子向他们解释情况，那也是他们从已经长大的孩子那里听到的，现在这些孩子已经不来公园玩儿了，新来的孩子也懂了这些规律，也会把这则信息传递下去。安东尼奥任凭孩子们把手上的花儿抢去，他毫不作为，这种淡然里也有某种权威。晚上他离开公园，他脸上没有胡须，头上有几根白发，他跟母亲一同回家，消失在公园林荫小路的阴影里，他和圭多神父一样——在圣心教堂里，在为领圣餐做准备时，也有几个孩子会帮助准备晚祷仪式——在做完祝福后，他离开祭台，消失在圣器收藏室里。

一进入公园大门，光线就暗了下来，就像进入一座幽暗的森林；在树干和树枝中间，旱冰道泛着白光，像远处山间结了冰的湖面，旱冰鞋在滑翔，光滑的石头在小滑轮下向后退去，扬起一道雪光，风吹在脸上，尽管环形的跑道短而平，但那阵来自远方的风却让人产生一种下坡的眩晕感，好像是从一条长长的坡上冲下来。有时候，由高处冲下来，就像荡秋千一样；树梢上的蓝天笼罩着一层微尘，滑轮下的地面发出撕裂声，如同湖面上冰层断裂的声音，滑道在脚下延伸开来，如同森林里空旷明亮的空地。

周围的几棵树已经很老了，一棵高大的法国梧桐树上节瘤隆起，像乳房松弛、青筋凸起的老人。老年是过于丰富和混乱的时期，生命在生长时破坏了外形，因为过度生长而死亡。距离公园入口几十米处，在公园左边靠近马可尼街的林荫路上，在一棵长着心形树叶的椴树和一棵年轻的榆树之间，有一棵树干裂开的法国梧桐，中间是空的。在玩游戏或设埋伏进攻时，树洞便成了最理想的藏身之所。树虽然生病了，可藏在树洞里却很舒服，可以躲过世界上那些邪恶丑陋的事。树里很潮湿，在黑乎乎的树洞里，手抓一把湿漉漉的泥土，就像用沙子和泥巴修建城堡，或者用模具在沙子上拓出造型。树洞外面，树叶发出沙沙的响声，水缓缓向下渗透，如同口水顺着口腔壁流下，汇聚到一个小小的凹陷处，最后汇聚在一个清澈的水潭里，那是隐藏在林中的洗礼泉；用手指撩起一些清水，将额头和发烫的面颊打湿，真舒服啊！也有鸟儿钻进空空的树干里，喝泉水解渴，在泉水里洗洗澡。

再远一点，有一座肩上扛着鹰的女性雕像，那是米兰拥军组织委员会在一九二一年三月二十日捐赠的。雕像前有一条长椅，放在马鞭草丛中，位置非常理想，引人注目，这个位子总是被人占着，天气好的时候，每天早上 C 先生和他妻子都坐在那里。夫妇俩整天在公园里流连，他们和公园密不可分，简直就像小径旁边的那些雕像。他们在长椅上停留——尤其是星期天，但其他日子也去——这是他们散步中间的一个歇息之地，散步一般从清晨开始，晚些时候，快到中午时，C 先生夫妇就走到公园另一端，来到广场的咖啡馆，他们确定平日的几个同伴已经在那里了，他们就可以坐下来，不点东西，欣然接受正喝咖啡的人请他们喝咖啡，一般而言那是个很小的圈子，无非是几位律师、药剂师和几位女士。她们总是为选择晚饭的地点和时间争论不休，或者为克莱纳先生可能的结婚对象发表一番评论，克莱纳先生是公证人，刚刚丧偶，她们对此事非常狂热，并不稍逊于麦克白夫人对于权力的渴望。

C 先生很爱节俭，这是因为他童年经历过贫穷，这早已经成为过去，但节俭的习惯沿袭了下来，成为他人生的准则，他不但自己节俭，看到别人浪费也会难过，因而他从不让别人为他付第二杯咖啡的钱。如果其他人也坐在这条长椅上，他会更高兴，因为坐在那里又不用花钱，他跑到咖啡馆去找那些人，是因为他觉得必须要和社会接触，尊重世俗习惯，正如他一贯的那样。年轻时他做过各种工作，他总是站在报亭前阅读报纸，有时候午饭不买三明治，用省下来的钱买一盒鞋油，在节日里把鞋子擦得锃光发亮。

在咖啡馆里或之前在长椅上，C 先生会同熟人聊几句，都是礼貌客套的话，但充分体现了他表达思想的才能。为别人取得的成就而高兴，聊聊天气或惋惜那些消失的老物件——尤其是，他说，家用的陶瓷夜壶，还有办公室用的那种漂亮的黄铜痰盂，这些已经消失很久了。他时不时会停下来，眨一眨眼睛，用迟钝的目光看着马鞭草，听别人说话，那种漫不经心的架势非常体面，特别像某些仪式上的官方代表。

每次一有机会，C先生就会讲党证的事情。他不担心重复自己，因为他喜欢的那种无色无害的生活本身也是一种重复：睡觉，起床，刮胡子，打开窗户向人脱帽致敬。他早年移民美国，在芝加哥郊区一家工厂干活，工厂离他住的破房子很远，为了节省开销，他差不多半夜就起床，不买票就上火车，有人来检票时，他便假装忘记带钱包，检票员让他在下一站下车，那个站每小时有一趟车经过，前面的情景又重新上演一遍，直到他上下三四个中间站，才到达目的地。

C先生用淡然的语气提到了这些细节，他说得非常精确，就好像在做官方报告，就好像讲述的是另一个人的遭遇，或者就好像是检票员在汇报逃票者的策略。他从来不谈遇到的困难，做出的牺牲和遭受的剥削，就好像他的字典里根本就没这些词汇，就好像克莱纳先生喜欢说的拉丁语法律词汇——他用这些词汇来点缀他的话语。

在一九二九年经济危机爆发后，他失业回到了意大利。人们对他说，要想找到工作就要先加入法西斯。他没加入法西斯，那是因为他在法西斯执政前就已经离开了意大利，他立即去申请加入法西斯，他没有怀疑——正如他在讲这个故事时也没有怀疑一样——发放这个证件是一种滥用职权，他从小就习惯了尊重一切权威，这是一种虽然模糊，但不容置疑的态度——那也许是奥匈帝国传递给他的，他既不热爱也不憎恨这个帝国，只是简单地接受下来，就好像那是一种现实，现实就在那里，不管人们怎么想。法西斯统治着这个国家，它给人们提供工作，因此劳动者就应该是法西斯分子。

他向相关办公室说明了他的处境，他用尊敬的口吻对一位傲慢的官员一五一十地讲述了他的故事，其中包括他半夜起床的事儿。那个官员指责他为何不到党设在国外的支部去领取"国家法西斯党"的证件。他反驳了这位官员，神情可能和他在公园里讲述这个故事时一样，脸上带着笑意，眨着眼睛说："兴许是我没讲清楚，好吧，我是想说，我去那儿是干活的，我干活是为了谋生计，每天大清早我得四点钟起床，每天清早，尤其冬天的清晨，秋天也不例外，风刮得呼呼响，冷飕飕的——您想想看，一个在四点钟起床，每天干活的人，怎么会想着法西斯主义这些劳什子。"

C先生仍觉得奇怪，人们怎么能提出这类问题，他一点也没有想到，他说的那个"劳什子"可能有些失敬。他非常真诚地想加入法西斯，但作为法西斯党员，他既没感到好，也没感到不好，他最后得到了一个体面的安置，他在一个国家机关做了一番小小的事业。

在这张长椅上，在咖啡馆的小桌子前，C先生一天天衰老下去，一切都自然而然，顺风顺水，他没发觉自己变老，也没注意到任何变化。在他周围，公园里的树开始变黄，树叶开始脱落，到春天时又变绿，他依然尊重权威，赞颂政府。这种纯粹的随波逐流是一种极简的生活方式，在他没有意识到的情况下就已经把那种总是鼓吹自己高尚的人远远甩开，他总是穿得很绅士，和那些体面人来往，这把他变成了一个具有隐喻性的人物，就像那些矗立在公园四处，被泥糊住了眼睛，看不出是谁的雕像。

园艺是协调的艺术，是把自然美变成人工美的艺术，是对蛮荒之力进行控制，让花草在花坛里对称生长，不要让它长成荒地。园丁修剪篱笆，一株长得茁壮的郁金香在一片绿色中很醒目，很像C先生放在上衣口袋里的手帕。长椅周围的紫罗兰颜色很深，柏树的影子笼罩着低矮的小丛林，也遮挡着树丛边的行人，就像一条缎带遮住了花朵和草丛。珀耳塞福涅①采水仙花，草地上已经是夜晚，她很快会从那片紫色中消失。然而C先生衣帽周正，他木然地挨着很老才娶到的妻子坐在那里，他妻子是一个远近闻名的妙人儿，年轻时很风流，在结婚前是大家谈论的对象，结婚后有人说闲话，说他们不是很相配，因为他单身时不是很开放，只是偶尔去找妓女，而漂亮的妻子却是风月场上的老手。

但实际上他们形影不离，俩人都心满意足，他夫人美丽的小嘴之前一直噘着，现在变得越来越甜蜜温柔，她也学会了眨巴着眼睛，流露出惊异的神情，她喜欢看到有人从他们面前经过，她会打个招呼，她的生活似乎别无所求，就好像经历了那么多给人留下话柄的事情之后，她学会了谛听时间经过时的沙沙响声，也

---

① Persephone，宙斯之女，被冥王劫持做了冥后。

会品味他们共同生活的时光。在咖啡馆里，如果有人在闲扯失败和不幸的婚姻或者重新组合的夫妻，他们都会沉默不语。C 先生坚信婚姻是无法解除的，这也是因为他很难接受变化，如果换一个人的话，他很难记住新的名字，他必须很小心才不会混淆。

C 先生的存在让公园给人一种安全感，让人忘掉被偷偷采摘的花朵，忘掉周围的阴影。"多么漂亮的金鱼啊。"他满怀好意，对从他面前经过、手上端着鱼缸的小男孩说，"真可爱，很棒。"他没注意到鱼要翻肚皮了，也没有注意到小男孩的脸色和沉默。

公园中间的草坪，它的周长通常会作为长跑的距离单位——比如三十圈，真是不短——草坪里耸立着穆齐奥·德·托马西尼的半身雕像，在一八六一年意大利统一前，他一直担任的里雅斯特的市长和行政长官，他主张为穷人修建居所，建立自然历史博物馆。他尤其是一位卓越的植物学家，他发现了三十多种植物，并于一八五四年修建了这座城市公园。"按照城市议会的决议，恳请土地所有者转让土地修建一座公园，这座公园主要给城市的青少年使用，如果有谁打算转让土地，或有意出售，请指明其所处位置、面积，列出土地的价格以及其他相关条件。的里雅斯特，一八五二年九月二十五日，行政长官布告。"在布告下面出现了"女修会"字样，因为这个地方属于令人尊敬的本笃会女修道院。

托马西尼的半身雕像是帕维亚的多纳托·巴卡利亚的作品，雕像周围长满了秋海棠，还有一簇簇蓝色的藿香蓟和雏菊；公鸡、母鸡、小鸡在花丛中自由啄食，一段时间以来，鸡取代了其他更迷人的动物，改变了花园里的传统，这也许预示了家养动物的演变，预示了它们会缓慢回到野生状态，这些鸡可能会变成先驱，预示着其他艰难驯服的物种也会回到野生状态。花坛右边是一棵直径很大的法国梧桐，隆起的节瘤让树干变了形，树身前倾，树枝向地面伸展，有一根伸得很远，和另一棵法国梧桐的枝叶相连，在通往朱利亚路的出口形成了一道凯旋门。

托马西尼在为买这块地做打算时，朱利亚路的位置当时还是一条小溪流，两旁长满了桑树，这条小溪名叫帕托克，是从圣约翰山上流下来的，浣衣女很爱在溪边洗衣服。帕托克小溪发源于斯洛文尼亚一个居民区，一件衬衣尚未拧干，水就已经流到了公园那里，成了为加里波第、马志尼的意大利而搏动的动脉。水汩汩流淌，带走了浣衣女的闲言碎语，让她们双手皲裂，那些漂亮而有力的手冻得红彤彤的，她们知道要揉搓什么；她们也可以用双手做其他事情，却很快在这肮脏、凛冽的河水里被毁掉了。她们快乐地闲聊，骄傲地唱着歌儿，尽管流水的歌儿总是一样，人们也知道怎么收尾：为什么将我背叛，为什么爱我却又将我抛弃，你从前可不是这样。水洗净灰尘和汗水，洗净逐渐老去的身体分泌的体液。生命是积累、氧化，是盘子上凝结的油脂、指甲里的污垢、衣服上淡黄的污渍、爱欲忧郁的印记。生命需要洗涤剂，那些女孩子手上拿的粗糙肥皂也可以洗干净。

肥皂泡沫沿着流水漂荡，会被拉长，扩散开来，消失在公园边缘的排水渠里，同时，一个名叫沃多皮维克的男人从圣约翰山下来，他经常出入这座城市，他的名字也就意大利化了，成了贝维拉夸。帕托克从斯洛文尼亚汇入亚得里亚海，意大利成了远方来客的汇集之处，他们很快会感到自己是意大利人，有人成为维内托人，有人成为弗留利人；在大战中前往喀斯特高原去送死的青年人，目的是让的里雅斯特归属意大利，这些年轻人的姓氏也有斯拉塔佩尔、西迪亚斯、布鲁内尔、阿纳尼、安苏维什①。然而这些不同的人汇集在同一个地方，他们会产生交流，产生对抗；这个边境城市被边界线切割，它变得分裂，形成永不愈合的伤口，在铺路的石头之间是看不见的界限，暴力环环相扣。小溪的水有些泛红，历史也有经期，先是轮到我，然后轮到你，不管怎么说，在浑浊的河水里，血不分你我。

　　浣衣女看到了一切，但她们也只是在那儿洗衣服罢了，这些命运女神②没在纺线织布，而只是把布浸泡在水里，双手一遍遍地搓洗着衣服、领子，在不断地清洗中，布料也会不断磨损。闲谈宛如流水潺潺，帕托克两岸，地上和地下人声鼎沸，审判日的声音在下水道井盖底下响起。从一八六三年起，这条溪流就被盖住了，成为现在的朱利亚路，这条喀斯特河流入了深深的地下。先前贾科莫从朱利亚路走进公园，玩警察捉小偷的游戏，多年以后，他又来这里接玩警察捉小偷游戏的孩子。他小时候最先学会的是斯洛文尼亚语，当时他和母亲在圣约翰，他父亲是意大利人，当他得知父亲在一九四五年被斯拉夫人杀害了，他有很多年都是新法西斯分子，他是当时很极端，假若可能的话，他会阻止母亲讲

---

① 这些并非典型的意大利姓氏。
② 指欧洲神话中的诺恩三姐妹，她们每天都在纺线织布，她们纺的线代表了人的生命线。

260

自己的母语。他很爱母亲，并且很庆幸几个孙子并不知道这些故事，再说他们也不可能懂这些事儿，还好，这些几乎不可理喻的事早已成为过去。

像印度人那样，把那些古老的怨恨、多数派的傲慢和少数派的妒忌，像脏衣服一样扔进溪流里。小溪和河流会消失在宽阔的大海里，船起锚航行，所经之处永远会留下垃圾。

公园里的动物中，猫数量最多。可以对猫的数量做一个可靠的统计。因为公园里的猫是固定的，闯入者极少，离开的就更少了。也可以对猫的家谱、幼崽的去向、新家庭的建立、内部通婚的错综复杂关系进行追踪。这些猫的老祖宗是一只黑色的公猫，块头很大，只有一只眼睛，它不必竖起尾巴就能捍卫自己的地盘，它的伴侣是一只斑纹母猫，很瘦，脾气暴躁，经常和其他猫吵架。还有一些猫情绪不稳，那全怪路易吉诺，只要看见一只猫咬住另一只猫的脖颈，喵喵叫着把另一只猫压在身下，他便认为它们在打架，就泼一盆冷水将它们分开。

那只公猫什么也不干，很简单，它就是猫王。它坐着，蜷曲着，躺着，它坦然自在，不期待什么，它也不依赖谁，仅此而已。它的日子十全十美，如同它的瞳孔一样张开和闭合，同心或者向心，从来不会惊慌失措，失去风度。它躺在那里的样子有一种形而上学的尊严，那是一种已经失传的气度。人们躺下来休息，睡觉和做爱，总是为了做某件事，做完后会马上起身；猫只是待着，不带任何目的，就像我们面朝大海躺着，就只是为了舒舒服服躺在那里。它是当下之神，无动于衷，也无法企及。

公园里还有睡鼠和刺猬，它们有着居家女人的善良。园子里也有许多飞鸟；晚上它们会忽然唱起歌儿来，众鸟齐鸣，就像一阵风把树叶吹得簌簌作响，就像瀑布的轰隆声，过一会儿就什么都听不到了。有几只海鸥从海上飞过来，它们看起来有些恍惚，飞得很缓慢。有一只猫头鹰总是站在那棵树心已经空了的法国梧桐上，它就像一位老阿姨，说话时会招人嫌，沉默时又让人怀念。尤其要说的是，这个园子里还有隼，是从喀斯特高原飞来这里寻找猎物的。甚至有人说那是只红隼，它的头是灰色和浅蓝色的，胸前是黄色的，上面有黑色斑点，尾巴尖儿是白色的。有人见到它在空中的样子，很像一个圣灵，翅膀基本上保持不动，露琪娅说，她看到这只隼朝着湖边一条又肥又大的虫子俯冲了下来，那条虫子可能是一条蛇，红隼用嘴把它撕得粉碎，吞了下去。

露琪娅有时说，真的，她看到一条鱼在吞食虫子，它慢慢把虫子吞进去，就像吸食一根面条儿。也许她说的这两件事情都是真的，因为这里的虫子很多，足够鱼和隼吃的，尽管人们从来都没见过那么大的虫子。布鲁诺说，那种隼不在公园里生活，可能他这么说只是为了激怒露琪娅。因为一只隼从喀斯特飞下来，就一个俯冲而已，那能费什么力气？再说，若真有一只红隼，说不定就住在这儿附近一所旧房子里，或者住在离这儿两步远的圣心教堂的钟楼顶上。

隼在傍晚时分来到这里，好像是冲着睡鼠去的。睡鼠是讨人喜欢的动物，很温顺，必须保护它们，不让它们被隼吃掉。但睡鼠难免会出洞；红隼的眼睛异常锐利，发现睡鼠后会即刻飞来，当人们看到它在空中盘旋，在它的利爪抓住睡鼠之前，会向它丢石头。夜晚来临，睡鼠就会躲进洞里。天空成了深蓝色，晚霞流淌在树干之上，树脂一片血红，在破了皮的膝盖上也有点儿血迹。一只蝙蝠飞得离人很近，当它的影子经过在林荫道上闪烁的灯泡时，显得很巨大，让人感到它的翅膀从脸上擦过，大得如同黑夜。夜晚高高在上，一眼望不到边际，让人头晕目眩。"世界"是一个翻来覆去提到的词汇，重复了那么多次，最后失去了意义，

附近的树林里已经黑漆漆了。一阵风从枝叶间吹过，就像一次深呼吸。森林是一个安乐窝，它会收容和保护所有动物，它无穷无尽，让人感觉谁也不比腐烂的叶子和受到践踏的浆果更重要，更长久；蝉鸣、鸟叫、吱吱嘎嘎的响声是不偏不倚的律法，倘若一只蟋蟀突然不再唱歌，那也没什么。森林就在周围，却无法进入，总有看不见的门槛阻止你的脚步；即使你违反规定坐在那儿，在松树和榆树下高高的草地上，咀嚼着刺激唾液的苦叶儿，然后吐了出去，你还是在外面，仍被森林排斥在外。也许森林就在一米开外，但你就是找不到门路，通往那些叽叽咕咕的声音。

也许森林里也有红隼。这个想法真愚蠢，红隼生活在很高的地方，而不是在树丛中。红隼不飞过来，这也没什么奇怪的，因为这里太嘈杂了，街上有人说话，马可尼街上有汽车的喇叭声，还有一个小女孩在大哭。必须好好准备一下，把公园里的人驱散，禁止车子在公园四周的大路上通行，隐藏起来等待。这样红隼就

会飞来，在天空中它是那么巨大，远远看上去如同圣灵，就跟其他人看到的一样。总是别人最先看到一些神奇的景象，然后一传十，十传百，最后人人信以为真。

然而红隼并不大，它是一种小型鸟，也许根本捉不住睡鼠，也许这种鸟会来公园，只是在微光中看不大清楚。再说这也不是合适的时机，红隼不会在夜间捕猎。猫头鹰倒是夜间出没的鸟，事实上人们能听到它"咕咕咕"的声音。像鸟一样停在半空中，那该是多么神奇的事情。时间一小时一小时，一分钟一分钟地过去，星星在树枝间颤抖着，像圣诞树上的蜡烛掉进深不见底的黑夜里。已是晚餐时分，该回家了。

和其他令人尊重的公园一样，在的里雅斯特公园里也有这所城市的名人头像或半身像，有些时候，这些名人的声誉突破了城市的界限，已经名扬四海了。这些人像散布在林荫路两边，在法国梧桐和欧洲七叶树下面，那些高雅的雕像彰显了文明以及一个城市高贵的文化记忆。雕像散落在枝叶交错的林木之间，即使尺寸和规模都很小，也能让人感受到那种感染和影响力。尤其是，不同层次的光让空间变大了，感觉就像从一个小胡同出来，来到一个广场上，或是从一个遮天蔽日的密林中出来，跨越时空；枝叶最繁茂的地方已经是黑夜了，但在一片林间空地上还闪烁着清晨透亮的光，在一个树枝搭建的拱廊下面，那光是水绿色的。从公园里出来，深入到城市里去，就像从深水中浮上去。

那些半身像给人静谧的感觉，它们庄重的教育意义抹去了周遭的神秘忧伤，在公园的寂寞里，那些最普通的人像也会给人造成这种感觉。但的里雅斯特的城市公园是专门给小孩子玩的地方，为了让他们健康地成长，这里没有沉默的令人惊异的女神，那些遥远、虚构的塞壬，而是一些脚踏实地、让人尊敬的人物，他们都是青少年的榜样。尤其是那些庄严的大理石头像，诗人里卡多·皮泰里的大胡子，记者里卡多·赞皮耶里浓密的头发，或者说音乐家朱塞佩·西尼科的竖琴和月桂，这都是十九世纪典型的父亲形象，在他们的目光注视下，这个儿童和青少年的王国里一切都井井有条。还有一些当代创作的铜质头像，风格更加明确，也更加清醒和节制，他们不是被放在一个高不可攀的位子上，而是很隐蔽，例如诗人焦蒂的头像，就像一只娇小的鸟儿一样隐藏在树叶中间，这和他含蓄隐秘的诗歌风格一致。

这里还有乔伊斯的半身像，他戴着帽子，还有夹鼻眼镜，他被放置在露天电影院的幕布后面。电影是他在的里雅斯特期间培养的爱好之一，就像他对酒馆和方言的热爱，把他放在那里简直再合适不过了，特别适合"历史"啰里啰嗦的嘀咕，还有内心深处的独白。在的里雅斯特的那些年是他写《尤利西斯》的时光，他在咖啡馆流连，在这个像生活一样平庸、不洁又动人的城市里，他给那些职员和商人上英语课，那些人并不知道自己成了这部"当代《奥德赛》"中的面孔，他们的动作、家庭和孩子，就连邮局广场上的公共小便池也成为了小说中的原型，就是在那里，他决定发表《室内乐》。在一九二一年一月五日致斯韦沃①的信中，乔伊斯谈到了他的小说《尤利西斯，或他的希腊母亲》②，对这本概括了二十世纪文学的小说最好的定义就是：它通过某种方式，揭示了希腊殖民地的里雅斯特那些能干女人的声誉，也涉及所有海港的母亲，无论是不是希腊的。在混乱的神话里，文明的子宫生出来的杂种又回过头来指责各自的祖先。哈布斯堡的女王玛丽亚·特蕾西亚也是一个"伟大的母亲"，她创建了这个富裕的亚得里亚港口，使这里成为一个鱼龙混杂的地方，人们来到这里，抹去了他们的过去。

"啊，的里雅斯特，啊，的里雅斯特，你啃噬着我的肝脏。"就像爱尔兰一样，的里雅斯特是一座很耗费肝脏的城市，一个让人无法忍受也无法忘却的母亲的怀抱，会让人看到幸福的许诺，但很快就叫人失望，招来无休止的恶言相向。对于这位英语老师而言，每当晚上在酒馆里喝得微醺或酩酊大醉，他会赞美起俄狄浦斯情结，对于他来说，的里雅斯特并不符合这个时代，古代和现代都被排列在一起了，就像是一片堆满了历史渣滓的海滩，在这个海滩上，不管是对是错，是正是反，一切都被堆放在一起，互相挤压，有领土收复主义者，有哈布斯堡王朝的忠烈之士，有意大利爱国主义者，有德国和斯拉夫姓氏，还有阿波罗和墨丘

---

① Italo Svevo（1861—1928），意大利作家，代表作为《泽诺的意识》。
②《尤利西斯，或他的希腊母亲》，是乔伊斯使用的一个文字游戏。在的里雅斯特方言里，"他的希腊母亲"，也就是说他是希腊母亲的儿子，即娼妓的儿子。

利①。在亚得里亚海的这个犄角旮旯，历史是一个线团，是一团解不开的乱麻。

这种粗鄙和崇高的交替，是生命的混杂，它啃噬着肝脏，却也温暖了心房。乔伊斯成为这种有生命热度的诗人，一位古典、保守的诗人——尽管在语言上进行了颠覆——他继承了几百年的文学传统，并肯定肉体的价值和神圣，还有肉身的消亡，也谈到了婚床、生育、家庭和房子。如果说二十世纪其他伟大诗人，例如斯韦沃，讲述正在经历深刻变化的现代人，那么乔伊斯讲述的则是一个人试图保持自我，想在一天结束之后回到家里还是原来的自己。乔伊斯的话单独拿出来会让人感到意外，而他的故事会安慰读者，会满足读者的期待，他会讲述一个大家都知道，但希望再听一遍的故事。的里雅斯特方言中的骂人话也被放到了桌面上，具体来说是放在了纸上；斯韦沃写作时会采用一些比较粗野的表达；而乔伊斯很讨厌脏话，他会审视和研究那些话，看自己能不能用书面语表达出来。

乔伊斯的半身像好像在对人眨眼睛，可能是在欣赏彼得罗·肯德勒的雕像，这是一位在奥匈帝国时期很有名的的里雅斯特历史学家，他的半身像被放在小便池对面。在贾尼·斯杜巴里奇雕像下写着一行字：获得金牌的军人—作家。让人好奇的是，在斯拉塔佩尔的半身像下面只提到他得了金牌，没有提到他的其他贡献。其实斯拉塔佩尔是的里雅斯特的灵魂人物，他发现了这个城市的

---

① 在文学作品中，阿波罗和墨丘利常用来指艺术和商业。

精神，并梦想着为这座城市赋予精神光环。他打造了的里雅斯特文化，并指责这个城市没有文化传统，然而实际上，精神的出生证明是对死亡和不在场的诊断。

的里雅斯特文化是在斯拉塔佩尔的推动下产生的，有青少年和老年的特点，但缺少成年人的自信。这种文化想要实现生活的乌托邦，但人们领悟到真正的生活是无处可寻的，这和道德意愿结合起来，就好像生活中并不存在文明带来的不适和焦虑。人们会生活得狂妄自大，斯拉塔佩尔写了一本关于易卜生的书，非常重要，他表示想要做一个狂妄的人，然后死去。这些梦想经历人生的年轻人将要面对战争，他们会为了自己的梦想而献身，他们已经准备好牺牲和自我牺牲。

的里雅斯特的特性：生命力和忧郁，还有纯洁的怀念。人们意识到一切都是权宜之计，却沉迷其中，也不去追究和探索。青少年追求真正的生活，老年人意识到生活的虚假：最后只剩下在酒馆畅饮了。

斯拉塔佩尔的半身像不是纪念他本人，而是纪念那一代人，纪念一代人死于青春的痛苦真相。梅菲斯特说，理论是灰色的，但生命之树常青。斯拉塔佩尔那代人创造了的里雅斯特的文化特征，他们批判那些安安稳稳的半身像，那些人会让生命僵化，他们就像传统知识博物馆，很系统地把每种现象都进行中和、分类排列，却摒弃了生命的激情。

在的里雅斯特也开展过一场尼采式的运动，那是在欧洲大地上席卷而来的，反对僵死的文化。的里雅斯特的文化特点也应该是——可能也特别是——这种被释放的青春活力，带着青春期的笨拙和生冷，试图摆脱灰暗的文明。这种自由奔放的举动是致命的，因为撕裂了文明高贵的面具之后，会让人无法直视文明带来的不适，人们会发现真正的生活是无法靠近的；在看到真相之后，再也不能说往常说的那些谎言。看到这种残酷真相的人会死去。要离开一个舒适的区域，离开咖啡馆和图书馆沉闷的空气——里面全是烟味和发霉的味道，还有为了掩饰和保护自己的闲谈——到绿色中去，人们的肺还不习惯这种空气，这真要命。

公园里那些半身像，还有头像，都是墓葬式的。斯拉塔佩尔死了，其他人也和他一起死去。那些幸存的同伴通过另一种方式死去；就是为了忘记他们无法承受的真相，他们成了这种灰色知识的守护者，他们曾经梦想毁掉的，他们现在却竭力想修建一道墙，把自己和绿色隔开。他们成为了高中校长，传统文化的传播者，美好传承的推动者和祖国历史文化的宣传者，他们经常去历史博物馆参观，尽量理顺混乱的生活；这些曾经狂躁的少年逐渐变老，他们幻想写一本关于生活的巨著，也是为了能继续生活，或者他们会通过文采飞扬的回忆录和自传，掩盖他们梦想的废墟。到达绿地的人会死去，就像躲避阿波罗的达芙妮；有人能及时后退，回到之前他非常鄙视的灰色地带。这时，那个手里拿着一条金鱼的小男孩已经走过了湖边的那一排排雕像。这个公园是一个承诺，也是真实生活的墓地。

有一天，公园里空荡荡的。警报响了快一个小时了，大家都跑到防空洞里去了。飞机在轰炸的里雅斯特，但轰炸的时间不长。后来有人说，英国人从密探那儿得到情报，德国人用重水在天文台里做试验，于是他们派轰炸机去轰炸，想要阻止德国人制造原子弹。这时，一个男孩孤零零地留在空无一人的林荫小路上，对他来说，唯一肯定的事就是其他人都往防空洞跑去时，他父母亲却心急火燎地满世界找他。他当时的感觉很超现实，非常抽象，就像那些被抽空的小径。

那种空荡荡和每天夜晚来临时人家离开公园之后的空旷不一样。那种空荡荡就好像这里从未有人来过，从未有人见过那些树、长椅和花坛；那就像事物表面的一层皮脱离下来，犹如果皮从水果上剥离，或者一层皮肤从脸上脱落，下面的东西显露出来：冰冷空旷，就像人们从未见过的一座星球的风景，通过天文望远镜也没看到过的情景。落在物体上面的目光，就像抚摸过它们的手，会在物体上留下痕迹，会消耗它们，把它们弄皱，赋予它们一点儿热度，就像身体留在衣服上面的体温，这种接触会让这些东西变旧，变得熟悉、亲切和温馨。而如今，那些让人安心的呼吸已经没有了，就像一层氧化物被刀子刮掉，公园变得光秃秃。花儿仍旧长在花坛里，看起来那么愚蠢、稀疏。树枝划破天空，像是一道道黑色的伤口。太阳苍白而憔悴。有一些苦栗掉下来，外面的壳裂开了，空气就像一块玻璃，被一种极具破坏力的超声波打碎了，天空中传来轰隆声，太阳苍白无力。

也许，这种空荡荡意味着他终于进入了森林，通过那道往常都紧锁的入口，他终于进入到公园的秘密中心。人们绕着草坪跑步，没法记住跑了多少圈，但还是要开始跑，绕着草坪，往前或往后，他就是公园唯一的主人。灌木丛里有一只猫，它有些默然地瞅着，瞳孔眯成一道缝，就像消失在地平线上的太阳。一股恼人的风拍打着树叶，那些雕像没有胳膊，没有腿，像一些四肢残缺的聋哑人。公园四周是高高的围墙，天空也是一堵墙，树枝都参差不齐地伸向它，勾勒出一些裂痕，很多地方也会出现大豁口，巨大的墙壁开始坍塌，在寂静中崩溃。真是奇怪，慢慢地又听到那些熟悉的声音，重新认出一张长椅，上面坐过很多人。孩子为父母四处找他、受到惊吓感到愧疚。在穿过栅栏门回家之前，他感觉到自己从公园里出来了，那种巨大的空洞重新被填满，被夯实，就像一个巨人缩进一盏魔灯里消失了，也像一颗浆果埋没在密林深处。

公园里的那些雕像，饱经风吹雨打日晒，各种飞鸟，尤其是鸽子，在这些雕像上留下了清晰可见、难以抹去的痕迹。这种白色粪便造成的效果是因人而异的。在西尔维奥·本科消瘦的面孔上——雕刻家希望通过这张面孔展示他备受折磨和煎熬的灵魂，由高处落下的粪便就像一种恶意的破坏，是大自然对高贵精神和年老的侮辱。在几米开外的地方，鸟群从头顶飞过，在翁贝托·萨巴的脸上留下同样的痕迹，但并没有产生同样的效果，反倒让人觉得很和谐，他好像正斜眼盯着从林荫小路上经过的美好肉体，目光贪婪而狡黠。

孩子在玩游戏时，会毫不犹豫地用尿液搅拌泥浆，所有构成

生命和身体的泥浆也是一样。诗人注定要毫无愧疚地表达出这种
古老的渴望，这渴望超越了善恶，是一种客观存在。萨巴是一个
不知道什么是羞怯和懊悔的人，他在一首关于老年的伟大诗篇中
大谈这种感情，那就像猛禽扑向猎物，贪婪中还夹杂着一些柔情、
爱心、渴望和权力的残暴意愿，猛禽会把猎物吞下，分不清是亲
吻还是撕咬。他的诗是伟大的，在二十世纪的抒情诗中，他的诗
歌有着罕见的强度和丰盈，这是由于他纯粹、可怕的坦然，他是
透明的，完整地析别出生命的阴暗背景，还有他的冲动、优雅和
难以遏制的残酷。

　　萨巴很简朴，他充满智慧和洞察力，有着古老的慈悲和对生
命痛苦的爱，这些元素和谐地融为一体，让他创作出生活的"枉
然的不和谐音"。虽然死亡会战胜一切，死亡无法避免，但那种痛
苦的爱是对生命愉悦的肯定。萨巴具有天真的力量。天真是清澈
的也是浑浊的，是柔软的也是残忍的，类似于孩子的率真，孩子
可以为一朵花而着迷，也可以踏死小虫子，那是一种野性的天真，
会接受生命的一切，包括它的优雅和凶残。在这种错综复杂的漩
涡里，欲望永远不会得到提升，也不会得到压制，通常爱和亵渎
共存，最纯洁的天蓝色和最污浊的淤泥共存，爱欲表现出忠诚，
也表现出暴力。在萨巴的诗集《地中海女神》里，一切都很明朗，
"轻率的爱情"是痛苦的激情，也是肮脏的玷污，是揪心的怀念，
也是处心积虑的占有，是诱人的折磨，也是残暴的欺压。

　　鸟儿从上空留下的那些白色污渍，并没有破坏萨巴的半身像。
萨巴对生命的任何境遇都不会感到厌恶，他可以像小孩子一样玩

泥巴，兴致勃勃，他能从中得到无比纯洁的珍珠。萨巴已经超脱了绿色和灰色的矛盾，也超越了善与恶；他完全投入到生活中去了，投入到生活的诱惑和污秽中。和公园里的其他半身像不同，他的半身像富于智慧又放荡，并不是一个墓碑。

　　那些玷污城市的鸽子引起了相关部门的注意。市议会在八十年代给城区区长颁发了一份决议书，想听取他们对第十七条条例内容的意见，这份决议书倡议要减少原鸽的数量，因为它们的繁殖速度令人担忧。决议提醒人们注意鸽子传播疾病的风险，这种风险是纽约公共卫生办公室的权威医生提出的，议会"考虑到……鉴于……指出……要求……如前所述"，打算捕捉二千只鸽子，把它们迁移到郊区，并委托专门的公司执行这个任务。

　　决议书得到了捍卫城市记忆的人士的大力支持，因为他们看到这些携带痢疾病毒的鸽子飞来飞去，亵渎那些志士仁人的雕像，他们痛心疾首。这场针对鸽子的战争在公园里打响，也得到了其他城区的人的支持，比如那座海鲜市场的商贩和顾客。鸽子很喜欢在鱼肆上做窝，在海鲜摊子上飞来飞去，影响市场的正常运作。但也有人反对这个计划，而且呼声很大，来自动物保护者协会，还有那些在公园里或者在办公室窗外给鸟群投食的志愿者，他们展开了一系列抵制活动。城市官方通知声称，应很多人的要求，人们在立遗嘱时有一项专门的选项，可以把遗产留给这些鸽子。

　　后来，细菌检查结果让那些反对者更加理直气壮。结果显示，在鸽子身上没有找到对人类有危险的病菌，一位罗马传染病专家推翻了那个纽约医生的论证。后来，人们试图调和敌对双方的立场，但收效甚微，动物保护者协会的里雅斯特分会允许捣毁鸽子蛋，可是市政府没有足够的人手去挨家挨户搜寻，因为整个城市有几公里长的瓦楞、房檐和顶棚。在海鲜市场里，人们采用了一种驱赶鸽子的药膏，结果也一团糟。

卡拉布里亚市政府渴望与这个意大利举国关心的城市建立兄弟般的关系，他们给的里雅斯特市提供了及时的援助，要求从的里雅斯特运送几百只鸽子，好让卡拉布里亚的广场热闹一些。他们马上如愿以偿，数千只鸽子被小心翼翼地封装好，通过铁路运到了这个南方城市。不久，感谢的电报发了过来，电报中说，在由市政府官员参加的庄严仪式中，鸽子腾空而起，飞向这座南方友好城市的晴空。

然而在的里雅斯特，鸽子仍然泛滥成灾，为了减少鸽子的数量，人们采取了各种各样的方案，手忙脚乱，比如趁黎明时偷偷捕捉一批鸽子，装进卡车，运到一个不知名的山里，将其放飞；还有人提议把鸽子运往上阿迪杰，也许他们潜意识里有一种不可告人的想法，就是期望看到鸽子在那些干净整洁的小木屋上飞翔，在鲜花装饰的阳台上留下污渍。皮埃蒙特一家公司的建议令人生疑，他们提出可以无偿捕捉鸽子，把鸽子转移到皮埃蒙特，因为那里的鸽子比较少，但他们的活动被勒令禁止，因为有传言说，这些人会把捕来的鸽子转卖给另一家公司，让它们成为射击游戏的靶子。在这期间还有很多明争暗斗、冒险的行动，在公园里或其他地方会突然落下网子，将鸽子罩在下面，也有专门破坏网子的"敢死队"。

这件事搞得闹哄哄的，后来，市政府利用推广避孕药的时机，经过长时间的讨论后，他们决定大量购买用避孕药泡过的玉米来喂鸽子，这件事总算收场了。尽管卫生部门持保留意见，他们这种做法会给那些吃鸽子的人带来灾难性后果。一家瑞士公司在这种道德冲突中保持中立，受委托提供这种避孕玉米，这家公司要按时将玉米运到的里雅斯特；然而这些玉米因为手续问题被拦了下来，因为由瑞士运抵的产品必须上税，可是海关不知道该如何将其归类，不知该列入药品，还是保健品。这些玉米一直过不了海关，这个官方原因终止了这场针对鸽子的漫长战争，鸽子可以继续一群群在天上飞，从高空投下"炸弹"落在人们的头上，大理石雕像和铜像都难以幸免，那是动物对历史崇高性的一次小小报复，对于人类来说，历史不过是一个屠宰场，对于动物更是如此。

一株高大的法国梧桐在朱利亚路口形成了一座凯旋门，有一种令人肃然起敬的庄严，它让人想起了另一株古老的法国梧桐，泽尔士一世①在它的树枝上挂了一串珍贵的项链，对它的年老和尊贵表示敬意。然而，在萨拉米海战被打败后，这位强大的波斯国王吩咐人用鞭子狠狠抽打叫他吃败仗的海水。

D将军对古典作品了如指掌，因此他很熟悉这些典故。他喜欢

---

① Xerxes I（前519—前465），波斯国王，大流士一世之子。

在那棵大树下散步，他对于那些唤起荣誉感的事物有一种本能的热爱；他的姿态很高傲，俨然一位高高在上的君王，但他更像那个鞭打海洋的国王，而不像那个向古树弯腰致敬的国王，虽然他们是同一个人。他身姿笔挺，步伐总是一致，永远生硬、缓慢。那些每天目睹他散步的人都可以证明，他总是在公园里同一个地方散步。他还能在那儿出现多长时间，这很难说，连将军本人和医生也说不准，尽管医生毫不隐瞒地把"不可上诉"的最后"判决"告诉了他。这就像对待一个视死如归的老兵，他不在乎别人的生命，也不在乎自己的生命，他希望受到这样的待遇。

D将军从小就学会了热爱绿色和树荫，他童年在西西里岛一个阳光充足的城市度过，那里也是他的出生地；他退休之后就和妻子来到了的里雅斯特，他每天在同一时间去公园里散步。每年他都要回西西里农庄一次，去斥责、威胁某个帮他管理田地的人。一段时间以来他一反常态，他时不时坐在一条长椅上，在纸上写东西，字写得很大。他对人彬彬有礼，凡和他打招呼的人，他都会回应，但不会和别人攀谈。尽管他几乎不与任何人讲话，但在公园里他却是最受瞩目的人之一——也许是因为他高大魁梧，非同寻常的傲慢，他和的里雅斯特人完全不一样，他身上是西西里诺曼人的品性。人们说，他对下属极其严厉、骄横。人们还说，一九四三年，他对前来逮捕他的纳粹官员表现出了同样的轻蔑，那个官员和他交谈之后，把他送到了一个集中营。

自从医生告诉他，他的癌症已经到了晚期，已经无法治疗了，D将军也没有改变他的任何习惯，他没有停止散步，但他决定在生命的最后几个月里为妻子草拟好回信，可以在他死后回复总参谋部的官员可能会发来的吊唁。有时候他一边散步，一边思考这些回复应该怎么写，他回忆着那些人名，有时候忽然想起某个人，他会马上记下来。他仔细回想和将要前来吊唁的人的共同经历，然后跟妻子解释清楚，让她不要搞混。"阁下，谢谢您对我丈夫逝世的哀悼，我丈夫总记得同您一起在科学院度过的那些岁月……""将军先生，非常感谢您分担我的痛苦，这让我非常感动，我丈夫在去世前几天，还对我提到过你们部队在非洲的战役……"

据说，这样的信件准备了一大堆，非常整齐地放在一起，只等时机到了，妻子会将每封信抄写一遍寄出。将军对妻子说，必须手抄，这没什么好商量的，作为妻子，照办就好了，不应该提出什么意见，其他人也一样。权威是真正的善，就像在这件事上，做丈夫的甚至连身后事儿也想好了，免得妻子苦思冥想。

D将军不信任任何人，他要亲自经营自己的生死，其他人根本没这个能力，在其他事情上也一样。将军看着那棵老法国梧桐，但不向它弯腰致意。他不向任何人折腰，面对上帝也一样。上帝以为通过癌细胞扩散就能吓到他，他已经习惯于同各种凶悍力量做斗争，才不会惊慌失措。他要竭尽全力，以牙还牙，即使是面前这棵老树，如果可能的话，他会让人把它砍了。他深明泽尔士鞭挞大海的意义，无论如何，鞭挞是不会错的。那些信件就是他准备好的鞭子，是他向上帝或命运发起的挑战，这样他们就能知道，一个人能躲过所有的埋伏；他很喜欢普罗米修斯，他对宙斯说出了他的观点。

他想，普罗米修斯被猛禽撕咬着肝脏，但不应该对这位英雄产生怜悯，因为怜悯是对他的侮辱。将军一生中从来没对别人产生过怜悯，因此他也想不到要怜悯自己。更不用说对那条鱼了——他只需看一眼就能发现它很快会死的，他的眼睛对死亡明察秋毫——他对那个和他一起坐在长椅上，手上端着鱼缸的小男孩也没有怜悯。

一九四五年五月三日，在这条林荫道上，刚来到的里雅斯特的新西兰人出现在这里。在两天之前，铁托的第九军团进入了的里雅斯特，虽然时间很短，但他们的暴行让城里的人感到害怕，新西兰人来的时候，大家都还惊魂未定。这些军人乘吉普车在公园里乱开，也开到了这条林荫道上了，他们向周围的人扔橘子和巧克力。一段记忆浮现，几乎可以肯定，那是一段虚假的记忆，但留下了抹不去的痕迹。在花园里，一个新西兰士兵从吉普车里扔出一个橘子，他像接皮球那样把它接住。这个细节肯定是别人告诉他的，也许那天他父母根本就没允许他去公园，因为街上不是很太平，气氛紧张，再加上即使是和伙伴玩耍时，他也从来没接住过球。但他清楚地看见了那个士兵的面孔，还有这件事在公园里（没有）发生的具体地点。那个橘子又红又圆，就像赫斯帕里得斯①看护的金苹果。也许，人们记住的大多不是那些经历过的事情，而是那些听来的故事，那些发生在别人身上的事情。记忆

———————

① Hesperides，古希腊神话人物，由三姐妹组成，负责看守盖亚作为结婚礼物送给宙斯和赫拉的金苹果树。

也有修订的功能，会调整发生的事情，使之合情合理，每个人都按照自己的判断对事情进行篡改，使事情按照他们的想法来。

在公园里，斯韦沃的半身像最不寻常，斯韦沃对这个公园的长椅和林荫小路充满感情，泽诺同卡尔拉①经常沿着这些小径散步，在他的小说《老年》中，艾米利奥在这里遇到了安焦丽娜。现实和偶然发生的事情比一位伟大作家的虚构更神奇，就像斯韦沃所说，生活是最有原创性的了。斯韦沃离乔伊斯和萨巴并不算远，临近一汪湖水，靠近岸边的泥潭。大理石基座上写着："伊塔洛·斯韦沃，小说家，生于一八六一年，卒于一九二八年。"可是基座上面没有头像，只有一根用于支撑头像的柱子，看上去如同一根细细的脖颈。

头像缺失的原因不详。此外，这已经是第三次有人拿走了斯韦沃的头像：第一次发生在一九三九年，第二次发生在二战后不久，当时切萨雷·索菲亚诺普洛——画家、诗人、波德莱尔的译者，一个喜欢海边落日的人，因为落日的余晖把妇女的衣裳变成了透明的——好像说过："这一次不是我。"斯韦沃的头像消失不管是因为盗窃、破坏、恋物癖或修复，有关部门都会立即采取措施，进行补救，会把伊塔洛·斯韦沃再次呈现在参观者面前，因为他是的里雅斯特文学和世界文学的光荣。无论如何，不能不欣赏这件事情的巧妙，公园里的头像很多，这个盗贼没有选择皮泰

---

① 泽诺和卡尔拉都是斯韦沃代表作《泽诺的意识》中的人物。

里、赞皮耶里或者科博利的头，恰恰选择了斯韦沃的头，这位最富嘲讽力的伟大小说家，他曾经说过，他的命运就是"不在场"。

斯韦沃头像的缺失，好像是他一生中经历的众多不解、错误、挫折、失败和屈辱中的一件，这位作家深入到生活的虚空和模棱两可的最深处，他看到一切都错位了，但他继续生活，就好像一切都很正常，他揭示了生活的混乱，并假装没有看到，他意识到生活是多么让人厌弃，但他学会渴望生活，热爱生活。

这位天才挖掘到了现实最黑暗的根部，他看到每种身份都在变形和消解，他过着体面的资产阶级生活，是一位慈爱的父亲，但常常诸事不顺，事与愿违。他是一个"倒霉鬼"，犹太传统里的一种典型人物，他们的生活总是会遇到麻烦；倒霉到什么地步呢，就是人们所说的，他要是去卖裤子，那人生下来就会没有腿了。什么倒霉事儿都会发生在他们身上，但不管栽多少个跟头，他们都会重新站起来。

斯韦沃的生活是由很多悲喜交加的故事组成的，他先是写了几部很不成功的小说，家人对他很鄙视，有很多年，家人对他的文学创作都怀有成见。他还曾收到一张明信片，一位的里雅斯特显贵对他表示感谢，感谢他寄的"非常精彩的小说《铁的意识》"。斯韦沃还经历过许多误解和失败，有些经历滑稽可笑，让人难过，讲出来会让人觉得不可思议。他的作品和生活向前走去，他并没失去爱和享受的能力，他带着谜一样的微笑面对虚空，面对日常生活那些悲喜交加的场景，面对生活的匮乏和空无，面对智慧的虚妄，他假装自己不存在。因而，没有头的雕像恰如其分，还是让它保持这个样子吧。作为二十世纪最伟大的人物之一，伊塔洛·斯韦沃的纪念碑理应如此。他是的里雅斯特犹太资产阶级，原名埃托雷·施米茨，有一次，办公室一位同事听说他写小说，很惊讶地叫喊起来："谁？施米茨那个倒霉鬼？"

那些雕像散布在公园里，尤其是在湖边。公园里植物茂密，枝叶交缠在一起。法国梧桐伸出长长的枝条，几乎要挨着地面了，又奋力向上扬起，高大的栎树和圣栎树给密林带来了一道道光，像黄金从高处流淌下来，透过树枝，让浑浊的水面流光溢彩。湖水泛黄，也有些发绿，上面漂浮着斑驳的落叶，也有零散的几朵睡莲，像水母一样娇软。这面小湖不会像一面真实的明镜一样映照着天空和这个世界，而会像浪漫主义者喜欢的那样让影像支离破碎、晦暗不明。童年也像一摊积满淤泥的水，孩子还没脱离事物母亲般的怀抱，还没有带着痛苦觉察到自己和世界的分裂。

公园里禁止践踏花坛，也因此禁止来到湖边，但禁止的牌子并不能阻止小孩在湖边玩耍，他们用泥土修建一座软塌塌的城堡，把纸船放入水中行驶。金鱼又肥又大，它们游弋在滑溜溜的水草和芦苇丛中，庄严而迟钝的天鹅在水面上游动，泥沙上水浅的地方变成了深色，看上去深不可测。长满苔藓的微型岩洞里有流水汩汩而出，一条条溪流从细小的峡谷和山谷流下。孩子们会给鱼丢面包屑，也会给鱼喂一些黏糊糊的虫子。总是能听见青蛙聒噪，却从来没有看到它们，孩子们想搞清楚蛙鸣是从哪里传出来的。手放到水里搅和，水是沙子一样的黄色，温度像刚挤出来的牛奶，颜色像尿液或是黄金。这是有热度的生命的黏土，这摊污水和血液没什么区别，胃液消化食物，血液吸收养分，它会流到心脏，也会让一张恋爱中的脸变红。整个世界漂浮在水面上，如同一片正在腐烂的叶子，上面聚满了虫子，却能避免惊涛骇浪，因为这儿没有风，也没有浪。

小男孩手上端着鱼缸来到湖边。他走进小桥旁的花坛里，在湖边伸出手，鱼缸举在手上。也许他是第一次看到自己的面孔映在这泛黄的水池里，他看到从眼眶里涌出的泪水。这条金鱼是他在城区教堂的抽奖中赢来的，但它现在病了，它会死在鱼缸里的那一点点水里，可能有人告诉他这条鱼在湖里可以活。他把鱼缸翻转过去，金鱼落入湖中，沉入了水下，水里隐约能看见一簇簇水草还有小石头，就好像一幅镶嵌画。鱼游走了，那是一条红色的鱼，它像一根受伤的手指一样抽搐了一下。永别是一把会伤人的刀，会把世界一分为二，就像切一个苹果，那个世界便不再完整。男孩在桥边，世界在那边，在金鱼消失的地方，不知道它会死还是会活下去。在圣心教堂里也有一条鱼，那是在地上勾勒的一幅镶嵌画，那条鱼在游动，旁边有一种奇怪而陌生的文字写着它的名字。那条鱼和耶稣有关，意思是"救世主"——圭多神父是这样解释的。而这一条金鱼已经消失了，至少对于小男孩来说是这样，再也没有了。几滴泪水顺着孩子的脸蛋流了下来，流过他那张有点脏的脸，让他的脸更花了，泪水一直流到嘴边，带来一丝咸味。

在公园的主广场上有咖啡馆，天气好的时候还有一家露天电影院。咖啡馆的第一个老板是本齐尼，他也负责主办的里雅斯特艺术协会的展览和聚会，另外，每年秋天，他还要负责这个地区的葡萄展会。他在咖啡馆举办音乐会，冬天在室内场地，夏天在一个亭子下面。弗朗茨·莱哈尔①也会来参加，他来指挥斯马雷利亚②的《骑马飞跃火焰》和《伊斯特里亚颂歌》。夏天来演奏的乐队里，有一个乐队名叫"被遗弃的流浪小伙"。

老物件也昭示着时间的流逝，那些被弃用的东西都堆积在协会场地后面，放在草地上，和其他不用的设备堆放在一起，褪色生锈的记事板，上面还模模糊糊地写着无数正在开展的工作。咖啡馆里是一些带孩子的妈妈，孩子要么用小车推着，要么骑着小自行车，孩子很可爱，母亲更可爱，尤其是在夏天，她们坦露着胳膊，漂亮的嘴在啜饮咖啡，或者舔冰淇淋吃，她们精于此道，吃得津津有味。其他孩子的母亲尤其漂亮。在漫长的童年里，因为每天都去公园，在广场和那些小桌子之间，俄狄浦斯情结提早得到了校正。从真正意义上的母亲转移到每天坐在同一张桌子前别人的母亲身上，她们对待朋友的孩子和对自己的孩子一样，毫不吝啬她们的爱抚。

她们把孩子抱在怀里，抚摸他们的脸蛋；她们的手指修长、柔软、有力，同时也不容置疑，红色的指甲带着一种戏谑的威胁，也充满了诱惑，宽大的袖口漫不经心地向后滑去，露出赤裸的小

---

① Franz Lehár（1870—1948），意大利作曲家。
② Antonio Smareglia（1854—1929），意大利歌剧作曲家。

臂。当她们亲吻一个小男孩时，吻落在脸颊上，划过距离嘴唇很近的地方。陶伯夫人长着一只桀骜不驯的鼻子，眼神妩媚，那一次为了逗孩子玩儿，她把朋友的儿子放在自己漂亮的大腿上，就像在摇晃的木马上，情况就是这样，但产生的效果延续了很长时间。

父亲和丈夫很少露面，顶多是中午休息间隙过来接家人回家吃午饭。咖啡馆有些常客偶尔也会来这儿坐坐，通常都是一些年长的先生，在这儿可以嗅到女性的香味儿。有些悲哀的光棍儿，他们会费尽心机和那些夫人攀谈，会假装漫不经心地提到自己读过的某些书。在公园里什么事儿也不会发生，不会产生危险关系，连潜在可能也没有。别的地方那就很难说了。在公园里，母亲们都在全神贯注照顾自己的孩子，尤其关注别人家的孩子；每个孩子都像一个苏丹王，她们是孩子的"后宫"，孩子可以很任性，接受其他孩子母亲的宠爱。陶伯夫人心甘情愿给了孩子一块巧克力糖，她用玫瑰色的指尖剥开糖纸，轻轻咬了一口，把糖送到孩子嘴里，用指尖推了进去。

旁边的广场没什么可称道的，那里既没有弗朗茨·莱哈尔的音乐会，也没有辉煌的历史，只有一个出租自行车的地方。这个广场却很热闹，就像一个情感教育的中间站，在咖啡馆里孩子玩耍的区域、灌木丛的僻静处，或不远处的长椅上，在这些地方，孩子们通常会有很多决定性的发现。埃莱娜骑上自行车，脚上穿着白色的短袜，双腿又长又漂亮，纤细有力。她鼻子笔挺，嘴巴经常噘着，如同带刺的玫瑰花蕾；当他鼓起勇气，要求同埃莱娜一起骑车，她可能随口会答应，后来她头一扭，作出很不屑的样子，连招呼都不打，就骑车出发了，衬衫下是还未发育的小小胸脯，已经变得硬硬的。倒是可以跟她讲讲金鱼的故事，她也许会感动得要哭，这一定很美，可是跟在她后面也没用，再说，她骑得更快。

有一次她答应一起骑自行车，他们会围着公园中间的花坛骑，但她想要一枚马口铁戒指，是红铜色的，在马可尼街卖小玩艺的商店橱窗里摆着。从公园的侧门出去就能看到那家店，老板是一个一年四季都戴着帽子的老头。后来自行车坏了，他心急火燎的，不知该如何把车子修好，手忙脚乱地摆弄轮子和车轴，她鄙夷地看了他一眼，把自行车摔在那里就走了。要是试图挽住她的胳膊，想留住她，劝说她再玩一会儿，没有自行车也行，她可能会用指甲抓人。

她转身走了，自行车扔在那儿也不管。他不会修车，事情全搞砸了，也许只要涂点机油就够了；要是他能让车轮复位，结局可能就是另一个样子，就能跟她一起骑车转很多圈，她也就不会消失在那条林荫小路上了，他们好像可以一直待在公园里玩儿。还有埃莱娜的朋友安娜，那是一个任性的小姑娘，有时候像月亮一样温柔。可是她们全都走了，很快就消失了，再也追不上她们了，他只能把自行车扛到出租铺里。穆罕默德特别了解这种痛楚，他向信徒许诺天堂的快乐是和同龄少女在一起的乐趣；从最初的序曲开始，这些同龄的女孩都成了玩伴，她们最难抵达，也很难对付，看到她们逃走也格外让人痛苦。

在夏天的夜晚来临时，在主广场上的咖啡馆前会放映露天电影，负责人是沃里约提斯先生。夏天过后，他在其他城区的色情电影院里放电影。当然，露天电影也要买门票，但可以从隔着花园围墙的沃尔塔街上看。放映《邦蒂号暴动》时，能看到海里的帆船。电影不是彩色的，但那片又黑又辽阔的大海却是蓝色的，一种深蓝，浪尖洁白，那是一丝遥远的微笑，如同遥远的岛屿。起义者从船上下来，海水拍打着沙滩，白色的浪花就像积雪。尽管电影是黑白的，靠近海岸的地方，大海是翡翠的颜色，而远处的大海是深蓝色的，海底像一个大草原，是绿松石般的碧绿色，夹杂着靛蓝色的斑点。毋庸置疑，你会听到那些颜色，就像听音乐一样，它们会随着风吹过来。

在巴尔科拉——夏天每天早上去的地方，在那里游泳，脚下是礁石——大海有着深深的呼吸，那是一种美妙的蓝色，蔚蓝海水波光粼粼，阳光在颤抖，像在海浪里折断的箭镞。但在银幕上，颜色要更强烈：事物的颜色，近切和遥远，那个外面的、可以感知的世界一下子就抵达了大脑皮层，带来一种愉悦。红色、天蓝色和黄色，让人看得见摸得着，就像一朵绚丽的花朵，吸引着虫子飞过去。银幕很大，还有海洋的浪潮汹涌狂野，一层层涌上来，好像要扩散开来，变得比公园还大。

回家之前，先到咖啡馆去吃点什么。沃里约提斯很乐意在店里多待上一会儿，尤其是电影院没什么事儿的话，特别是色情电影院，现在这些电影院很难经营下去，因为事与愿违，去那儿的人太少了，除此之外还要考虑到所有人的口味，不像放露天电影，只要考虑经常光顾公园的人的兴趣就好了。沃里约提斯很高兴跟大家聊上几句；他已经在为圣诞节做打算了，他说他想和儿孙一起去内沃索山过圣诞节，去伊利尔斯卡比斯特里察山脚下那个小教堂听弥撒。银幕灯灭了，岁月被黑暗吞没了，如同火车驶入隧道。如果从圣马可咖啡馆走到隆卡路上的圣心教堂，穿过公园可以呼吸一点新鲜空气，这一段路，你会穿过森林、潟湖、城市、高山、积雪、大海，你会发现那里什么都有，而且一直都有，假如晚点儿，在别的什么地方，你可以在林间空地上停留，发现一道亮光或者一处海岸，那是因为你早已认识了它们，已经在花园里遇到过它们了。

从广场上，沿着像波浪一样起伏的小径，向侧门走去，在从咖啡馆或自行车出租屋出来的人右边，是通往马可尼街的出口。天色已晚，已经过去了很长时间了。愈是靠近大门，法国梧桐和欧洲七叶树愈是粗壮，枝叶搭成高高的拱门，芦苇也更茂密。小男孩经过这道拱门走回家，手里没有鱼，什么也没有。

穹顶

　　他用手摸了一下脸，脸上汗津津的，他机械地用袖口擦了擦。天气不太正常，公园里通常都很凉爽，夏天也一样，现在却热得让人受不了。有几滴雨落在了他的衬衫上，脖子上，他抬起头才发现下雨了。闷热夏季的暴风雨带来又大又重的雨点，噼里啪啦打在法国梧桐、欧洲七叶树的叶子上，雨声在他耳边响起来，声音很大，几颗苦栗掉了下来，砸在地上，发出沉闷的爆裂声。这些声音回荡在他脑子里，他感觉自己的心跳在撞击着太阳穴；他的偏头疼可能犯了，天气太闷了，这不奇怪。他父亲之前也有这个毛病。他岁数越大就越像他父亲，连毛病也很像；现在是时候了，该模仿父亲的做法，跟随他，加快脚步，缩短和他之间的距离。

　　他从对着马可尼街的门出去，在被雨淋湿的地上摔了一跤，又爬了起来。每次他从公园出来时，总是会经过那里，从那个出口出来。这会儿雨下得很猛，像一道道越来越密、越来越阴暗的银色垂珠帘，把房屋遮挡住了。他朝圣心教堂走去，想在那里等暴雨过去。

在一家卖小饰品和玩具的商店门口，雨水猛烈地拍打着玻璃橱窗，像放大镜一样，放大了架子上的马口铁戒指，让它看起来又大又亮，呈火焰一样的金色。柜台后是一张老人的脸，头上戴着一顶帽子，他咧着嘴笑了一下，做出一个模棱两可的邀请。他竟然想对一个在雨中奔跑、冷得发抖、浑身湿透的人兜售这些小孩子的玩意儿，真是有些愚蠢啊。但也许这并不是一个糟糕的主意，无论如何那也是一个有遮盖的地方，可以避会儿雨，买点儿小玩意，比如那枚马口铁戒指，肯定花不了几个钱，也值得呀。然而奇怪的是，脚步比想法跑得更快，脑子里太拥挤了，落在了脚步后面，遗失在小溪里，被它带走；这会儿他转过了街角，来到隆卡路上，到了教堂门口。教堂粗糙、厚实的核桃木门虚掩着，敞开的门缝只容人侧身而过。

教堂里非常昏暗，空荡荡的，贝尼亚米诺先生点上蜡烛，这么说来，他还活在世上，看起来也没那么老。贝尼亚米诺先生是圣器看守人，日子总那么让人嫉妒。可能他还有机会，在做完其他事情之后，成为一个圣器看守人，就像贝尼亚米诺先生一样自由自在，没什么奢望，别人也不会指望他成为一个虔诚的圣人，但他时刻准备着为别人祈祷提供必要的协助：准备祭坛，铺上白色的台布，往圣水瓶里注满水，点燃和熄灭蜡烛，收集布施，在门口贴上教区活动的告示，然后和朋友在教堂对面的咖啡馆里喝上一杯，回到家里——这真是一种充实、千篇一律但又深刻的生活。

他不由自主把手伸进了圣水池里，几乎是为了洗去手上黑乎乎的雨水。雨落下时，应该是沾上了整个城市的烟尘，因为他的手和衣服不只淋得透湿，而且又脏又黑，就像溅上了泥点一样。他向左殿走去，那是妇女的殿堂，他小心地移动脚步，每次下脚都踩在一个方格子里。地板是灰白相间的板岩，像一张棋盘。那是用奥里西纳产的大理石铺成的，他想，他们家族在圣安娜公墓的墓地用的也是这种大理石。每一步代表一个字母，他要马上找到一个词，走到殿堂墙壁前踩到的方块数目，正好是这个词的字母数。

他觉得到墙壁的距离看起来有点儿远，他已经有好多年没有走进教堂了，他不记得教堂有这么大，他很快想到"zitolo-zo-tolo①"这个词，也许是因为刚才他看到了一个秋千，那是在特别小的孩子玩的游戏场地里，在沙堆和滑梯旁边，秋千上下摆动，但他发现这个词太长了。他想尽快找到一个办法，让字母数和格子数相对应，当他到达墙壁时，那个词刚好到最后一个字母。比如先是三个字母对应一个格子，然后是一个字母对应一个格子，交替进行，其实这样也可以，但他很失望，因为最后还剩下一个格子，单词就已经结束了，这让他产生了一种混乱、不完整的感觉。

也许是因为他处在女人的殿堂里，他本该去另一边，就像星

---

① 的里雅斯特方言，指儿童玩的秋千。

期天做弥撒时。那个洗礼泉的壁龛藏在暗处，像一棵大树的树洞，就像公园里那棵粗大的法国梧桐，中间是空的，可以蜷着身子藏在里面，黑暗保护着你。树洞外面，树叶沙沙作响，那棵大树生病了，但聚集在树洞里的水却是清亮的，在黑暗里几乎呈白色，水的清凉缓解了嘴唇和双颊的灼热。

在教堂的墙壁上，墙脚处有一道花边，上面是交织在一起的几何图案，菱形里包着四方形，四方形里又有圆，那是一道上下起伏的条饰，就像海浪一样，朝着殿堂深处的祭坛涌去。浪花扬起又落下，一浪盖过一浪，一直涌到圣母马利亚的画像脚下。这位圣母是出海人的保护神，是海上的明星，她身穿蔚蓝色的斗篷，高高地立在水面之上，随着墙壁上的海浪一起漂浮。在外面，暴风雨好像更猛烈了，因为雨声越来越大，雷声阵阵，连绵不绝。在供奉着圣人像的神龛后，彩色玻璃外面是黑漆漆的天空。一道青紫或者猩红的闪电不时照亮某个神像，教堂里的红墙也变得暗淡，就像一道灼热的阴影。

现在教堂里人很多，很明显都是来躲雨的，那道波浪也拖着他，因为人流在推动着他。尤其是入口的地方挤满了人，后面来的人担心自己进不去，便使劲儿推挤着前面的人。有人带着一个大包，简直就像行李，他想把包放在椅子底下或柱子后面。挤在那么多人中间，四面八方都有人在推搡，他现在很虚弱，双腿发软，头很晕，他可能会摔倒，就像在公园门口跌的那一跤一样。

他双目紧闭，任凭人浪的挤压和推动。当他再次睁开眼睛，他看见一个年轻女人的脸距离他非常近，她的双唇美丽而残忍，鼻子很挺，非常高傲，她的眼睛望着别处，无视他的存在。人群挤压着他们，他感觉有一个坚挺的乳房在顶着他，就像一轮满月，那么圆，那么紧致；她的乳头很坚硬，像箭头那样刺进了他的肉里，他一动不动，全力回应着这种压力。她的手很漂亮，指甲尖尖的，那只手忽然抬起来，整理了一下后颈上的头发，他看见她无名指上戴着一枚红铜色的马口铁戒指，后来那只手放了下来，隐没在人群中。

他的目光竭力跟随那只消失了的手，他看着那些挤成一团的身体；那只柔软洁白的脚在抚摸他的脚，那是另一个女人的脚，她的腿很结实，向上是柔软而有些下垂的乳房，那是一张他熟悉的面孔，正在对他肆无忌惮地笑着，但眼睛正充满风情地看着她旁边的男人。他很想吻那只脚，他带着一种羞愧的快感任凭自己被挤压、摇晃，他尽量靠近那个乳房，他很想抚摸那对乳房，在人群中，他忽然感觉那只手在混乱中紧紧抓住了他的阴茎和睾丸。

我在干什么呀？他想，这太猥亵了，在教堂里竟然会做出这种事情。那只脚、那只手，还有那两张消失在黑暗的人群里的脸，他被推到了有三个核桃木拱门的忏悔室前。金色的旧天鹅绒布帘挑起来了，他和圭多神父面对面，神父站起身，头从忏悔室伸了出来。他第一次注意到神父跟他父亲有点像，脸上总是带着那种庄严的、充满正义感的表情。他再也不觉得羞耻，他想把心里话全掏出来，既不觉得难堪，也没有负罪感，如同对一棵老树袒露心扉，比如公园里大广场上的那棵法国梧桐，比如在放自行车的地方，几分钟前那个姑娘，手上戴着一枚戒指，穿白短袜的美丽大腿骑上自行车，飞快地蹬着车子，然后又从车子上下来，玩起了铁环，她推着铁环，非常敏捷地跑起来，追随着墙上画的波浪，一直往前推，直到碰上大树。法国梧桐高大挺拔，它的树枝伸展开来，探出了花园大门，伸到马可尼街上，叶子在他头顶摇晃。

"不要犯糊涂。"圭多神父对他说，"这就是我们要解决的问题，没什么好害怕的。""这么说来，这不是什么罪过？如果不是在教堂里还好……""那你能去哪儿呢？假若你累了，想要休息一会儿，这儿有阴凉，有面包和酒。"忏悔室的雕花窗户上面有一个奇怪的图案，让人联想到乡野饭馆的标识，"不要太拘于人情世故，这是圣油，如果什么东西卡住了，可以抹一抹，可以抹在轴承上，比如那次在公园的广场上，自行车的轮轴卡住了。在泉水那里冲洗一下吧。"神父指了指祭坛下的一幅镶嵌画，在一片深蓝色的天空下，那也是一片熟悉的幽暗森林的背景，两只鹿低头在一眼清泉里饮水，泉眼很小，而且隐藏在密林中。"但你不要蔑视泥土，你曾经把手伸进泥土里，修建城堡，因为泥土也有它的谦卑和荣光。"

"抬起眼睛。"他把眼睛抬了起来，向上看着中殿的墙上那些穿着长袍、面容庄重、神情自若的人像：博爱、谦卑、正义、祷告、忏悔。"我教你直视万物，众生平等，因为没有人有权让你低下头，上帝也没有，现在更不会让你垂下目光。潟湖里的淤泥在流动，会融入大海，很快就会变得干净纯洁。你不要害怕。"

这时，教堂晦暗的光就像夜晚的大海一样深不可测，海水温柔地拥抱着他，那是黑眼睛里的水——他一直沉迷的那双眼睛，在潘诺尼亚①人的高颧骨上，那双眼睛在黑暗中闪烁，他幸福地游弋其中，不像刚才那种转瞬即逝的兴奋激动，而是一种强烈但平静的快乐，一个夜晚的爱，一生的爱。水是深色的，但有时候很清浅，因为有白色的海滩，水底的鹅卵石一颗颗看得很清楚，就像一张镶嵌画，也能看见这张镶嵌画上的鱼儿，肚子上写有希腊语的"鱼"②，一个孩子向水里的鱼儿伸出手，又接着吃他手上的巧克力，抹得脸上到处都是，当鱼儿消失在水里，他流出的眼泪又把脸洗干净了。

他还想问点什么，可圭多神父摇了摇头。"你难道没看见还有那么多人等着做忏悔吗？你觉得自己是独一无二的，而其他人必须为你的胡思乱想白耗时间？"确实，人们排起了长长的队，队伍不断被其他人搅乱，有人甚至带着被子和炉子来了。圭多神父也从忏悔室走了出来，他脱下圣带，开始为一个站不稳的老人撑开一张行军床，他用不耐烦的手势向要求忏悔的人示意，似乎在说，他还有更紧急的事要办呢。"快点，要开始了。"他好像听到神父在说，与此同时他做了一个手势，示意人们坐在凳子上，动作就像乐队指挥在指挥大合唱，他相信只需上下舞动胳膊，就能开启动人的音乐。

可是他没工夫去注意神父，很多人向他打招呼，这让他惊异不已。大家全都来了，他之前的同学，拖家带口的朋友，男男女女都有，对面的门房安东尼奥——他的下巴每动一下，都会有口

---

① Pannonia，中欧历史地名。
② 当基督教未被罗马帝国承认时，信徒用这个希腊词指代耶稣。

水流下来。外面的嘈杂声越来越大，听到爆裂声，好像房子轰然倒下，猛烈的狂风把教堂摇得直晃，如同一艘颠簸的船；透过彩色玻璃窗，依稀看到外面天空的颜色，那是一种很刺眼很尖锐、让人无法忍受的颜色，就好像一种陌生的、人们还不知道波长的光在刺激着人的视网膜，这种光带来的信息，即使是站在祭坛旁边吹着喇叭的天使也无法想象。他感到嘴里有一股恶心的味道，胃里在抽搐，他想要呕吐，想要把那些从黑暗中像蝙蝠一样向他飞来的影像吐出去，包括在他父母脸上浮现的那个邪恶表情。

教堂里到处是人们打招呼的声音，人们握手，有的还相互拥抱。他蹲下了，身子靠着一根柱子。他感觉有什么动物在舔他的手，一只粗糙的、小小的舌头轻柔地舔着他咸咸的皮肤。"小精灵"在吱吱叫，他把宠物抱了起来，外面正在下大雨，它很高兴没被关在外面，或者孤零零留在家里。应该是妈妈惦记着它，她不会忘记任何人任何事，她也许还冒着狂风暴雨跑出去找它了，她什么也不怕。这只小荷兰猪用两只爪子清理耳朵，在他怀里蜷成一团，心满意足地打起盹来，教堂里的嘈杂根本打扰不到它。

看到她出现在身边，他一点儿也不吃惊，其他人也都坐在了地上；他感觉有点儿认不出她来了，这个人是她，但又有些不同，尽管她目光睥睨，夹杂着温柔和戏谑，还有那两个高高的颧骨，身上海蓝色的裙子也是她特有的。"你的裤子全皱了，我给你弄平吧，我带着熨斗呢。"她说。她也带来了相册，她小心翼翼地翻阅那些照片，但她是从最后一页开始看的。"这是现在拍的，是那种拍立得，就是当下的照片。"实际上，在那张照片上，他们席地而坐，靠着柱子，在米霍拉石卡，她穿着海蓝色的裙子，他抱着睡着了的荷兰猪，他们在一起看相册。后来，那只翻阅相册的手越来越快，圣诞树，在巴科拉从礁石上跃入海里，在喀斯特郊游，这些情景一幅幅在眼前浮现，速度越来越快，后来变得模糊，速度撕裂和粉碎了这些影像，过去的时光浮现，有些恍惚、晃动，那可能是因为教堂里的烛光在风中摇曳。

你睡一会儿吧，她说，等时候到了，我叫你。他躺了下来，在他上面是一个像天穹一样的半圆形后殿，金灿灿的天空变成了深蓝色。很多星辰淹没在那片天空里，就像在黑色的天穹中盛开的烟花；上面下面，四处是盛开的烟花，简直就像一场盛会，每样落入深渊的东西都是黑暗中盛开的花朵。他害怕掉下去，他紧紧抓住柱子，不想坠入深渊。在金色天空结束的地方，蓝色天空开始了，两个大天使用手高举一个火圈，火圈上用拉丁语写着什么。

需要跳过这个火圈，跃过火圈吐出的火舌，才能跃入海中。他不想跳，他紧紧抓住那根柱子，手里揉搓着一片不知道从哪儿捡来的湿漉漉的叶子。跳吧，有人对他说，但他向后退了一步。"你看，不会有事的。"那是另一个声音，具体说是另外两个声音，几乎和他的声音一样，那是两个儿子在说话。他们填满了房子、日子和生命，他们对他说，不要害怕。不会有事儿的，他自己心里说，我们可以跳了。他抓住了女人的手，这时候圭多神父正走向祭坛，开始为晚上的弥撒做准备。

Claudio Magris
MICROCOSMI

Copyright © 1997，Claudio Magris
All rights reserved
All adaptations are forbidden.

图字：09 - 2018 - 688 号

图书在版编目(CIP)数据

微型世界/(意）克劳迪奥·马格里斯
(Claudio Magris) 著；陈英译. —上海：上海译文出
版社，2020. 7
ISBN 978 - 7 - 5327 - 8327 - 4

Ⅰ.①微… Ⅱ.①克…②陈… Ⅲ.①长篇小说—意
大利—现代 Ⅳ.①I546. 45

中国版本图书馆 CIP 数据核字(2020)第 104480 号

微型世界   Claudio Magris   出版统筹   赵武平
Microcosmi   克劳迪奥·马格里斯 著   责任编辑   李月敏
   陈英 译   装帧设计   尚燕平

上海译文出版社有限公司出版、发行
网址：www. yiwen. com. cn
200001 上海福建中路 193 号
杭州宏雅印刷有限公司印刷

开本 890×1240   1/32   印张 9.5   插页 5   字数 175,000
2020 年 8 月第 1 版   2020 年 8 月第 1 次印刷

ISBN 978 - 7 - 5327 - 8327 - 4/I · 5106
定价：72. 00 元